KB250217

天劍無缺

천검무결

매은 新무협 판타지 소설
FANTASTIC ORIENTAL HEROES

천검무결 2

매은 新무협 판타지 소설

초판 1쇄 찍은 날 § 2009년 6월 10일
초판 1쇄 펴낸 날 § 2009년 6월 19일

지은이 § 매은
펴낸이 § 서경석

편집장 § 문혜영
편집책임 § 서지현
편집 § 주소영

펴낸곳 § 도서출판 청어람
등록번호 § 제1081-1-89호
등록일자 § 1999. 5. 31
어람번호 § 제2-1761호

주소 § 경기도 부천시 원미구 심곡2동 163-2 서경B/D 3F (우) 420-822
전화 § 032-656-4452 팩스 § 032-656-4453
http://www.chungeoram.com
E-mail § eoram99@chollian.net

ⓒ 매은, 2009

ISBN 978-89-251-1835-2 04810
ISBN 978-89-251-1833-8 (세트)

매은 新무협 판타지 소설

FANTASTIC ORIENTAL HEROS

천검무결

天劍無缺

2

내 것이 아닌 시련

第一章
우승자는 누구인가

　금방이라도 쓰러질 것 같은 동진의 어깨를 감싸며 모용천은
고개를 끄덕였다. 비무대 위는 온통 검은 기운이 가득해 숨도
쉬기 힘들었다. 모용천은 소매를 흔들어 코앞에 만연한 검은
기운을 물리고 그 근원지를 향해 시선을 돌렸다.

“…….”

　유려한 말솜씨로 좌중을 농락하던 황지엽도 지금은 입을 꽉
다문 채 모용천의 시선을 받아넘겼다. 아니, 말을 하고 싶어도
할 수 없는 상태인 듯 안색이 어두웠다. 제갈첨과 종리상웅을
상대할 때만 해도 자유자재로 운용하던 마천상야공의 검은 기
운은 상당 부분이 갈 곳을 잃고 공기 중으로 흩어지고 있었다.

　그로 인해 비무대 주변의 사람들은 내력을 끌어올려 그에

대항해야 했고, 일부 내공이 얕은 이들은 가벼운 내상을 입어야 했다. 그러나 검은 기운을 모두 회수하지 못한 황지엽의 얼굴은 내상을 입은 이들보다 어두웠다.

황지엽이 계속 말없이 서 있자, 모용천은 몸을 돌렸다.

눈앞에 다섯 갈래로 갈라진 흰 길이 도드라졌다. 시선은 그 끝에서 깃대를 잡고 있는 이들로 이동하고, 차례로 훑고 지나가는 가운데 낯익은 얼굴이 들어온다.

'아는 척하지 마시오!'

아주 필사적으로 보이는 듯 마는 듯 입술을 움직이는 장년인. 관음지 허규는 이만저만 당황한 얼굴이 아니었다. 모용천은 허규를 외면하고 그 너머에 있는 단상으로 눈길을 돌렸다.

저자다.

단상 위에는 무수히 많은 정파의 고수, 명숙들이 나란히 앉아 있었지만 모용천의 눈에 들어오는 자는 단 한 사람이었다. 모두가 경황이 없는 가운데 홀로 편안히 앉아 있는 사내. 자신의 잔치가 엉망이 되었어도 상관없다는 얼굴을 하고 있는 사내.

그럼에도 불구하고 주체할 의사가 없는지 온몸에 강자의 기운이 넘실거리는 사내.

저자가 아니고서야 이 자리에 누가 권왕일까!

모용천은 우진을 향해 말했다.

“모용세가의 모용천이라고 합니다. 비무에 늦었습니다만 지금이라도 참가할 수 있을는지요?”

멀리 떨어져 있었지만 모용천의 목소리는 크고 당당하게 우진의 귀에 들려왔다. 물론 좌중의 사람들도 모두 그를 들을 수 있어, 약관의 청년이 지닌 심후한 내공에 놀라움을 금치 못했다.

그러나 사람들은 모용천의 내공보다 그의 사문에 더 큰 놀라움을 표했다. 모용세가가 오대세가에서 밀려나 강호에 자취를 감춘 지도 벌써 두 세대 전의 일이다.

그런 모용세가가 아직도 명맥을 잇고 있다는 사실에 사람들은 한 번 놀라고, 그 대표가 권왕의 비무대회에 출전하였다는 사실에 두 번 놀란 것이다.

“으음!”

우진이 고개를 끄덕였다. 우진의 의중을 파악한 이치강이 비무대 옆에서 즉시 나섰다.

“모용세가의 대표 모용천의 출전을 허하오!”

우오오오—

이치강의 허가가 떨어지자 군웅이 일순간 동요했다.

꼼짝없이 황지엽에게 비무대회의 우승을 내주어야 할 상황이 조금이나마 늦추어졌다는 사실에 안도감을 표한 것이다. 그러나 그중 대부분은 오대세가의 자제들과 무당의 천재마저도 막을 수 없었던 황지엽을 모용천이 당해낼 리 없다는 것을 떠올리고 다시금 절망에 빠졌다. 또 일부 고수에 속하는 자들

은 모용천이 뛰어들어 황지엽의 마천상야공을 물린 장면을 목
도하였기에 다소나마 기대를 품었으니, 실로 복잡한 감정이
군웅을 넘나들고 있었다.

권왕의 허락을 얻은 모용천은 동진을 부축해 비무대 뒤로
옮겼다. 동진이 입은 내상은 가볍지 않았지만 걱정할 만큼 무
겁지도 않았다. 무엇보다 비무대 위에 널브러진 다른 이들처
럼 특별한 외상을 입지 않았음이 다행이었다.

"동진 도장, 괜찮소?"

"나는 괜찮소. 하지만 모용 형, 저자의 기운이 저리도 음험
하니 상대할 수 있겠소?"

동진이 걱정스레 말했다. 그러나 모용천은 가볍게 웃어 보
이고, 적당한 자리를 찾아 동진을 앉혔다. 그리고 모용천은 내
상을 다스리기 위해 가부좌를 틀고 앉은 동진의 등 위에 조용
히 한 손을 올렸다.

"……!"

모용천의 온기를 느끼며 동진이 흠칫 놀랐지만, 감히 입을
벌릴 수 없었다. 모용천의 장심(掌心)을 통해 막대한 내력이 밀
려들어 오고 있었던 것이다.

'저놈이……!'

흐트러진 기혈을 다스리고 있던 황지엽이 그 광경을 보고
미간을 찌푸렸다. 불시에 난입한 모용천이라는 자가 자신은
안중에도 없다는 듯 뻔뻔스럽게 동진의 내상을 치유하고 있는
것이다.

‘으음……’

울컥 솟구치는 감정을 간신히 다스리며 황지엽은 눈을 감았다. 어처구니없는 이유로 내상을 입었다가는 웃음거리가 될 것이다. 평상심만 되찾으면 저놈이 어찌 당해낼 수 있을까? 마천상야공에 대한 무한한 믿음이 곧 황지엽의 마음을 가라앉혔다.

“휴우……”

얼마간 시간이 흐르자 동진이 깊은 숨을 토해냈다.

동진의 얼굴에 화색이 돌아 누가 보더라도 소년의 내상이 말끔히 치유되었음을 알 수 있었다. 반면 등에서 손을 떼어낸 모용천의 이마에는 굵은 땀방울이 맺혀 있었으니 진기의 소모가 있었으리라.

“모용 형, 어쩌자고 이런 짓을 저질렀소?”

돌아선 소년이 모용천을 질책했다. 그러나 모용천은 소매로 이마를 닦으며 웃었다.

“동진 도장은 신경 쓰지 마시구려. 좀 더 정양을 해야 할 것이니.”

짧게 말하고 모용천이 몸을 돌렸다. 그의 눈 안에 황지엽이 들어오고, 둘 사이에 쓰러져 있는 자들의 면면이 들어왔다. 그 중에는 상변웅이나 황중현, 이영관처럼 익히 알고 있는 얼굴도 있었고 그렇지 않은 얼굴도 있었다.

그리고 비무대 옆에서 하얗게 질려 있는 종리창과 종리부용이 눈에 들어왔다.

풀어주기 위한 납치라니?

구름 속을 걷는 듯 모호하기만 했던 기명자의 말이 확연해지는 순간이었다. 더불어 제 할 일을 하다 보면 자연히 찾을 수 있을 거라는 말도 머릿속에서 선명히 떠올랐다.

자신이 찾던 종리상웅도 쓰러진 자들 중에 하나일 것이다.

돌아보니 기명자의 말이 실로 틀림없다. 용한 점쟁이이든 그 자신의 말대로 역학자이든, 겉보기보다 지혜롭기는 한 모양이다. 모용천은 새삼 기명자의 말이 허튼소리가 아님을 깨달았다. 그렇다면 신창권문의 정문 앞에서 한 이야기도 그러할까?

'죽고 싶을 만치 괴로운 일만 가득할 거라고?'

흥! 모용천은 기명자의 말을 떠올리고 콧방귀를 뀌었다.

고통도 기쁨도 없이 좁은 세가 안에서 숨 쉬듯 무공을 익혀 온 세월이 십오 년이다. 차라리 고통이라면 살아 있다는 실감이라도 줄 터이니 어찌 마다할 것인가?

게다가 지금, 모두가 쓰러져 있는 비무대 위에 오직 모용천만이 서 있다. 무슨 뜻을 담았든 사람들의 시선이 온통 자신에게로 향해 있으니, 일찍이 느껴보지 못한 감정이 모용천을 휘감았다.

모용천은 검을 들어 황지엽을 겨누고 말했다.

"모용세가의 모용천, 한 수 가르침을 청하오!"

단호한 음성을 타고 웅혼한 내공이 사방으로 퍼져 나가니, 사람들이 눈으로 보지 않았다면 방금 동진에게 진기를 나눠 주었다는 사실을 믿지 못했을 것이다.

구우우웅―

때를 같이해 황지엽도 흐트러진 기혈을 되돌리는 데 성공했다. 다시금 마천상야공의 검은 기운이 그의 사지를 덮었다.

"제마성의 황지엽이라 하오! 진기를 소모한 것은 모용 형의 의지일 터, 나를 원망하지 마시오!"

황지엽의 말을 들은 모용천이 검을 휘저었다. 황지엽은 자기도 모르게 검극을 따라 비무대 위를 둘러보게 되었다. 시간이 흘러 다소 정신을 차렸는지 신음 소리를 흘리는 녓넣이 눈에 띄었다.

"명색이 비무인데 서로가 최선의 상태가 아니면 의미가 없지. 그렇다면 나라도 균형을 맞춰야 하지 않겠소?"

모용천은 말을 마치고 가볍게 웃어 보였다.

황지엽은 더 이상 대답하지 않고 마천상야공을 더욱 끌어올렸다. 극한까지 끌어올려진 마천상야공의 검은 기운이 온몸을 뒤덮고, 황지엽은 다시금 참가자들을 농락했던 검은 기운으로 화하였다.

구우우웅―

일렁이는 검은 기운이 모용천에게로 쏘아졌다. 모용천의 신형도 함께 움직이기 시작했다.

거무튀튀한 잔상을 남기며 황지엽은 모용천의 주위를 맴돌았다. 짙은 안개가 뭉쳐진 듯, 허공에 일렁이는 황지엽의 신형은 일반적인 신법의 범주를 벗어나 있었다.

비무대 위에는 이미 쓰러진 자들로 가득해 운신의 폭이 좁았지만 황지엽에게는 큰 문제가 아니었다. 그가 화한 마천상야공의 검은 기운은 말 그대로 허공에 뜬 것처럼 장애물에 개의치 않고 제 진로를 다니는 것이었다.

땅 위에 두 발을 딛고 사는 인간에게는 불가능한 움직임. 보법을 기초로 하지 않은 경신술은 몇 번을 봐도 이해할 수 없는 광경이라, 이미 마천상야공의 신위를 목도한 바 있는 군웅도 다시금 입을 벌려야 했다.

모용천 역시 처음 대하는 황지엽의 신법에 놀라움을 금치 못했다. 황지엽과 달리 모용천은 운신의 폭이 좁았다. 쓰러진 이들은 부상자이지 시체가 아니었으니 밟을까 두려운 마음이 앞서는 것이다. 더욱이 황지엽이 지나간 자리에 재처럼 퍼지는 검은 기운은 호흡을 통해 몸 안으로 들어와 미약하나마 내력을 갉아먹고 있었다. 저 많은 이들이 황지엽 한 사람을 당해 내지 못한 이유를 알 것 같았다.

모용천은 곧 황지엽을 따라잡는 것을 포기하고 제자리에 멈춰 섰다. 그리고 검을 들어 아무도 없는 허공에 겨누었다.

"…저런!"

모용천이 자리에 서 검을 들고 있자, 성급한 이들은 탄식을 토해냈다. 그들의 눈에는 모용천이 승부를 포기한 것처럼 비추어진 것이다. 그와 함께 모용천을 맴돌던 검은 기운이 속도를 더하기 시작했다. 황지엽이 남기는 잔상이 어느덧 꼬리를 물어 하나의 원이 되었다. 마천상야공이 만들어낸 검은 원 안에 모용천이 갇혀 버린 것이다.

'……!'

경솔한 이들의 판단과 달리 급한 마음은 오히려 황지엽의 것이었다.

마천상야공의 검은 기운은 상대의 내력을 갉아먹을 뿐 아니라 마음 밑바닥을 뒤흔드는 힘이 있었다. 상위 단계의 마천상야공은 고승(高僧)의 마음도 검게 물들여 격랑의 바다로 내몬나 했다. 그러니 비부대회에 나선 정파의 후기지수들이야 삼단계에 불과한 황지엽의 성취로도 충분했던 것이다. 그에 더해 마천상야공의 표홀한 신법이 눈을 어지럽히니 상대하는 이들은 누구나 귀신에 홀린 듯 동요할 수밖에 없었다.

그러나 불쑥 나타난 이자.

자신보다 서너 살은 어려 보이는, 무림에서 잊혀진 이름을 들고 나온 자는 도무지 흔들림이 없다.

겉으로야 모용천은 이미 황지엽의 신묘한 신법 안에 갇혀 버린 형국이지만 속사정은 판이했다. 멈추는 순간 검격이 날아온다! 황지엽 안의 본능이 그렇게 부르짖고 있었던 것이다.

'어떻게 이런 일이!'

멈추고 싶으나 멈출 수 없다. 움직임을 늦추려고 해도 정체를 알 수 없는 두려움이 황지엽을 채찍질하고 있었다.

"……."

자신을 가두어놓은 검은 기운이 움직임에 박차를 가하는 순간, 모용천의 검이 조용히 움직였다.

쉬익—

모용천의 검이 한 번 움직이자 원의 허리가 끊어졌다. 검은 기운이 흩어지면서 모용천의 검에 가로막혀 멈춰 선 황지엽의 신형이 흐릿했다. 눈앞에서 잘려 나간 검은 기운이 모용천의 몸을 휘감으며 황지엽에게로 빨려 들어갔다.

그리고 다시 한 번.

쉬익—

모용천의 검이 주인에게 돌아가려는 검은 기운을 잘랐다. 잘려 나간 검은 기운이 살아 있는 것처럼 허공에서 꿈틀거렸다.

파파팍!

모용천의 검은 멈추지 않았다. 살기 위해 몸부림치던 검은 기운은 곧 힘을 잃고 천 갈래 만 갈래 공중으로 흩어져 버렸다. 도합 세 번의 검은 하나인 듯 이루어져 모두 본 자가 극히 드물었다.

"하압!"

기합 소리와 함께 옅어진 마천상야공의 안에서 손바닥이 튀어나왔다. 남아 있던 검은 기운이 우장에 모아지고, 오른팔이 곧게 펴진 순간 황지엽의 신형이 온전히 드러났다.

"하얏!"

남은 기를 한 점으로 모아낸 황지엽의 우장을 감히 경시할 수 없었다. 모용천도 낮은 기합 소리와 함께 좌장을 뻗었다. 두 손바닥이 만나기도 전에 푸른 기운이 넘실거리고 검은 기운이 일렁이며 서로에게 얽히기 시작했다.

콰앙!

두 손바닥이 마주친 지점으로부터 굉음이 터져 나왔다. 그 속에서 뒤로 이삼 장 물러나는 그림자가 있었다.

비무대 위는 온통 흩어지는 마천상야공의 기운으로 뒤덮여 물러나는 그림자가 누구의 것인지 알 수 없었다. 그러나 허규는 지체하지 않고 봄을 날렸다.

"소주!"

단숨에 비무대 아래에 도달한 허규가 몸을 날리려는 순간, 그 앞을 이치강이 막아섰다.

"누구도 비무에 관여할 수 없소!"

이 늙은이가!

허규가 눈을 부릅뜨며 손가락을 내밀었다.

쉬쉬식!

음험한 기운이 허규의 손가락 끝에 집중되어 주변의 공기가 차가워졌으니, 바로 수많은 고수를 얼음조각으로 만든 관음지 한 수이다.

그러나 이치강은 수염을 꼿꼿이 세우고 한 걸음도 물러나지 않으며 주먹을 뻗었다.

우우웅!

그를 호북의 맹자로 만들어주었던 폭쇄권이다. 오냐, 네놈들이 먼저 그리 나오기를 기다렸다! 이치강의 꾹 다문 입술이 꼭 그렇게 말하고 있었다.

정과 사 양편으로 갈리어 대적할 기회가 없던 두 고수가 비로소 격돌하려는 순간, 허규와 이치강의 귓가에 착 가라앉은 목소리가 들려왔다.

"비무는 끝났소."

서로에게로 빠르게 쇄도해 가던 두 사람 사이로 하나의 그림자가 끼어들었다. 끼어든 자가 누구인지 몰라 이치강이 아연실색했으나, 이미 그림자에 닿은 주먹은 노련한 권사도 회수할 수 없는 지경이었다.

그러나 이치강과 달리, 목소리가 누구의 것인지 알고 있던 허규는 관음지의 한기를 즉시 거두었다.

"……!"

끼어든 그림자는 오른손으로 이치강의 주먹을 가볍게 흘리고, 왼손을 허규에게 내밀었다. 허규는 한기를 거둔 손가락으로 그림자가 내민 손바닥을 짚고 뛰어올랐다. 제 머리 위를 넘어가는 허규의 그림자를 보며 이치강은 빗나간 주먹을 따라 신형을 바로잡았다.

"절창……!"

당금 천하에서 자신과 허규의 사이에 끼어들어 무사할 이가 얼마나 될 것인가? 하물며 팔성 공력의 폭쇄권을 아무렇지도 않게 해소하는 자라면? 이치강이 침울한 한마디를 흘렸다. 말로만 듣던 기소위의 경지는 소문 이상이었다.

비무대 위에 올라선 허규는 뒤로 물러나 비틀거리는 그림자를 받았다. 패악하며 동시에 활기 넘치던 검은 기운을 모두 잃어버리고 황지엽은 핏기 가신 얼굴로 가쁜 숨을 몰아쉬고 있었다.

"소주, 괜찮으십니까? 소주!"

허규가 다급히 외치자, 황지엽은 대답 대신 고개를 끄덕였다. 황지엽의 안위를 확인한 허규는 자신도 모르게 비무대 중앙으로 고개를 돌렸다.

아니, 이 순간 권왕의 영웅연에 참가한 모든 무림인의 시선이 비무대 중앙을 향했다.

마천상야공의 검은 기운이 모두 흩어진 가운데, 한 손에 검을 들고 좌장을 내민 채로 비스듬히 선 모용천이 모습을 드러냈다.

"……."

"……."

승리의 환호성도, 안도의 한숨도 들리지 않았다. 승패가 확연히 드러났음에도 사람들은 얼어붙은 듯 입을 열지 않았다. 그들은 모용천의 승리를 받아들이기보다 제 눈을 먼저 의심하고 있었다.

저벅!

들릴 리 없는 발소리다. 그러나 허규는 똑똑히 그를 들을 수 있었다. 자신을, 아니, 황지엽을 향해 한 걸음 내딛는 모용천의 모습이 소름 끼치도록 두려워 보이는 것이다.

그 공포는 허규만의 것이 아니었다. 비무대 주변에서 그를 보고 있던 모든 이가 허규와 함께 머리끝이 쭈뼛 솟아오르는 공포를 느껴야 했다.

'이 망할 노인네가! 어쩌자고 이런 괴물을!'

한 걸음 한 걸음 표정없이 다가오는 모용천을 바라보며 허규는 속으로 부르짖었다.

마왕의 피를 이은 네 아들이 모두 빼어난 무재를 자랑하지만, 그중에서도 또 두드러지는 것이 첫째인 황무기와 셋째 황지엽이다. 특히 황지엽은 무학에 그리 큰 흥미를 가지지 않으면서도 이십대 초반에 마천상야공의 삼단계를 이루었으니, 제마성의 안팎에서 그에게 거는 기대가 남달랐다. 허규 자신도 황지엽을 상대한다면 쉬운 승리를 장담할 수 없었다.

상대의 역량 하나 제대로 보지 못한다던 기명자의 질책이 새삼스럽다.

허규는 손을 들어 모용천을 제지하고 외쳤다.

"모용 공자! 비무는 끝났소! 공자가 승리했소! 아니, 공자가 대회의 우승자요!"

"아직 사지가 멀쩡한데 끝이라니?"

몇 걸음 앞에서 멈춰 선 모용천이 말했다. 허규가 대경실색하여 소리쳤다.

"이건 목숨을 건 결투가 아니라 강호 영웅들 앞에서 실력을 겨루는 비무외다! 소주께서 더 이상 무공을 펼칠 상태가 아니니 모용 공자의 승리가 아니고 무엇이란 말이오?"

모용천이 웃으며 대답했다.

"난 또! 허 선배네 공자님이 해놓은 걸 보고 다리 하나쯤 부러뜨려야 되는 줄 알았지 뭡니까?"

모용천이 그러며 짐짓 주위를 둘러보는 시늉을 했다. 비무대 위에 쓰러진 자들 중 태반이 외상을 입었지만, 종리상웅처럼 겉은 멀쩡한 채 졸도한 자들도 있었다. 그러니 모용천의 말은 엄포라고 봐야겠지만…….

'…진심이구나!'

허규는 배시시 웃는 모용천의 눈빛에서 아쉬움을 읽었다. 만약 자신이 나서지 않았다면 모용천은 서슴없이 황지엽을 쓰러진 자들과 같은 꼴로 만들었으리라.

허규는 간담을 쓸어내리며 이치강에게 외쳤다.

"뭐 하고 있소? 승패가 가려졌으니 어서 선언하시오!"

본신의 마천상야공을 모두 잃어버린 황지엽의 상태가 심상치 않아 허규의 마음이 급했다. 이치강도 일단 비무대 위로 올라오긴 했으나 왜인지 승패의 선언을 쉽게 내리지 못했다.

'뭐 마려운 개도 아니고 꾸물거리기는!'

허규는 속에서 욕설이 끓어올랐지만, 이치강의 속이 짐작 가지 않는 바가 아니라 감히 내뱉을 수 없었다. 지금 이치강이 머뭇거리는 까닭은 이대로 모용천의 승리를 선언할 경우 끝내

황지엽을 정당한 비무의 참가자로 인정하는 뜻이 되기 때문이
다.

황지엽을 정당한 비무의 참가자로 인정하면, 멋대로 난입해
경사스러운 자리를 망쳐 놓은 허규들 또한 정당한 하객이 된
다. 수많은 증인이 보는 앞에서 그들을 순순히 보낸다면 신창
권문의 명예가 어찌 될지 불을 보듯 뻔해 당연히 망설일 수밖
에.

섣불리 결정할 수 없어 이치강은 우진을 바라봤다. 그러나
우진은 살짝 얼굴을 찡그리고 있을 뿐 의중을 읽기 어려웠다.

"……."

군웅의 마음속으로 오랜 시간이 흐르자 이치강이 손을 들었
다. 모두의 시선을 하나로 모으고 비로소 이치강의 입이 열렸
다.

"대회는 취소되었소!"

"뭐라고?"

이치강의 말이 끝나기도 전에 허규의 입에서 비명에 가까운
반문이 튀어나왔다.

"뭐? 지금 뭐라고?"

"내가 제대로 들은 건가?"

비무대 아래에서 이치강을 바라보던 자들이 모두 놀라 한마
디씩 하였다.

그들은 이미 명문정파의 대표로 자랑스럽게 나선 젊은이들
을 보았고, 각파의 내로라하는 후기지수들을 모두 꺾어버린

황지엽을 보았으며, 제마성의 삼공자를 어린아이처럼 다루었던 모용천을 보았다.

무재(武才)가 끊겨 오대세가에서 밀려나고 강호에서 물러난 지 오래인 가문의 후예가 펼쳐 낸 검은 어쩌면 사람들이 받아들일 수 있는 영역을 넘어섰을지도 모른다. 군웅 중 태반이 제 눈으로 보고도 영문 모를 공포에 휩싸여 있었던 것이다.

그러나 받아들일 수 없다 하여 현실이 바뀌지는 않는다. 이틀로 예정되었던 비무는 하루 만에 결론이 났고, 마지막에 두 발로 서 있는 자가 모용천임은 누구나 볼 수 있는 사실이었다.

따라서 그 과정을 인지하기 거부하는 자들도 대회의 우승자가 모용천이라는 결과는 받아들일 준비가 되어 있었다. 적어도 황지엽이 우승한다는 최악의 결과는 피할 수 있었으니, 사람들은 어쨌든 정파의 인물에게 기꺼이 축하의 인사를 건네려 했다.

그런데 지금 이치강의 입에서 나온 말은 전혀 뜻밖의 것이었다. 그러나 이치강은 사람들에게 놀랄 틈도 주지 않고 재빨리 말을 이었다.

"다시 한 번 말하겠소! 대회는 취소되었소! 사유는 참가 자격을 갖춘 자들 중 비무를 할 수 있는 자가 한 사람뿐이었기 때문이오!"

모용천은 허규를 돌아보며,

'나 말이오?'

하고 눈으로 물었다. 그러나 허규는 잔뜩 화가 났는지 모용천의 눈짓을 알아보지 못하고 잡아먹을 듯한 눈으로 이치강을 노려볼 뿐이었다.

이치강은 생각할 수 있는 최악의 수를 선택한 것이다.

지금 이 자리에 수천의 군웅이 있지만 자신을 비롯한 항불, 요검, 혈랑도객을 당할 자는 없었다. 그나마 이치강과 일부 구파의 장로 급 인사들, 종리창과 제갈창운만이 겨우 상대가 될 정도였다. 절창이 권왕을 견제해 준다면 당금 정파무림의 신성 신창권문의 안마당에서 일대 혈겁이 일어날 것이다. 그렇게 되면 황지엽이 대회에서 우승하지 못해도 제마성의 존재를 만천하에 알리는 데에 부족함이 없을 것이다.

그러나 그것은 허규에게도 최악의 선택이다. 지금 무엇보다 중요한 것은 황지엽의 목숨이었으니까. 앞뒤로 이치강과 모용천이 버티고 있는데 자신이 과연 황지엽을 구할 수 있을까? 암만 머리를 굴려도 긍정적인 대답이 나올 리 없었다.

'저 늙은이는 두렵지 않다. 문제는 저놈이야!'

허규가 속으로 뭐라고 부르짖든 이치강이 다시 말했다.

"그리고 황 공자! 공자에게는 처음부터 참가 자격이 없었소! 그러니 방금 벌어진 비무는 인정할 수 없소!"

쩌렁쩌렁 이치강이 고함을 치고 손으로 머리 위에서 원을 그리자 일련의 사내들이 뛰어들었다.

일곱.

다섯이 모자란 열둘.

모두 일류고수 급이라는 권왕의 직전제자들 중 일부였다.

이치강은 원을 그린 손으로 황지엽을 가리키며 외쳤다.

"난입하여 대회를 망친 자다! 신병을 확보해라!"

"늙은이가 기어이 실성했구나!"

허규가 크게 노하여 소리쳤다.

그러나 욕만 하고 있을 틈이 없다. 평소라면 권왕의 열두 제자쯤 눈 아래에 두었을 허규지만, 지금은 사정이 다르다.

"하앗!"

허규가 손가락을 쫙 펼쳐 휘둘렀다. 그로부터 다섯 가닥의 지풍이 뿜어져 나왔다.

파파파팍!

"크윽!"

보기 드문 십성 공력을 기울인 관음지나. 얼음같이 차가운 다섯 가닥의 기운이 나란히 서서 앞을 가로막았다.

십성 공력의 관음지가 만들어낸 창살! 권왕의 제자들은 물론 이치강도 감히 뛰어들 엄두를 내지 못했다.

"너 이 늙은이! 네놈은 꼭 내 손으로 죽여주마! 그때까지 늙어 뒈지지나 마라!"

관음지의 창살 너머로 일갈하고 허규는 황지엽을 들쳐 멨다. 그리고 재빨리 몸을 돌리는데, 눈앞에 모용천이 있는 게 아닌가?

'젠장!'

상황이 다급하니 마땅한 욕도 떠오르지 않는다. 걸음을 멈추는 대신 허규는 다시 관음지 십성 공력을 끌어올렸다.

"소협! 그를 잡으시오!"

이치강이 크게 소리쳤다. 황지엽을 상대로 보여주었던 무위라면 제아무리 허규라도 모용천을 쉽게 통과할 수 없을 것이다.

"……!"

그러나 이치강의 판단은 순식간에 부정당했다. 모용천은 이치강을 힐끗 보더니 뒤로 한 걸음 물러나 허규에게 길을 터주는 것이 아닌가?

'뭐야?'

놀라면서도 허규는 끌어올렸던 공력을 모두 두 발로 돌려 눈앞에 드러난 활로(活路)로 뛰어들었다. 잔상을 남기며 멀어지는 모용천의 얼굴이 슬며시 웃고 있었다.

"뭐, 뭐 하는 거요!"

당황하며 이치강이 소리쳤다. 그러나 모용천은 못 들은 척 뛰어가는 허규의 반대편으로 고개를 돌렸다.

"우와아아앗!"

"비켜라, 비켜!"

황지엽을 메고 달리는 허규를 가운데 두고 항불과 요검, 혈랑도객이 에워싸며 길을 트고 있었다. 등봉건을 비롯한 구파의 장로급 인사들과 종리창, 제갈창운 등이 그를 막으려 했지만, 공포에 질려 도망치는 인파 속에서 쉽사리 길을 찾을 수 없었다.

그 와중에 제마성의 깃발이 중심을 잃고 쓰러지며 그와 함께 고정되어 있던 신창권문의 깃발도 쓰러졌다. 사람들은 향불 등을 피하느라 옆 사람을 밀치고, 쓰러지는 깃대를 피한다고 다른 이를 밟았다. 수천의 사람들이 저마다 제 목숨을 중히 여기니 그럴수록 명줄은 가늘어짐을 모르는 듯했다.

구름 한 점 없는 가을 하늘 아래 펼쳐진 대낮의 아비규환.

모용천은 비무대 위에서 그 광경을 내려다보고 있었다. 아니, 정확히는 그 속에서 움직이지 않고 서 있는 두 사람을 보고 있었다.

더없이 평온한 얼굴이지만 한 점 불쾌함을 굳이 가리려 하지 않는, 무한한 자신감으로 가득한 사내.

제 목숨만을 돌보는 사람들도 감히 범접하지 못하는, 그 스스로 한 자루 창이 되어 서 있는 사내.

권왕과 절창.

비무대 아래에서 그 두 사람만이 다른 세계에 서 있었다. 지금 이곳에서 자신을 해할 수 있는 자는 바로 마주 보고 있는 상대가 유일함을 알기에 누구도 섣불리 움직이지 않고 눈을 떼지 않는 것이다.

그것은 손발을 마주 댄 것보다 흉험한 싸움이었다. 자연 공력을 끌어올리지 않아도 두 사람에게서 피 말리는 기세가 뿜어져 나왔으니, 저 혼돈 속에서도 사람들은 가까이 가기는커녕 감히 눈길조차 둘 수 없었다.

그러나 오직 한 사람.

모용천만이 권왕과 절창을 보고 있었다. 아니, 그들에게서 눈을 떼지 못하고 있었다. 모용천은 처음으로 자신이 가지 못한 곳에 이미 가 있는 자들을 본 것이다.

'뭐지, 이 기분은?'

한번 준 눈길을 도저히 뗄 수 없다.

그러면서 가슴속 깊은 곳으로부터 무언가 뜨겁게 끓어오르는 느낌. 당해내지 못할 것을 알면서도, 그것이 미련한 줄 알면서도 당장 뛰어내리고 싶은 이 기분!

그 이름이 바로 호승심(好勝心)이라는 것을 모용천은 아직 모르고 있었다.

"죄송합니다."

인생의 만 가지 맛을 모두 보았을 목소리가 떨리고 있었다. 태일전(泰一展) 안에 있는 장문인의 집무실. 주인의 앞에 홀로 선 이치강은 할 수만 있다면 죽고 싶은 심정이었다.

주인의 잔치를 제대로 치르지 못하고, 불청객들을 응징하지도 못했다. 특히 마지막의 선택은 평소 주인의 성향을 고려했을 때 어떤 벌을 받을지 모를 일이다.

스스로를 마왕의 수하로 낮추었던 절정고수들로 인해 수많은 군웅이 희생당할 것은 당연하다. 이치강은 눈앞에 있었던, 거의 손안에 들어온 거나 마찬가지였던 황지엽을 포획하기 위해 하객들을 버린 것이다.

더구나 그럼에도도 불구하고 결과는 신통치 않았다. 그물코가 성글었는지 다 잡은 고기를 놓친 것이다.

황지엽을 비롯해 허규 등을 놓치고, 영웅연은 엉망이 되었다.

"피해는 어느 정도인가?"

우진의 음성은 비교적 담담했다. 십왕이라 불리는 자들이 모두 그런지는 모르겠으나, 무공이라는 분야에 있어 경지에 오른 우진은 쉽게 속을 드러내는 법이 없었다. 지금도 마찬가지로, 의자에 가만히 앉아 있는 우진은 평소와 다름없는 얼굴을 하고 있었다.

의중 모를 주인을 앞에 두고 이치강이 대답했다.

"항불의 법장에 스물둘, 요검의 검에 열아홉, 혈랑도객의 칼에 스물이 죽었습니다. 그리고 그… 늑대의 이에 물려 죽은 이가 일곱입니다."

"생사보나 적군."

항불, 요검, 혈랑도객.

사파를 대표하지 않는 이가 없고 두려움의 대상 아닌 이가 없었다. 그런 자들이 한데 모여 있었으니 이 정도에 그쳤다면 오히려 다행이다. 그러나 마냥 다행일 수도 없는 것이, 그중 태반은 영웅연을 축하하기 위해 온 하객이기 때문이다. 육십팔 명의 사망자 중 신창권문의 제자는 일곱 명에 불과했으니 이를 어찌 수습할 것인가?

"그들을 피해 도망치다가 서로에게 깔려서 죽은 이들의 수는 헤아릴 수 없었습니다."

이치강이 조심스레 덧붙였다.

"뭐, 그런 건 어쩔 수 없지."

우진이 그리 말하고 눈을 감았다. 자신의 잔치에서 피를 보았건만, 아무래도 상관없다는 말투였다. 그런 우진의 태도가 이치강의 속을 더욱 타들어가게 하고 있었다.

"어쨌든 이대로 넘어갈 수 없습니다. 명만 내리십시오. 문도를 모두 이끌고 놈들을 응징하겠습니다."

이치강은 결국 마음에 담아두었던 말을 꺼냈다.

신창권문의 절반은 이치강의 것이나 다름없다. 돌 하나, 풀 한 포기 이치강이 정성을 기울이지 않은 부분이 없었다. 가정을 꾸리지 않았던 늙은 권사에게 신창권문은 가장 자랑스러운 아들이었다.

그 아들이 가장 자랑스러워야 할 순간을 망친 자들을 어찌 두고 볼까?

"…응징하겠다고?"

우진이 눈을 가늘게 뜨며 반문했다. 이치강은 주먹을 불끈 쥐었다.

"대가를 치르게 해야 하지 않습니까? 감히… 이 일로 권문의 이름은 땅에 떨어졌습니다!"

"후우—"

이 사람은 나이를 먹어도 피가 끓는군. 나더러 변하지 않는다며 타박이더니 정작 자신을 보지 못하나?

우진은 긴 숨을 내쉬고 말했다.

"여보오, 응징이라는 말이 가당키나 하오?"

"……."

이치강의 말문이 막혔다. 우진의 말은 핵심을 찌르고 있었다.

"부문주는 절창을 상대할 자신이 있는가?"

재차 이어진 우진의 질문이 이치강의 속을 까맣게 태웠다.

사실상 우진의 존재가 신창권문이 가진 전력의 칠 할 그 이상이다. 권왕의 직전 열두 제자는 겨우 일류고수의 수준에 걸쳐 있다. 수많은 제자의 무위는 평균을 내면 어느 문파에도 뒤지지 않았지만, 정작 내세울 고수가 없었다.

물론 권왕의 존재가 워낙 찬란하기에 평소에는 문제될 것이 없다. 하지만 제마성과 전면전을 펼친다면? 제마성에는 권왕의 존재를 상쇄할 수 있는 자가 존재한다. 그렇게 되면 자연 이치강의 상대는 절창이 될 것이다. 그리고 제자들의 상대는 관음지와 항불 등이 될 것이다.

아주 간단하고 뼈저린 소거법이다.

이치강이 어깨를 축 늘어뜨리자 우진의 마음도 아려왔다. 자존심으로 쌓아올린 세월이다. 그러나 현실은 냉정해 그를 알아주는 법이 없다.

우진은 조용히 자리에서 일어나 창문을 열었다. 가을이 내려앉은 동정호가 창 아래 펼쳐져 있었다.

"제마성이라…… 이름 한번 그럴듯하지 않나? 요 근래 소식이 뜸하더니 이런 작당을 꾸미고 있었군그래."

뭇 마를 거느리겠다는 포부. 사파 무림을 일통하겠다는 의지가 엿보이는 이름이다.

"그 사람에게 잘 어울리는 이름이야."

"관음지, 항불, 요검, 혈랑도객. 모두 손꼽히는 절정고수들입니다. 사파 무림에 그만한 이름들도 없습니다. 더구나 절창이라니……."

"황 선배는 화려한 걸 좋아하는 사람이지. 아마도 그들이 제마성이 가진 전력의 반 이상일 걸세."

우진의 말에 언뜻 즐거운 기색이 비치고 이치강은 눈살을 찌푸렸다. 마왕을 가리켜 황 선배라니! 정파무림의 구심점이라는 사람의 입에서 나온 말치고는 가볍기 짝이 없다.

단 한 번의 만남이었지만 우진에게 있어 황종류는 특별한 존재로 남아 있었다. 십왕이라고 일컬어지기는 해도, 우진이 마음으로 인정하는 상대는 황종류 단 한 사람이었다. 검왕 남궁익이나 도왕 팽요색 등, 같은 정파의 인물들이 그 출신을 들어 경시했을 때에 우진을 인정해 주었던 것도 황종류 혼자였다.

빛과 어둠, 정과 사로 갈라선 두 사람이었지만 상대를 인정하는 마음은 하나였다. 황종류가 굳이 제마성의 존재를 공표하는 무대를 권왕의 영웅연으로 잡은 것은 가장 먼저 알리고픈 상대가 바로 우진이기 때문이리라.

"그렇다 해도 버겁기는 마찬가집니다."

그 전력의 반으로도 웬만한 문파는 당해내지 못할 정도다. 구파일방 중에서도 세력이 쇠한 청성이나 점창, 아미 등은 하루도 버티지 못할 것이다.

이치강이 침울히 말하자 우진이 대답했다.

"그러니 우리도 따라야지."

"예?"

뜻밖의 말에 놀란 이치강이 말꼬리를 높였다. 우진은 창가에 손을 짚으며 고개를 돌렸다. 동정호로부터 불어오는 바람이 권왕의 수염을 흔들고 있었다.

"저들이 힘을 하나로 모았으니 우리가 흩어져 덤비면 승산이 있겠나?"

"아아!"

비로소 주인의 뜻을 알아챈 이치강이 탄성을 질렀다. 우진은 가볍게 고개를 끄덕였다.

"부문주의 말마따나 권문의 명예는 땅에 떨어졌으니 비싼 값을 치르긴 했지. 그래도 아주 손해 보는 상사는 아닐세그려. 저 꽉 막힌 자들도 엉덩이에 불이 붙었으니 일어나지 않고 배기겠나? 우리 뜻대로 판을 벌일 수 있는 여건을 만들어줬으니 차라리 고맙다는 인사를 해야지."

"……."

이치강은 대답 대신 고개를 숙였다. 자신보다 이십여 년이나 어린 주인이다. 그의 뜻을 머리로는 이해할 수 있어도 가슴으로 받아들이기는 힘들다. 구겨진 자존심을 아무렇지도 않게 실리로 치환할 수 있는 성정은 권왕이라는 이름과 어울리지 않는 것이다.

그러나 시대는 그러한 성정을 원하고 있을 터.

'나도 늙었구나.'

받아들이기 힘든 것은 뒤처졌기 때문인 것을. 이치강은 군말없이 우진을 따르고자 다짐했다.

"…그는?"

한참 말이 없던 우진이 무심히 입을 열었다. 이치강은 잠시 생각하고 나서야 누구를 말하는지 알 수 있었다.

"아직 무한 내에 있을 겁니다."

그를 생각하니 이치강은 새삼 열이 올랐다. 황지엽을 잡을 수 있다고 판단한 근거가 바로 그였고, 그것을 잘못된 선택으로 전락시킨 것도 바로 그였으니까.

"데려오게."

"이유를… 여쭈어도 되겠습니까?"

끓어오르는 속을 짐작했는지 우진이 빙긋 웃었다.

"난리를 수습하느라 챙기지 못했지만 사실상 비무대회의 우승자가 아닌가? 대접을 해줘야지."

"마왕의 아들을 놓아준 자입니다! 죄를 물어도 시원찮을 판에 대접이라니요!"

"죄를 묻겠다니… 부문주가 그럴 수 있을까?"

"무슨 말씀이십니까?"

이치강이 수염을 꼿꼿이 세우며 반문했다. 우진은 가볍게 혀를 차며 대답했다.

"내 이름을 팔지 않고 그에게 죄를 물을 수 있냐고 물은 걸세. 쯧쯧."

우진의 말이 폐부를 찌른다. 주인의 면전이라는 것도 잊고 이치강이 언성을 높였다.

"지금 이 늙은이가 애송이 하나 당해내지 못할 거라 생각하시는 겁니까!"

우진은 고개를 저으며 말했다.

"내가 말해야 무슨 소용이겠나? 누가 옳은지 알고 싶거든 찾아오기나 하게."

＊　　　　＊　　　　＊

권왕의 직전 열두 제자 중 하나, 신유결이 모용천을 찾아낸 곳은 무한 근교의 잡목림 안이었다. 모용천은 겨울을 준비하는 나무들 틈에서 그 역시 나무인 양 서 있었다. 신유결은 모용천을 두 눈으로 보고도 지나칠 뻔했는데, 먼저 와 있던 자가 그를 불러 세운 덕에 겨우 알 수 있었던 것이다.

신유결보다 먼저 모용천을 보고 있던 자는 개방의 젊은 장로 이소였다.

"어제부터 계속 저러고 있었단 말입니까?"

눈이 휘둥그레진 신유결에게 이소는 시커먼 손톱으로 머리를 긁으며 대답했다.

"내가 봤을 때부터 저랬으니 만 하루가 지났구먼."

가만히 서서 명상에 잠기는 것은 놀랄 일이 아니다. 신유결도 마음만 먹으면 삼 일이고 사 일이고 할 수 있는 일이다.

"저것 보게."

37

이소가 목소리를 낮추고 손짓했다. 신유결의 눈길이 간 곳에, 몇 마리 새가 모용천의 어깨로 내려앉았다. 모용천은 단순히 서서 명상에 잠긴 것이 아니라, 완벽히 잡목림 속에 동화되어 있었다. 지금 모용천은 한 그루 나무이면서 이 잡목림 전체라고 할 수 있었다.

신유결이 고개를 절레절레 흔들었다.

"하긴, 나는 두 눈으로 보고도 지나칠 뻔했습니다."

이소도 고개를 끄덕였다. 그리 깊은 곳이 아니라 나무를 하러 온 자들도 더러 모용천을 지나쳤다. 그러나 그들 중 누구도 모용천을 의식한 자가 없었던 것이다. 자연에 가까운 금수뿐 아니라 제 눈을 더 믿는 인간들도 알아보지 못했음은 실로 놀라운 일이다.

"자네는 직접 봤다 했지?"

경이로운 눈으로 모용천을 바라보는 신유결에게 이소가 넌지시 물었다.

애초에 볼 생각도 없었고, 늦잠을 자느라 볼 수도 없었던 비무대회다. 개방을 대표해 영웅연에 참석하라는 명을 받았으니 이소는 둘째 날 느직하게나 얼굴만 비출 심산이었다.

"못 들으셨습니까? 벌써 무한에 소문이 자자합니다. 저자의 이름을 온 중원 사람이 다 아는 데 열흘이면 충분할 겁니다."

신유결은 권왕의 제자 중에서도 특히 진중한 자로 유명했다. 말을 아낄 줄 아는 자는 어디에나 드문 법이고, 그런 자의 말은 어디서나 환영받는 법이다. 이소가 아는 신유결은 결코 말을 쉽게 하는 자가 아니었는데, 그럼에도 불구하고 모용천을 말하는 데에 머뭇거림이 없었다.

흥!

이소는 한쪽 콧구멍을 막고 힘차게 코를 풀었다.

"듣기야 들었지. 그런데 너무 많이 들어서 내가 뭘 들었는지 모르겠는 걸 어쩌나? 하나를 보고 온 사람들이 백이면 백 가지 다른 걸 말하니 원."

이소가 코를 풀며 불평하자 신유결이 고개를 끄덕였다. 사실 그 자신도 본 것을 제대로 말할 수 있을지 몰랐으니까.

"그것이… 으읍!"

자신없는 목소리로 입을 열던 신유결이 질겁했다. 이소가 코를 풀던 손 그대로 신유결의 입을 막은 것이다.

"쉿!"

이소는 다른 쪽 손가락으로 자신의 입술에 갖다 대고 눈동자를 굴렸다. 더럽기는 이 손이나 저 손이나 한가지라, 신유결은 눈살을 찌푸릴 뿐 뭐라 하지 못하고 이소의 시선을 따라갔다. 시선이 멈춘 지점에서, 신유결은 숨을 멈췄다.

모용천의 손이 움직이기 시작했다.

第二章
권왕, 우진

　권왕과 절창은 비록 손가락 하나 움직이지 않았지만 보이지 않는 곳에서 격렬한 싸움을 하고 있었다. 모용천만이 그를 볼 수 있었고, 감히 그 속에 뛰어들고 싶다는 생각을 할 수 있었다.

　그것은 참으로 생소한 기분이었다.

　아버지의 커다란 손은 검을 쥐어주었지만 그 검을 어찌 쓰는지 가르쳐 주지 않았다. 아니, 가르쳐 줄 수 없었다는 게 정확한 표현이겠으나 둘 사이에 무슨 차이가 있을까? 누구에게 배워보지 않아 스스로도 모르는 일이었지만, 적어도 무공에 관한 한 모용천은 처음부터 누구도 가르칠 수 없는 존재였다.

구전으로 전해지던 선대의 심득이 사라진 것은 모용천에게는 차라리 행운이었다. 확신할 수 없는 추측이지만 그 가운데 모용천이 필요로 했을 부분은 그리 많지 않았으리라. 필요했을 부분도 그를 찾아가는 과정이 더 중요했을 테니.

말 그대로 천품(天稟)의 모용천에게 문자로만 남아 있던 세가의 무공은 오히려 천혜의 환경이었던 것이다.

익히고 또 잊기를 반복하며 모용천은 세가의 모든 무공을 자신의 것으로 만들고 다시 그 모두를 버렸다. 초식과 투로로 나누어진 무공을 자기 안에 하나로 녹여 내리기까지 한 번의 막힘도, 한 번의 의문도 없었다. 몸을 통해 그대로 구현되는 사고의 흐름은 사방과 위아래로 끝없이 확장을 거듭했다.

그렇게 모용천은 홀로 십오 년을 보내고 강호에 나왔다. 강호에 뛰어들기 전에 모용천이 준비했던 것은 벽암당의 살수 십여 명과 세 번의 실전이 전부였지만 부족하다는 생각은 들지 않았다. 마음 한구석에 있던 막연한 불안은 차례로 만난 강호인들로 인해 씻은 듯이 사라졌던 것이다.

알 수 없었던, 그러나 딱히 알고 싶은 마음도 일지 않았던 기명자를 제외한 누구도 모용천의 상대가 될 수 없었기 때문이다. 그저 숨을 쉬는 것처럼 당연했던 무공은, 타인과 손을 섞어도 역시 막힘이 없었다. 강호의 무림인 그 누구도 모용천에게는 자극을 주지 못했으니 이는 세가에 있을 때나 마찬가지였다.

그렇기 때문에, 절창과 권왕이라는 존재는 모용천에게 너무나 강렬한 자극이었다.

태어나 처음으로 느껴보는 기분. 그 정체가 무엇인지, 이름은 있는지 알 수도 없는 감정은 모용천을 당황에 빠뜨렸다. 모용천은 요동치는 가슴을 다스리기 위해 급히 조용한 자리를 찾아 명상에 잠겼다.

하루하고도 또 한나절.

잡목림과 완전히 하나가 되었지만 절창과 권왕에게서 느꼈던 감정은 꺼지지 않는 불씨처럼 좀처럼 사그라질 줄을 몰랐다. 결국 모용천은 가라앉히기를 포기했고, 꺼지지 않던 감정은 기다렸다는 듯이 활활 타오르기 시작했다.

모용천의 눈에 그려진 희미한 윤곽이 곧 허공에 선으로 이어지고 확연한 형태를 이룬다. 바위처럼 단단하고 산처럼 무거운 사내.

한 자루 창을 사이에 두고 사내의 손이 어울리지 않게 하늘거리며 다가온다.

그것은 모용천이 그려낸 허상이지만 실재하는 그 무엇보다 위협적인 손이다. 서로가 실력을 드러내지 않았던 골목에서의 일전. 처음으로 모용천을 물러나게 한 금나수법의 위력이 머릿속에서 몇 배가 더해진 까닭이다.

'……'

모용천 역시 손을 들었다.

휘이익—

모용천의 손이 움직이자 어디선가 한줄기 바람이 불어왔다.

아마도 모용천의 손이 일으켰을 바람일진대, 어디서 불어오는 것인지 알 길이 없었다.

쉬이익—

마른 낙엽이 바람을 따라 허공에 길을 놓기 시작했다. 모용천의 손이 원을 그리면 둥근 길이 생겨나고, 위를 향하면 오르막길이, 아래를 향하면 내리막길이 이어지는 것이다.

바사사사삭—

낙엽이 바스락거리는 마른 소리가 바람에 섞여 귓가를 간질인다. 어느덧 떠오른 낙엽이 가득해 모용천의 몸이 보이지 않는다. 그러나 허공에 세워지는 엽로(葉路)가 곧 손이 그리는 그림이니, 이소와 신유결은 말없이 두 눈을 빛내고 있었다.

그렇게 절창의 환상과 금나수법을 겨루길 일다경.

모용천은 손을 멈췄다.

후두두둑—

눈앞을 가득 메우던 낙엽이 가라앉고, 절창의 환상도 가라앉아 보이지 않았다.

'소용이 없구나!'

짐작할 수 없는 것은, 절창의 경지가 자신이 가보지 못한 곳이기 때문이다. 더구나 그의 별호를 생각하면 금나수법은 구우일모(九牛一毛)에 불과할 것이니 머릿속 비무가 무에 소용일까?

모용천은 짧게 탄식하고, 고개를 들었다. 진작부터 알고 있었던 두 사람이 눈에 들어왔다.

이소와 신유결.

그들은 환상이 아니다. 머릿속 절창과 달리 지금 저 자리에 있는, 손을 뻗으면 만질 수 있는 실재다. 그러나 만들어낸 절창과 달리 저들은 조금의 자극도 줄 수 없는 자들이다.

모용천은 서글픈 기색을 감추지 않고 말했다.

"무슨 일로 나를 찾아오셨소?"

그 목소리가 이소를 당황케 했다. 하루 넘게 잡목림과 하나가 되어 있더니 불현듯 깨어 절정의 신공을 선보인 모용천이다. 더구나 마왕의 아들을 패퇴시키고 사실상 권왕의 비무대회에서 우승을 차지했으며 그 신위가 곧 천하를 진동시킬 모용천이다.

아니, 그런 것은 젖혀두자.

다른 사람이 아니라 이소의 눈에 비친 모용천은 천하를 굽어볼 자격이 충분한 자였다. 이제 갓 스물이 되었을까? 일반의 젊은이라도 패기만만할 나이. 하물며 저런 경지에 올랐다면 더 말할 것이 없다.

그런 자의 목소리라면 오만해야 할 것이 당연하고, 그렇지 않다 해도 자신감으로 충만해 있어야 할 것이다. 그러나 이소를 향해 물어오는 모용천의 목소리는 슬픈 기색이 가득했고 풀 죽은 어깨는 축 늘어져 있었다.

"어, 어… 나는 글쎄, 딱히 일이 있어서 찾아온 건 아닌데 말이야. 음… 음… 그러니까……."

이소는 할 말을 찾지 못하고 더듬거리다 옆에 있던 신유결을 건드렸다. 낙엽이 가라앉은 뒤에도 모용천의 신위에 취해 있던 신유결은 퍼뜩 정신을 차리고 앞으로 나섰다.

"장문인께 소협을 찾아 모셔오라는 명을 받았습니다. 나 외에 다른 형제들이 모두 소협을 찾고 있으니 함께 권문으로 돌아가 주시지 않겠습니까?"

"신 형의 장문인이라면, 권왕이 나를 찾는단 말입니까?"

반문하는 모용천의 얼굴에 언제 그랬냐는 듯 화색이 돌았다.

그러자 당황한 것은 신유결이었다. 부당하게 우승의 자격을 박탈당했으니 모용천이 어떻게 나와도 신유결은 할 말이 없는 것이다. 때문에 신유결은 권문을 나설 때부터 마음의 준비를 하고 있었는데, 오히려 좋아라 하는 모용천을 보니 당황스러운 것이다.

"예. 용건은 장문인께 직접 들으셔야겠지만……."

"그거야 가서 들으면 되겠지요. 어서 갑시다."

절창의 환영으로 인해 서글펐던 마음이 권왕을 만날 수 있다는 말만으로 씻은 듯이 사라졌다. 그 빈자리를 활기가 대신 채웠으니 이토록 급격한 감정 변화는 겪어본 일이 없어 모용천 스스로도 놀랄 정도였다. 그러나 놀랄 여유도 없이, 모용천의 마음은 이미 신창권문의 문 아닌 문을 통과하고 있었다.

*　　　　*　　　　*

48

“괜찮은 거야? 어? 형님은 괜찮은 거냐구!”

무한으로부터 그리 멀지 않은 작은 마을. 고함 소리가 낡은 집을 뒤흔들었다.

이십대 초반의 청년이 고함을 지른 상대는 아버지뻘은 될 중년의 사내였다. 무엇인가에 열중한 듯 이마에 땀을 뻘뻘 흘리고 있던 사내는 가는 눈을 흘기며 대답했다.

“괜찮을 겁니다.”

“이게 지금 괜찮아 보여? 벌써 이틀이 지났어! 당신이 의원이야? 대체 무슨 배짱으로 계속 괜찮다는 거야?”

청년이 다시 한 번 고함을 질렀다.

빠직!

청년의 무례한 언행이 중년인, 관음지 허규의 이마에 핏내를 세웠다. 허규의 뒤에 앉아 있던 항불도 눈살을 찌푸렸고, 꾸벅꾸벅 졸고 있던 은삼교는 잠을 방해받아 불쾌했는지 멍한 눈을 찢으며 청년을 노려봤다. 이렇다면 누구라도 간이 콩알만치 오그라들어야 할 텐데, 놀랍게도 청년은 두려운 기색을 보이지 않고 오히려 더 당당하게 말하는 것이었다.

“뭘 봐? 당신들은 대체 형님이 이렇게 될 때까지 뭘 했어? 뭘 잘했다고 불만이야, 불만은!”

청년이 버럭 화를 내자, 허규가 나서서 말했다.

“사공자, 말씀이 지나치십니다.”

청년은 바로 마왕의 넷째 아들 황평군(黃坪君)이었다. 사형제 중 막내인 황평군은 세 형 중에서 같은 배에서 난 바로 위,

황지엽을 유난히 잘 따랐다. 무한에서의 일에도 황평군의 자리는 없었지만, 본인이 한사코 졸라 따라올 수 있었던 것이다.

"뭐? 관음지, 정말 지나친 게 뭔지 모르나 본데 내가 가르쳐줄까?"

황평군은 손가락을 들어 아래를 가리켰다. 황평군의 손가락이 가리킨 곳, 그와 관음지 사이에 놓인 침상 위에는 의식을 잃은 황지엽이 누워 있었다.

아름답다는, 여인에게 쓰여야 할 수식어가 오히려 제 것처럼 당연한 황지엽의 얼굴은 핏기가 싹 가셔 하얗게 질려 있었다. 신창권문에서 빠져나오는 도중 혼절했던 황지엽은 벌써 이틀째 깨어날 줄을 몰랐다.

"커험!"

눈치를 보던 항불은 헛기침이나 하며 고개를 돌렸고, 은삼교는 다시 눈을 감았다. 평소에 자신들을 대표하는 것처럼 나섰던 허규이니 황평군을 상대하는 일도 도맡으라는 뜻이다.

허규는 속으로 두 사람과 자리에서 아예 빠져 있는 혈랑도객을 욕했지만, 그와는 별개로 그 역시 깨어나지 않는 황지엽이 걱정스러워 견딜 수 없었다. 아직 무한에서 멀리 벗어나지 못한 만큼 함부로 의원을 구할 수도 없는 노릇이었다.

'단전의 진기는 온전한데… 마천상야공을 강제로 빼앗기면서 입은 충격이 커서인가?

황평군의 말대로 허규가 의원도 아니니 이런 생각도 추측에 불과하다.

황평군은 씩씩거리고 허규는 입을 다물었다. 항불은 괜한 헛기침을 연발하고 은삼교는 여전히 자는 척이다. 끊어질 듯 가는 황지엽의 숨소리만이 네 사람의 복잡한 심사를 넘나드는 중, 누군가 문을 열고 안으로 들어왔다.

"어디를 갔다 오는……!"

혈랑도객이 돌아온 줄 알았던 허규가 곧 입을 다물었다. 집 안으로 들어온 자는 혈랑도객이 아니라 절창 기소위였다.

"오, 오셨소."

당황하며 허규가 자리에서 일어났다. 그를 따라 황평군과 항불은 물론, 자는 척을 하던 은삼교도 눈을 뜨고 자리에서 일어났다.

"오셨습니까."

기소위를 향해 포권의 예를 취하던 황평군이 눈을 번뜩였다. 기소위를 뒤따라 들어온 자가 눈에 들어온 것이다.

"흥……!"

비교적 작은 체구의 소년은 경멸의 뜻을 표하는 황평군을 무시하고 침상 곁으로 다가갔다. 그러자 놀랍게도 깨어날 줄 모르던 황지엽이 가늘게 눈을 뜨는 것이 아닌가?

그 모습을 본 허규는 반가움에 가슴을 쓸어내렸고, 반면에 불같이 화를 내던 황평군은 마냥 기뻐할 수 없는 얼굴로 복잡한 감정을 드러냈다.

그리고 황지엽의 곁에 선 소년은 웃는 듯 우는 듯 커다란 눈을 내리깔며 한 손으로 머리끈을 풀었다.

사라락―

구속에서 풀려난 머리칼이 어깨 위로 흘러내리고……

소년 서해영은 여인이 되었다.

서해영은 남장을 할 때에도 누구나 돌아보게 만드는 미소년이었다. 그러나 단순히 머리를 풀어헤친 것만으로 서해영은 말로 표현할 수 없는 미녀로 변해 있었다.

침어낙안(沈魚落雁), 폐월수화(閉月羞花).

물고기는 헤엄치기를 잊고, 기러기는 날갯짓을 잊는다고 한다. 달은 부끄러워하고 꽃도 모습을 감춘다니 중원 특유의 과장 섞인 수사들도 서해영의 앞에서는 부족할 뿐이다. 그녀에게는 과장된 수사를 현실로 만들어 버리는 힘이 있었다.

불거일시(不去日示).

만약 해에게 눈이 있어 서해영을 볼 수 있었다면 밤은 오지 않을 것이다.

그런 서해영을 황지엽은 떨리는 눈꺼풀을 간신히 지탱하며 바라보고 있었다. 말하지 말라고, 서해영이 말하기 전에 황지엽이 힘겹게 입술을 움직였다.

"부끄러운… 꼴을… 보이고 말았군요."

금방이라도 끊어질 듯 가쁜 숨으로 토해낸 말이다. 비무대 위에서 세 치 혀로 수천의 군웅을 농락하던 모습과는 거리가 멀었지만, 이것이야말로 황지엽의 진실된 모습이라는 걸 서해영은 잘 알고 있었다.

"곧… 곧 일어날 테니 너무 염려치 마십시오."

아무 말 없는 서해영에게 황지엽이 재차 말했다.

"형님, 불편하시면 말씀하지 마세요! 어서 기력부터 회복하셔야지요!"

여전히 대답하지 않는 서해영의 앞을 황평군이 가로막았다. 황지엽은 웃으며 대답했다.

"군아… 내가 면목이 없다. 그런 자가 있으리라고는 생각지도 못했구나."

"그런 말일랑 하지 마세요. 그보다는 얼른 털고 일어날 일만 생각하세요."

물론 황평군은 누구보다 존경하고 사랑하는 형 황지엽이 뭇 사람들 앞에서 무위를 펼치고 위명을 떨치는 모습을 기대했다. 그러나 자신이 생각한 그림이 어긋났다 하여 황지엽을 책망할 만큼 철없는 아이는 아니었다.

다만 그는 황지엽을 간단히 패퇴시킨 자가 자신과 안면이 있을 거라고는 생각하지 못했을 뿐이다. 또 황지엽을 쓰러뜨린 자가 서해영과 함께 있었다는 것을 말할 수 없을 뿐이다.

"무리하지 말고 더 주무십시오."

황평군의 말을 들은 황지엽은 힘겹게 웃어 보였다. 그 미소는 자신을 향한 것이 아니다. 황평군은 고개를 끄덕이며 서해영을 돌아봤다. 서해영은 여전히 속을 알 수 없는 얼굴로 황지엽을 향해 안타까운 시선을 보내고 있었다.

'가증스러운 것!'

황평군은 속으로 이를 갈았지만 차마 서해영을 해코지할 수 없었다. 무엇보다 서해영은 황평군의… 였으니까.

"……."

황지엽이 다시 의식을 잃자 비로소 서해영의 입이 열렸다.

"괜찮겠지요?"

서해영이 대답을 요구하는 이는 말할 것도 없이 허규였다. 허규는 떨떠름한 표정으로,

"괜찮겠지요."

하고 간단히 대답했다.

한편 항불과 은삼교는 서해영이 자신에게 물어오지 않았음을 다행으로 여기는 듯 안도의 한숨을 쉬었다. 서해영은 좌중을 둘러보고 가볍게 말했다.

"그럼 잘 부탁해요, 부디 무사히 제마성으로 돌아갈 수 있도록."

"걱정하지 마시오."

허규가 고개를 끄덕였다. 누구에게는 뜻밖의 일이겠지만, 관음지의 말은 대체로 무엇보다 무거워 믿을 만한 것이다. 서해영도 안심했는지 옅은 미소로 화답하고 기소위를 돌아봤다.

"따라올 거면 따라오시든지."

차갑게 지른 서해영은 대답을 듣지도 않고 성큼 발걸음을 옮겼다. 상대가 절창이라는 걸 감안하면 무례하기 짝이 없는

태도였지만 누구도 그녀를 나무라는 기색은 보이지 않았다. 절창 역시 개의치 않는 듯, 무심히 서해영의 뒤를 따라 집을 나섰다.

서해영과 절창이 집 밖으로 나오자 황평군도 그들을 따라 나왔다.

"잠시……."

황평군은 허규 등을 대할 때와 달리 공손한 태도로 기소위에게 자리를 피해달라 부탁했다.

"괜찮아."

서해영의 허락이 떨어지자 절창이 먼저 대문을 나섰다. 낡은 집의 앞뜰에 두 사람만이 남자, 서해영이 말했다.

"왜? 무슨 말이 하고 싶은 거야? 빨리 말해."

어깨 밑으로 내린 머리칼 끝이 바람을 받아 가볍게 흔들린다. 차갑게 식어가는 대기 속에서 서해영은 홀로 온기를 발하고 있었다. 주변은 온통 가을이었지만, 서해영은 홀로 봄이었다.

가만히 보고 있노라면 자기도 모르게 그 안으로 녹아들 것 같은 여인이다. 서해영은 이제 십대 후반으로, 인생에 있어 가장 아름다운 시기를 지나고 있으니 누구라도 반하지 않고는 못 배길 것이다.

누구라도.

황평군은 고개를 세차게 흔들며 말했다.

"뭐가 그리 바쁩니까? 형님이 저렇게 되셨는데, 조금 더 있다 가도 되지 않습니까?"

서해영은 생각할 가치도 없다는 듯 황평군의 말이 끝나자마자 대답했다.

"저렇게 된 건 안타까운 일이지만 나에겐 시간이 없어. 너도 잘 알잖아? 한순간 한순간이 나에겐 황금 같은 시간이야. 미안하지만 여기에 더 있을 수 없어."

"이틀입니다! 형님은 이틀째 깨어나지 못하고 있었어요. 그런 형님이 당신이 오자마자 눈을 떴어요! 그렇다면… 조금이라도, 다음에 깨어날 때만이라도 곁에 있어줄 수 있는 거 아닙니까?"

황평군의 말은 고압적으로 시작했으나, 갈수록 꼬리를 내려 종내에는 애원하는 투로 변했다.

마왕의 아들로 태어나 부족함을 모르고 살아온 황평군이다. 오만에 가까운 자존심으로 똘똘 뭉쳐, 허규들마저도 제 수하인 양 대하는 것이 오히려 자연스러운 자다. 그런 황평군이 이렇게 숙이고 들어오니 서해영은 놀랍기도 하고, 제 형을 생각하는 마음이 기특하기도 했다.

그러나 서해영은 고개를 저었다.

"그런다고 뭐가 달라지지? 다음에 깨어나면 그가 완전히 회복되어 있을까? 어차피 내가 끝까지 함께 있어줄 수 없다면 한 번을 있든 두 번을 있든 쓸데없는 짓이야."

황평군의 얼굴이 붉게 달아올랐다. 자신이 이렇게까지 저자세로 나왔건만, 일언지하에 거절하는 서해영이 괘씸한 것이다.

“정 그렇게 나오겠다는 겁니까? 두려운 게 없다는 거죠?”

“착각하지 마. 무한에 오기까지 내가 너의 말을 들었던 건 그동안은 절창이 너희들과 함께 있어야 하기 때문이었어. 하지만 이제 다 끝났잖아? 그렇다면 나도 너의 말을 들을 필요가 없고, 네가 무례하게 구는 것도 참을 이유가 없어. 내 말이 무슨 뜻인지 모르는 건 아니겠지?”

서해영이 단호히 말했다. 꽃처럼 화사한 얼굴과 달리 붉은 입술에서 나오는 말은 한겨울에 몰아치는 바람처럼 차갑기만 했다.

“흐훗……”

그 차가운 거절을 앞에 두고 황평군이 낮게 웃었다. 그 웃음소리에 담긴 의도가 거슬려서 서해영이 두 눈을 치켜떴다.

“뭐야?”

황평군은 잘생긴 얼굴에 어울리지 않게 비릿한 웃음을 지으며 말했다.

“형님이 누구에게 당했는지 알고도 그런 말이 나오는 겁니까?”

“……”

“아주 대단하더군요. 단 한 수로 나를 제압할 때도 그랬는데, 마천상야공 삼단계를 이루신 형님조차 상대가 되지 않더군요. 크흐훗! 형님께서 비무대회에 우승하셨으니 기분 참 좋으시겠습니다. 아, 우승은 하지 못했던가? 어쨌든! 그 정도는 되어야 당신의 형님이 될 수 있는 거겠죠?”

　서로 다른 두 형을 놓고 황평군이 한껏 서해영을 비웃었다. 그러자 무관심으로 일관하던 서해영의 얼굴에 언뜻 노기가 일었다.

　"난 영웅연에 가지도 않았어! 너도 잘 알잖아? 그리고 그 사람과는 그때 한 번 만났을 뿐이야! 마음이 맞아 호형호제를 하긴 했지! 하지만 그뿐이잖아? 그는 아직도 나를 남자로 알고 있을 텐데, 아무 상관 없잖아? 쓸데없는 소리 집어치워!"

　서해영은 더는 말도 섞기 싫은 듯 내지르고 황평군을 지나쳐 걸어갔다. 황평군은 뛰는 듯 걸어가는 서해영의 뒷모습을 보며 노골적으로 비웃기 시작했다.

　"큭, 크크크큭! 정말 졸렬한 말이로군! 그래, 단 한 번 만난 자를 그렇게 비호하면서 형님에게는 따뜻한 말 한마디 주지 않겠단 말이지? 대단하군, 대단해! 크크큭! 크하하하하핫!"

　황평군의 웃음소리가 비수처럼 등 뒤에 꽂혀온다. 더 견디지 못하고 서해영은 두 귀를 막았다.

＊　　　＊　　　＊

　신유결을 따르는 내내 모용천은 뛰는 가슴을 주체할 수 없었다. 권왕이 왜 자신을 보고 싶어하는지 짐작이 가긴 했어도, 쓸데없는 상상이 거품처럼 부풀어 오르는 것이다. 그중에서도 역시 가장 달콤한 상상은…

　'나와 비무를 하고 싶은 게 아닐까?'

하는 것이다.

기명자에게 이미 들은 바 있지만, 듣지 못했더라도 한눈에 알아볼 수 있었으리라. 가늠할 수 없다는 뜻은 곧 모용천이 그에 미치지 못한다는 말이다. 모용천이 세가를 나온 이래 한눈에 역량을 짐작할 수 없었던 자가 세 명 있었는데, 바로 기명자와 절창, 그리고 권왕이었다.

하지만 가늠할 수 없다 하여 그들에게서 모두 같은 느낌을 받은 것은 아니다. 기명자의 경우에는 그 성질을 '알아볼 수 없다'는 느낌이 강하였지, 결코 자신이 그에 뒤질 거라는 생각은 들지 않았다. 반면 절창과 권왕에 대해서는 자신이 아직 닿지 못한 곳, 멀찍이 앞서가 있는 자들이라는 느낌을 확실히 받을 수 있었던 것이다.

그러니 권왕이 비무를 요청한다면? 아니, 독대하는 자리에서 자신이 비무를 요청하고 그가 받아들여 준다면?

생각만 해도 가슴 떨리는 상상이다. 비록 모용천도 알 수 있을 만큼 실현 가능성이 없는 일이었지만 말이다.

그리고 그런 상상은 권왕의 방에 들어선 순간부터 여지없이 깨지고 말았다. 권왕의 뒤에는 잔뜩 화난 얼굴의 이치강이 서 있었던 것이다. 이치강은 뭐가 그리 불만인지 잡아먹을 것 같은 눈으로 모용천을 쏘아보고 있었다. 도저히 비무의 '비' 자도 꺼낼 분위기가 아니다.

'독대가 아니라니!'

실망감을 감추지 않으며, 모용천은 권왕과 마주 앉았다.

“화가 단단히 났나 보군.”

모용천이 자리에 앉자마자 우진이 대뜸 물어왔다.

“예?”

무슨 말인지 몰라 모용천이 되묻자, 우진이 수염을 쓰다듬으며 말했다.

“아니, 아니야. 자네를 책망하는 건 아닐세. 그럴 수 있어. 그럴 수 있지. 아니, 암! 화를 내는 게 당연하지!”

“…….”

무슨 말을 하는지 감을 잡지 못해 모용천은 가만히 듣고 있었다. 그런데 침묵하는 모용천에게 이치강이 불같이 화를 내는 것이다.

“공자! 장문인을 앞에 두고 그 무슨 불손한 태도요!”

불손하다니? 모용천은 영문을 몰라 눈살을 찌푸렸다. 그 모습이 이치강의 화를 돋우었다.

“허어!”

이치강이 참지 못하고 무언가 더 말하려 했으나, 우진이 손을 들어 만류했다. 모용천은 왜 사람을 앉혀놓고 다짜고짜 화가 났느니 불손하다느니 하는 소리를 하는지 알 수가 없었다. 게다가 비록 입은 닫았지만 이치강의 얼굴이 벌겋게 달아오른 것이 자신에게 무척 화가 난 모양이라, 어쩐지 억울한 마음이 일었다.

“자네 마음이 어떤지 모르는 게 아니야. 정파의 제일 후기지

수를 정하는 대회에서 다 잡은 우승을 부당하게 빼앗겼으니 아직도 분이 다 안 풀렸겠지.”

우진은 아주 자상한 눈으로 모용천의 마음을 모두 알고 있다는 듯 부드럽게 말해왔다.

‘아… 그 얘기인가?’

모용천은 우진의 말을 듣고서야 비로소 왜 이치강이 화를 내는지 알 것 같았다. 권왕과의 만남이 독대가 아니라는 사실에 실망감을 드러냈던 게 저들에게는 우승을 취소당한 불만을 표출하는 것이라고 보였던 게다.

모용천은 고개를 저으며 말했다.

“마음에 두고 있지 않습니다. 제 표정이 좋지 않았던 것은 다른 이유가 있어서이니 신경 쓰지 마십시오.”

“허허… 마음에 두고 있지 않다니, 과연 그릇이 크군!”

모용천의 말을 듣고 우진이 껄껄 웃으며 엄지손가락을 내밀었다. 천하의 권왕이 큰 그릇이라 인정해 준다니, 그 말을 마다할 자가 강호에 몇이나 될 것인가? 누구라도 그 말을 들으면 날아갈 듯 기뻐할 것이다. 그러나 모용천은 딱히 반가워하는 기색을 보이지 않고 그저 고개를 끄덕였다.

“절 왜 보자고 하셨습니까?”

‘뭐 이런 건방진 놈이 다 있나!’

우진이 칭찬을 해주었으면 기뻐하는 기색은 감추더라도 답례를 표해야 하건만, 모용천은 담담히 고개만 까딱거리고 대뜸 용건을 묻는다. 이미 고개가 삐딱해져 있는 이치강이었으니 모용천의 말 한마디 거슬리지 않는 부분이 없었다.

그러나 우진은 그저 웃으며 대답했다.

"원래 그렇게 성격이 급한가? 이 자리는 자네나 나나 서로에게 귀한 만남이 아닌가."

"……."

우진의 말뜻을 몰라 모용천은 다시 입을 다물었다.

"마음에 두고 있지 않다니 다행이지만 그것과는 별개로 그날의 일은 내게도 유감일세. 자네와 같은 인재가 세상에 빛을 발할 기회가 사라졌으니 이는 정파무림에 크나큰 손실이지."

우진의 이 말을 듣고 보니 모용천은 속으로 아차 싶은 마음이 들었다. 마천상야공이라는 놀라운 무공을 상대할 수 있었고, 처음으로 자신이 가지 못한 곳에 가 있던 사람들을 만나 묘한 기분을 느꼈다. 단지 그것만으로 들뜬 나머지 자신이 왜 대회에서 우승을 해야 했는지 이유를 까맣게 잊고 있었던 것이다.

'정신을 어디다 팔고 다니는 겁니까! 쯧쯧쯧.'

머릿속에는 어디서 나왔는지 유 총관이 그럴 줄 알았다는 듯 비웃고 있었다. 유 총관은 화를 내는 법이 없었다. 화를 내기보다는 비웃거나 무시하는 편이 모용천을 다루는 데 효과적이었으니까. 그것이 얼마나 주효했는지 이제는 모용천 스스로 있지도 않은 유 총관을 만들어내는 것이다.

"누구에게 사사받았나?"

권왕의 목소리. 은근하면서도 위엄 넘치는 목소리가 퍼뜩 유 총관의 환상을 지웠다.

“집안 어른께서 사사하셨습니다.”

기명자도 그러더니 권왕도 똑같은 걸 물어온다. 모용천은 기명자에게 했던 것과 같은 대답을 했다. 그러나 권왕은 기명자와 달리 대충 넘어가 주지 않았다.

“모용세가에 자네 정도의 인재를 길러낼 자가 남아 있던가? 듣자 하니 영존께서는 편찮으시다고.”

화려했던 과거는 간데없고, 이제 남은 모용 씨는 모용담과 모용천 두 부자뿐이다. 우진은 모용천에게 무공을 가르칠 만한 혈육이 없음을 잘 아는 눈치였다.

그러나, 얕잡아 보이고 싶지 않다.

모용천은 아랫배에 힘을 주고 말했다.

“엄연한 무가입니다. 저 하나쯤 길러낼 힘이 없다고 생각하시는 겁니까?”

모용천이 강한 어조로 반문하자 우진은 다시 한 번 웃었다.

“껄껄껄! 설마! 모용세가는 명문이니 그 깊이를 내가 감히 잴 수 없지! 자네 가문을 허투루 보는 건 아니니 화내지 말게.”

그러더니 우진은 곧 정색을 하고 말했다.

“하지만 내 솔직히 말하자면, 자네를 ‘길러낼’ 문파는 중원에 존재하지 않아. 오대세가나 구파일방, 사파의 세력 모두를 아울러 봐도 그런 힘을 가진 문파가 있을 리 없단 말일세. 자네 정도의 고수는 길러지는 게 아니거든. 내 말이 틀렸나?”

유난히 ‘길러낸다’는 말에 힘을 주더니, 우진의 말이 칭찬으로 바뀌었다.

“십왕… 그래, 사람들이 말하기를 십왕이라고 하는 자들이 있지. 부끄럽지만 이 우 모도 그중 하나이고 말일세.”

알고 있는 이야기다. 모용천은 고개를 끄덕이고, 이치강이 눈을 부릅뜨는 것을 확인했다. 이쯤 되니 이치강의 반응이 불쾌하다기보다 은근한 재미마저 느껴진다.

“무수히 많은 강호인 중에서 열 손가락 안에 꼽히는 자들은 말일세, 길러지는 법이 없어. 그들은 모두 스스로 강한 자들일세. 내 말이 무슨 뜻인지 알겠나?”

“제가 우 장문인과 같다는 말입니까?”

약관의 젊은이, 아니, 아직 홍안(紅顏)을 벗지 못한 모용천이 스스럼없이 권왕과 자신을 동일선상에 놓는다.

하룻강아지 범 무서운 줄 모른다 해도 이것은 너무하지 않은가! 뒷목에 피가 쏠리는 것을 느끼며 이치강은 마음을 가라앉히는 데 여념이 없었다.

“물론 지금 당장은 아니지. 자네도 알 수 있지 않을까?”

우진의 말이 날카로워 속을 꿰뚫린 것 같다. 모용천은 그저 고개를 끄덕일 수밖에 없었다.

“하지만 언젠가 자네는 우리와 같은 자가 될 걸세. 아마… 그렇게 되면 우리는 모두 사라지고, 자네와 같은 자는 자네 혼자뿐이겠지.”

말만이 아니다. 우진의 안광이 모용천의 속 깊은 곳까지 파고든다.

“그러나 그때가 언제일 것 같은가. 십 년? 이십 년? 그날까지 자네가 강호에서 살아남을 수는 있겠나?"

쉐에에엑!

순간 방 안에 돌풍이 일었다.

우당타탕탕!

걸상이 요란한 소리를 내며 나뒹굴었다. 권왕의 맞은편이 휑하니 허해지고, 모용천의 신형이 멀찍이 닫힌 방문 앞에 나타났다.

금방이라도 빼 들 듯 모용천의 손이 검 자루에 닿아 있다. 부릅뜬 모용천의 두 눈에는 가만히 내민 주먹이 들어와 있었다.

우진이 주먹을 내미는 동작은 특별히 빠르거나 느린 것이 아니었다. 아주 완만히 탁자 위로 손을 올려 손가락 한마디 한마디 접는 동작은 특별히 안력을 놓우지 않아도 온전히 남을 수 있는 장면이었다.

하나 그 간단한 동작 안에 얼마나 많은 무리(武理)가 녹아 있는가! 그것을 볼 수 없는 자에게는 단순히 탁자 위에 올려놓은 손에 불과하겠지만, 모용천에게는 천하의 그 무엇보다 위협적인 주먹인 것이다.

"……!"

눈앞의 주먹은 점점 커지더니 곧 우진의 몸을 가리고, 서 있는 이치강마저 가리고 만다. 이대로라면 저 주먹에 온몸이 짓눌려 납작해질 것 같다. 뜻[志]이 곧 주먹[拳]으로 화(化)하였으니, 우진의 경지가 대체 어디쯤인지 짐작할 수도 없다.

'기세에 먹혀서는 안 된다!'

모용천은 슬머시 손가락을 움직여 검 자루를 감싸 쥐었다. 본래 까슬까슬했던, 이제는 부드럽게 길들여진 가죽이 모용천의 손에 꼭 맞게 들어온다. 그 감촉이 모용천의 마음을 다잡고, 걷잡을 수 없이 커지던 우진의 주먹은 곧 줄어들기 시작했다.

우진의 주먹이 제 크기로 돌아오자 모용천의 마음속에 어떤 기대가 슬그머니 고개를 쳐들었다. 무작정 자신을 앉혀놓고 쓸데없는 이야기를 늘어놓는 것보다야 이편이 훨씬 낫다.

이유도, 말도 필요없다.

이대로 비무에 돌입할 수 있다면! 아니, 실제 생사를 가르는 싸움으로 권왕이라 불리는 자의 진면목을 볼 수 있다면!

씨익.

모용천의 입가에 희미한 미소가 걸렸다.

*　　　*　　　*

씨익.

마왕의 입가에 희미한 미소가 걸렸다.

그러나 누가 그것을 미소로 받아들일 것인가? 천리안 진첩결은 본인 또한 절정의 고수로, 설령 십왕이라 할지라도 물러나지 않을 자신이 있는 자였다. 그런 진첩결도 지금 마왕의 앞에 자신만이 있다는 사실이 원망스러웠다. 황종류와의 독대가 항상 그렇지만, 지금처럼 실패를 보고해야 한다면 더더욱 부담스러운 자리다. 하다못해 눈엣가시 같던 일공자 황무기가 아쉬울 지경이다.

"······."

얼음장처럼 차가운 침묵이 진첩결의 두 어깨를 짓누른다. 아무 말 없이 희미하게 웃고 있는 마왕을 견디지 못하고 결국 진첩결이 먼저 입을 열었다.

"삼공자는 무사히 빠져나왔다고 합니다. 잠시 정양할 필요가 있어 복귀가 늦어지긴 하지만 관음지 등이 있으니······."

"그들이 겨우 녀석의 호위나 하라고 간 자들인가?"

"그, 그렇지만 지금은 삼공자의 안위가 우선······."

"내 질문에 대답하게. 그들은 어떤 자들인가?"

차갑게 지른 말의 무게가 보통이 아니다. 황종류의 얼음 같은 분노에 가슴을 꿰뚫린 진첩결이 황망히 고개를 숙였다.

"관음지, 항불, 혈랑, 요검. 합류하지 못했지만 섭영귀를 합쳐 이 다섯 명은 본 성의 외오각주(外五脚主)들이옵니다. 휘하 각원들을 차치하고, 이들 다섯만으로 이미 본 성이 가진 전력의 삼 할을 웃돈다고 할 수 있습니다."

"그리고 절창이 있었지."

두근.

진첩결의 심장이 요동친다. 앞선 이들을 모두 무색케 하는 절창의 존재.

황종류의 밑으로 들어오긴 했으나 절창을 제마성의 일원이라고 할 수는 없었다. 제마성에서 마왕이 함부로 대할 수 없는 유일한 자. 그가 절창이었던 것이다. 자연 제마성의 이인자로

휘하 인물들을 수족처럼 다뤄야 하는 진첩결에게 절창은 껄끄럽기만 한 존재였다.

그러나, 그럼에도 불구하고 결코 실패해서는 안 될 거사였기에 진첩결은 무리하게 절창을 요구했다. 후기지수 대회에 나올 만한 자들의 면면이라야 뻔할 뻔 자. 마천상야공의 삼단계를 이루고 사단계를 바라보는 황지엽을 당할 자가 없음이 당연하다. 그렇다면 거사를 성공시키는 데에 있어 가장 큰 난제는 그의 우승이 정당한 것으로 인정받도록 하는 일이니, 관음지들도 모자라 절창을 억지로 붙여 넣었음은 생각할 수 있는 모든 변수를 제거하기 위해서였던 것이다.

그랬던 절창의 존재가 이제는 오히려 제 목을 죄어오고 있다. 워낙에 강력한 패를 손에 들고 있었기에 실패를 염두에 두지 않았던 진첩결은 비로소 안일했던 자신을 책망했다.

"모두가 제 잘못입니다. 벌을 내려주십시오!"

진첩결은 무릎을 꿇고 머리를 조아렸다. 창문을 열어놔서일까? 방 안이 서늘한데도 온몸에 비 오듯 땀이 났다.

"날이 춥군."

황종류는 진첩결을 내려다보다가 자리에서 일어났다. 제마성은 오대산의 깊고 깊은 곳, 깎아지른 절벽과 계곡에 기대어 만들어진 천혜의 요새다. 사시사철 운무(雲霧)가 가시지 않으며 보통 사람이 사는 지대에 비해 일찍 추워지는 곳이다.

황종류는 창문을 닫으며 말했다.

"부성주는 고개를 들게. 천리안에게도 천 리 밖은 보이지 않겠지. 오대세가에게 꼬리나 치려고 열었던 대회인데 엽이 놈을 이길 자가 있을 거라고 누가 생각했겠나? 나도 몰랐으니 자네만 탓할 수는 없지."

진첩결은 부성주이면서, 군사의 역할을 겸하고 있었다. 황종류가 보지 못하는 것을 보고 예상 너머를 예상하는 것이 그에게 주어진 임무이다. 그러니 황종류의 은근한 말도 책망이나 마찬가지인 것이다.

여전히 머리를 들지 못하는 진첩결에게 황종류가 말했다.

"그래, 대체 누가 천리안의 이름에 먹칠을 했는가? 정파의 어린 녀석들 중에 엽이 놈을 제압한 자가 대체 누구지?"

"그것이… 모용세가 출신이랍니다."

"…모용!"

전서구를 통해 처음 보고받았을 때 자신의 표정이 딱 저랬을 것이다. 진첩결은 황종류의 얼굴을 보며 그렇게 생각했다. 전혀 생각지도 못했던, 이미 무림에서 지워졌을 거라 생각했던 이름이 튀어나왔으니 천하의 마왕도 놀라는 것이 당연하다.

진첩결이 말을 이었다.

"모용세가는 이미 몰락한 지 오래로, 세가라고 해봤자 현 구성원은 세 명에 불과합니다. 가주인 모용담은 오래전 주화입마에 빠져 십 년 넘게 산송장이나 다름없고 고용인이라고 늙은이 하나가 남아 있답니다. 삼공자를 꺾은 자의 이름은 모용천, 가주 모용담의 외아들이라는데 다른 정보는 없는 걸로 보아 이번이 강호초출인 것으로 사료됩니다."

“그럼 그 모용천이라는 자가 대회의 우승자인가?”

놀라움 뒤에 찾아온 미소.

다시 물어오는 황종류의 입이 그린 곡선은 방금 전과 달리 진실로 기꺼운 미소였다.

“그가 삼공자를 이기긴 하였으나 대회에서 우승하지는 못했다고 합니다.”

“그럼 우승은 다른 자가 했단 말인가?”

“그것이 아니라… 대회 자체를 취소했다고 합니다.”

진첩결은 조심스럽게 보고받은 이야기를 다시 보고했다. 황지엽의 패배로 끝이 나자 이치강이 끝내 대회를 취소하였고, 그 와중에 관음지 등은 난장판을 만들어 어쨌든 권왕의 영웅연을 망치고 제마성의 기치를 드높이는 소기의 목적은 달성했음을 은연중에 드러내는 것으로 진첩결의 보고가 마무리되자 황종류가 또 한 번 웃었다.

“이치강! 딱 그 늙은이다운 처사로군. 기왕 엉망이 된 판, 아예 엎어버리겠다는 발상은 권왕의 머리에서 나올 만한 것이 아니지.”

진첩결이 첨언했다.

“오대세가의 자제들이 모두 삼공자의 손에 패배하였는데, 눈 가리고 아웅일지언정 그조차 없던 것으로 돌려 버렸으니 체면을 세워준 셈입니다.”

“흥! 그렇다고 있던 사실이 없어지는 건 아니지.”

그렇게 말하고 황종류는 웃음을 그쳤다. 창을 닫았으나 방

안의 공기가 다시금 냉랭해졌다.

"엽이 놈을 데리고 오는 데 네 사람은 필요없지."

"관음지 한 사람이면 충분할 겁니다."

"내 그자를 직접 보고 싶네."

"항불과 혈랑, 요검 세 사람이라면 십왕이 아닌 이상 생포해 오는 데 어려움이 없을 것입니다."

힘주어 말하는 진첩결에게 황종류가 말했다.

"천하의 천리안을 소심한 자로 만들다니 정말 대단하군, 대단해."

모용천이라는 자가 비무대회에서 황지엽을 이겼다면 본신 실력이나 자질은 의심할 바 없는 고수일 것이다. 그러나 그렇다 해도 어찌 저들에 비할 것인가? 진첩결이 언급한 세 사람은 절정고수로, 굳이 애송이 하나를 잡아오는 데 쓸 만한 자들이 아니다. 하지만 진첩결이 굳이 세 사람을 모두 쓰겠다고 한 것은 이미 모용천으로 인해 실패를 맛보았기 때문이다.

"부끄럽습니다."

황종류의 조롱을 감내하며 진첩결이 다시 고개를 숙였다. 스스로 생각해도 과한 처사이다. 견문발검(見蚊拔劍)이라고 놀림당해도 할 말이 없는 것이다. 하나 한 번의 실패보다는 백 번의 조롱이 낫다.

"그 건은 이걸로 마무리하세. 섭영귀를 방해했다는 자는 어떻게 됐나?"

"아직 그에게서 다른 보고는 없습니다. 이삼 일 후면 일공자와 합류하니 그때에야 보고가 들어올 것으로 생각됩니다.”

만일 섭영귀가 제때에 올바른 보고를 했다면 진첩결은 조롱당하지 않았을 것이다. 당한 것이 섭영귀가 아니라 허규였다면, 이미 자세한 보고가 들어와 모용천에 대한 조사가 이루어졌을지도 모른다. 그러나 섭영귀에게 팽가력을 배정한 것은 다른 누구도 아닌 진첩결 자신이었으니, 그를 안다 하여 달리 누구를 원망할 수 없는 일이다.

“모용천이라…….”

무엇이 느껴지기라도 하는지 황종류는 모용천의 이름 석 자를 되뇌었다.

정파의 인물에게 신경 쓰는 마왕이라니, 지금은 권왕이라 불리는 우진과 손을 섞은 이래 처음 보는 모습이다. 진첩결은 의아한 눈으로 제 주인을 바라보았다.

*　　　*　　　*

한편 뒤에 서 있던 이치강은 우진의 주먹으로부터 일어나는 기세에 전력을 다해 대항하고 있었다. 우진의 주먹은 자신을 향한 것도 아니었으니 견뎌내지 못한다면 무슨 망신이란 말인가!

‘끄응……!’

차마 신음 소리를 내지 못하고 속으로 끙끙대던 이치강이 갑자기 중심을 잃고 비틀거렸다. 온몸을 죄어오던 압력이 일순간 사라진 것이다.

“……!”

우진이 뒤로 손을 내밀어 이치강을 바로잡아 주었다. 덕분에 크게 휘청거리지 않고 바로 자세를 회복한 이치강의 얼굴이 붉게 달아올랐다. 당장에라도 발검을 할 기세로 우진을 노려보고 있는 모용천이 보인 것이다.

“무엄하다! 감히 뉘 안전이라고……!”

우진이 손짓을 해 이치강의 말을 막았다. 입을 다문 이치강에게 모용천이 말했다.

“사람을 불러 앉혀놓고 무례한 건 대체 어느 쪽이오?”

밝게 피었던 모용천의 얼굴은 다시 어두워져 있었다.

부풀어 올랐던 권왕의 기세가 사라진 것처럼, 부풀어 올랐던 모용천의 기대도 사라진 것이다. 권왕은 결코 모용천과 겨룰 마음이 없었던 것이다.

“자리에 앉게.”

“……”

우진의 권유에 따라 모용천은 아직도 제자리에서 돌고 있는 의자를 가져와 앉았다.

“자네를 시험해 보려는 건 아니었네. 무례를 사과하지. 하지만……”

우진은 말을 멈추고 몸을 앞으로 당겼다. 모용천은 그 기세에 놀라 살짝 몸을 뒤로 물렸다.

“나 아닌 다른 자들이라면 이 정도로 끝내진 않았을 거라네.”

“그게 무슨 뜻입니까?”

"강호는 홀로 살아남기 힘든 곳이지. 뛰어난 자에게 더욱 가혹한 곳이지. 강한 자가 살아남는 게 아니라 살아남은 자가 강하다는 말은 괜한 이야기가 아니야."

기명자도 같은 이야기를 한 적이 있다. 그러나 그 말이 누구에게서 나왔느냐에 따라 이토록 무게가 다를 줄이야.

우진은 말을 계속했다.

"우승이 취소되었다고 하지만 마왕의 셋째 아들을 압도한 그 기량, 전 무림인의 귀에 들어가는 것은 시간문제겠지. 자네를 주목하는 자들 중에는 분명 좋지 않은 마음을 먹은 자들도 있을 거야. 그중에 자네가 당해내지 못할 상대가 없을 거라고 단언할 수 있나?"

"……."

"당장 오대세가의 사람들에게 자네가 어떻게 비추어질지 생각해 보게. 사파의 무리, 저 제마성보다도 그들에겐 자네가 더 위협적인 존재일 걸세."

"그들이 저를 해하기라도 할 거란 말입니까?"

모용천이 미간을 찌푸리며 물었다. 우진은 수염을 매만지며 고개를 저었다.

"앞서가지 말게. 설마 그들이 체면이 있지, 자네 하나를 해코지하겠는가? 다만 내 생각에는… 자네가 유람이나 하자고 강호에 나오지는 않았을 것 같단 말이지. 내가 이렇게 생각하는데, 그들이라고 자네가 헛되이 무명을 날리는 것으로 만족할 거라고 생각할 것 같은가?"

“…….”

모용천이 생각하기에도 우진의 말이 틀림없었다.

모용천 자신의 의지이든 그렇지 않든, 그는 세가의 과거 영화를 되돌려야 한다. 그를 위해 어떤 길을 가야 할지 모르지만, 결국 도착해야 할 곳은 강호무림을 대표하는 오대세가로의 복귀. 모용천의 이 목표가 현 오대세가에게 있어 크나큰 위협이라는 사실은 굳이 설명할 필요도 없다.

“만약 내가 생각하는 것이 바로 자네가 원하는 일이라면, 내가 나서주겠네. 자네가 원하는 바를 이루도록 물심양면으로 힘을 아끼지 않을 걸세. 단.”

우진은 잠시 숨을 골랐다. 동시에 모용천의 반응을 살피기 위함이었지만 모용천은 말없이 경청할 뿐, 겉으로 어떠한 변화도 드러내지 않고 있었다.

하나 의식하는 평정이야말로 동요의 다른 이름이다. 제아무리 빼어난 고수라도 이제 약관의 젊은이. 그 속을 짐작하지 못할 우진이 아니다.

슬그머니 웃으며 우진이 말을 이었다.

“자네도 내가 원하는 일을 몇 가지 해준다면 말이지.”

第三章
밤을 건너온 손님

달빛 흐린 밤.

살을 에는 바람이 용마루를 타고 지붕 위를 넘실거린다.

휘이이이잉—

용마루를 타는 바람, 또 그 바람을 타고 지붕에서 지붕 위로 뛰어다니는 그림자가 있었다. 나무 사이를 타고 넘는 다람쥐처럼 재빠르게, 그러면서도 달그락 소리 하나 없이 기왓장 위를 뛰어다니는 가벼운 몸놀림.

탁, 타탁!

처마 끝을 밟고 뛰어오를 때마다 나는 소리는 바람에 묻혀 주변을 맴돌다 사라지고 만다. 흐린 달빛이 그린 팔다리의 윤곽선은 분명 사람인데, 삼층 사층 높이의 건물들 위를 넘나드는 몸놀림은 짐승에 가까웠다. 아니, 두 발을 잘 쓰는 날짐승이라고 해야 옳을까?

그러나 새처럼 가벼운 움직임은 오래가지 않았다. 지붕 위를 달리는 그림자는 곧 덜걱거리는 소리로 어둠 속에 길을 그리기 시작했다.

파삭!

마음이 급했던 걸까? 그림자가 밟고 뛰어올랐던 처마 끝이 큰 소리를 내며 부서졌다. 부스스 부러진 단면에서 흘러내리는 부스러기를 뒤로하고 그림자는 허공을 날아 건너편 지붕 위에 안착했다.

"이런!"

토막 난 처마 앞에서 낮은 탄식 소리가 들렸다. 미처 깨닫지 못했지만, 그림자를 뒤쫓던 또 하나의 그림자가 있었다. 마음이 급해서가 아니라 뒤쫓는 자의 길을 막기 위해 일부러 처마 끝을 부숴 버린 것이다.

허공 너머, 건너편 처마 위에 선 그림자가 몸을 돌렸다. 달빛이 그 위로 내려 흐리게나마 얼굴을 비추니 사십대 중반이나 되었을까? 젊었을 때 여자깨나 울렸을 미남자다.

시원시원한 이목구비는 그러나 균형을 잃고 일그러져 있었다. 팽창하는 기혈과 터질 듯한 심장이 중년인을 죄어왔던 것이다. 중년인은 허리를 굽혀 두 손을 무릎 위에 받치고 거친 숨을 몰아쉬었다. 그러면서도 시선은 부러진 처마 앞에 선 그림자에게서 떼지 않고 있었는데 그 속이 아주 징그러운 물건이라도 보는지 혐오감으로 가득했다.

"야, 이 미친놈아! 그만 좀 포기해라!"

숨을 고른 중년인이 허리를 펴고 소리쳤다. 쩌렁쩌렁, 징글징글한 목소리에 놀랐는지 구름이 뒤로 물러나고 달빛의 영역이 부러진 처마까지 확장됐다.

그 위에서 안타까운 얼굴로 건너편 중년인을 바라보는 청년.

모용천도 지지 않고 소리쳤다.

"선배야말로 그만 도망가시지요! 제가 선배를 어쩌려는 게 아니지 않습니까!"

"이 미친놈아! 내가 도둑놈인데 도둑 쫓는 놈이 도둑놈 잡아서 족치려는 게 아니면 그게 도둑놈 쫓는 놈이냐?"

한 번의 외침에 도둑놈 소리가 몇 번이나 들어갔는지 모르겠지만 어쨌든 단단히 화가 나 있음을 알 수 있었다.

"선배! 제발 좀 기다려 보십시오! 우리 얘기나 나눕시다!"

모용천이 달래보았지만 중년인은 씨알도 먹히지 않는다는 듯 냉랭히 대답했다.

"뭐 하는 놈인지도 모르는데 내가 너랑 나눌 얘기가 뭐 있냐? 그만 포기하고 돌아가라! 우리 다시는 보지 말자!"

"선배!"

모용천이 소리쳤지만 중년인은 무시하고 등을 돌렸다.

두 사람이 선 자리는 사층 건물 위. 지상으로부터 다섯 장 떨어진 곳이다. 그리고 허공을 사이에 둔, 한눈에 봐도 넉 장을 가볍게 넘을 거리. 새가 아닌 이상 제자리에서 뛰어넘기란 불가능하다.

'어떻게 따라잡았는데! 여기서 놓칠 수야 없지!'

모용천은 이를 악물고 발을 한 번 굴렀다. 그러자 발밑에 있던 기와 한 장이 가슴팍으로 튀어 올랐다. 모용천은 진기를 끌어올리며 기와를 잡아 앞으로 던지고, 자신의 몸을 따라 던졌다.

휘익!

자연스럽지 않은 바람 소리가 중년인의 귀를 잡았다. 설마 하는 얼굴로 돌아보는 중년인의 앞에 과감히 뛴 모용천이 보였다.

그러나 석 장이나 날았을까? 모용천의 몸은 곧 힘을 잃고 아래로 떨어졌다.

'저렇게 무모한 놈은 난생처음이다!'

정말 이 거리를 뛰려 하다니! 예상대로 닿지 못하고 떨어지는 모용천을 보면서 한껏 비웃으려던 중년인의 눈이 휘둥그레 커졌다. 믿을 수 없는 광경이 펼쳐진 것이다.

타악!

떨어지던 모용천의 몸이 보이지 않는 도약대라도 있는지 허공에서 탄력을 받아 또 한 번 뛰는 게 아닌가?

"야, 이 미친……!"

아무리 경공에 능하다 해도 한 번에 건널 수 있는 거리가 아니다. 그렇다고 아무것도 없는 허공에서 두 번 뛸 수는 없다.

그것은 중년인 자신도 할 수 없는 일이고, 따라서 당금무림에 할 수 있는 자는 없다. 전설 속의 허공답보(虛空踏步)는 어디까지나 전설 속에서나 있어야 할 이야기다.

그런 믿음이 있어 중년인은 잠시 멈춰 숨을 고를 수 있었고, 또 그 믿음이 배신당하였기에 내뱉은 말을 끝맺지 못할 만큼 놀란 것이다.

그렇다고 중년인을 탓할 수는 없다. 그가 할 수 없다면 강호에 누구도 할 수 없음이 당연하다. 경공술과 신법으로 당금무림에 겨룰 자가 없다는 중년인은 바로 저 유명한 밤을 건너는 양상군자 도야객이니까.

물론 모용천은 앞서 던진 기왓장을 밟았을 뿐이지만 거기까지 생각하지 못한 도야객은 혼비백산 놀랄 수밖에 없었다. 물론 알았더라도 충분히 놀랄 만한 일이었지만.

"이익!"

하지만 놀라운 일은 놀라운 일이고, 순순히 건너오는 걸 보고 있을 수는 없다. 막 이쪽 처마 위에 내려서는 모용천에게 도야객이 우장을 내밀었다.

쉐엑—

도야객이 단순히 경공에 능한 도둑이었다면 강호에 명성이 높을 리 없다. 그 역시 한 사람의 고수였으니 우장에 실린 위력이 무거웠다.

게다가 모용천은 아직 허공에 떠 있는 몸!

"하앗!"

낮은 기합 소리와 함께 모용천이 팔을 뻗었다. 모용천의 왼손이 도야객의 우장을 피해 그의 손목을 잡았다. 처음부터 막을 생각이 없었던 것이다.

"……!"

그러나 모용천의 손에 잡힌 것은 손목이 아니라 소매였다.

부지직!

모용천의 손에 소맷자락을 남기고 도야객이 몸을 뒤로 뺐다. 그러나 어쨌든 건너기는 성공한 셈인데, 발바닥으로 전해지는 느낌이 영 신통치 않다.

파사삭!

커다란 소리와 함께 처마 끝이 무너지고 모용천의 몸도 아래로 향했다. 도야객은 자신을 잡으려는 모용천의 의도를 알고, 착지점일 처마 끝을 미리 반쯤 부숴두고 일부러 소매를 잡혀준 것이다.

탁!

모용천은 손을 뻗어 완전히 떨어지기 전에 처마를 잡았다. 한 손에 의지한 몸이 허공에 덜렁거리자 비로소 땅으로부터 떨어져 있다는 실감이 난다.

스윽.

간신히 잡은 손에 힘을 주어 올라오려는데, 도야객이 고개를 쑥 내밀어 모용천을 보는 게 아닌가? 도야객을 쫓기 시작한 지 한 달 만에 가장 가까운 거리에서, 그러나 원하지 않는 위치에서 눈이 마주친 것이다.

"하하… 선배, 여기, 꽤 높군요. 떨어지면 죽겠습니다."

모용천이 억지로 웃으며 말했다.

도야객도 따라서 빙긋 웃었다. 눈가에 잡히는 잔주름이 매력적이니, 사내가 저리 곱게 나이 들기도 어려운 일이다.

"그러길 바라네."

웃으며 도야객의 발이 모용천의 손을 밟았다.

무공 수련이라도 하는지 힘을 잔뜩 준 진각이다. 밟히면 뼈도 추리지 못하리라!

모용천은 하는 수 없이 손가락을 펴고 아래로 쏠리는 체중을 느끼며 저주를 퍼부었다.

'이런 젠장! 이런 일인 줄 가르쳐 주지도 않고!'

낙하하는 시야 속에서 주위 풍경은 수직으로 늘어난다. 모용천의 몸은 빠르게 땅으로 돌아가고, 머릿속은 한 달 전으로 돌아갔다.

"내가 원하는 일을 몇 가지 해준다면 말이지."

권왕이라는 자, 정파무림의 구심점이라는 자가 모용천 같은 애송이를 은밀히 불러 한다는 소리가 일을 해달라니! 모용천은 권왕이 원하는 일들이 드러내 놓고 할 수 없는 성질일 거라 생각했다.

그러자 자연스럽게 떠오른 것이 벽암당이다. 십왕 중 하나인 암왕이 지휘하는 중원제일의 살수 집단!

"누구를 죽이기라도 해달라는 겁니까?"

모용천이 대뜸 말하자 우진이 무릎을 치며 웃었다.

“크하핫! 설마! 내가 그런 일을 할 것 같은가?”

“권왕이라는 분께서 직접 못할 일이라니 떠올랐을 뿐입니다. 그런 게 아니라면 우 장문인께서 굳이 저에게 부탁할 일이 뭐가 있을지 잘 모르겠군요.”

모용천은 냉랭히 대답했다. 우진은 웃음을 그쳤다.

“자네는 내가 원하면 뭐든지 할 수 있다고 생각하나?”

“적어도 제가 할 수 있는 일은 다 하실 수 있겠죠.”

“어리군, 어려!”

“이제 아셨습니까?”

끝까지 모용천이 이죽거리자, 결국 참지 못하고 이치강이 주먹을 내밀었다.

“이노옴!”

우우우웅!

폭쇄권의 강렬한 기운이 권왕의 방을 가득 채웠다. 우진을 대하는 태도가 처음부터 마음에 들지 않았는데, 더 이상 두고 볼 수 없는 지경에 이른 것이다.

“흥!”

모용천도 코웃음 치며 자리에서 벌떡 일어났다. 알 수 없는 말로 거래를 하자는 우진도, 이치강도 마음에 들지 않았다. 먼저 주먹을 내밀었으니 자리를 뜨기에 좋은 구실인 셈이다.

쏴아아아!

모용천도 우장을 앞으로 뻗었다. 막대한 장력이 해일처럼 일어 단숨에 폭쇄권의 기운을 집어삼켰다.

'어찌 이럴 수가!'

이치강의 얼굴에 낭패한 기색이 역력했다. 모용천의 검법이 고명한 것은 알고 있었지만, 맨손의 장력이 이 정도일 줄은 생각지 못했던 것이다.

구우우우웅—

노회한 권사의 자존심이 박살나기 직전, 모용천의 장력이 밀려나기 시작했다. 우진이 끼어든 것이다.

"……!"

두 개의 기운이 정면으로 충돌해 어느 한쪽으로 쏠린 직후인데도 우진의 일권은 침착하기만 했다. 우진의 공력은 폭쇄권에 가세해 누 사람의 기운을 정확히 반반으로 만들어놨다.

"두 사람 모두 그만 거두시오."

이미 승부가 갈린 싸움에 끼어들어 처음으로 돌려놓는 것은 단순히 심후한 내력이 있다고 가능한 일이 아니다. 자유자재로 내력을 운용할 수 있어야 하며 화공의 붓끝과 같은 섬세함도 갖추어야 한다. 이를 가리켜 간단히 두 글자로 입신(入神)의 경지에 들어섰다고 해야 할 것이다.

그러면서 우진은 평온히 말까지 걸어왔으니 모용천은 감탄을 금할 수 없었다.

'정말 대단하다!'

우진 개인에 대해서는 호감을 가질 수 없었지만 그 무위만큼은 인정할 수밖에 없었다. 이런 자가 마음대로 할 수 없는 게 있다니, 더더욱 이해가 가지 않았다.

벌겋게 달아오른 얼굴로 이치강이 먼저 주먹을 거두고, 모용천과 대치하는 내력은 온전히 우진의 것이 되었다.

"……."

잠시 우진과 시선을 맞춘 모용천은 고개를 끄덕이고 이내 내력을 회수했다. 이는 무척 위험한 행동이었지만 우진은 모용천의 기대에 부응해 정확히 같은 속도로 자신의 내력을 회수했다. 만일 우진이 아니었다면, 대치하고 있던 내력이 둑 터진 물처럼 모용천에게 쏠려 커다란 내상을 입었을 것이다.

"대화를 진행할 수 없군. 부문주는 잠시 피해주시구려."

우진의 말을 듣자 이치강은 고개를 숙였다. 우진이 돕지 않았다면 이치강은 생애 가장 큰 수모를 당할 뻔했다. 물론 마음으로는 이미 당한 것이나 마찬가지였으니 우진의 말이 아니더라도 이 자리에 더 있을 수 없었다.

그러나 밖으로 나가려는 이치강을 모용천이 잡았다.

"그럴 필요 없습니다. 더 이상 진행할 대화는 없을 테니까요."

깊이를 알 수 없는 경지에 대한 동경으로 부풀어 올랐던 기대감은 이제 색 바래 버려진 인형처럼 보잘것없어졌다. 간접적으로나마 맞서본 우진의 무위는 분명 모용천의 예상을 뛰어넘는 것이었지만 그 너머에는 무언가가 꺼림칙한 것이 있었다.

이유도 없고 근거도 없었지만, 우진의 제안을 받아들여서는 안 된다. 본능이라면 본능이고 직감이라면 직감이 그렇게 경고하는 것이다. 아쉬운 점도 없지 않았지만, 세가의 명예를 되살리는 일은 천천히 시간을 두고 해도 된다. 아니, 그거야말로 모용천 스스로의 힘으로 해나갈 일이다.

"내가 무엇을 부탁하려는지 얘기나 들어보지?"

꾸벅.

모용천은 대답 대신 고개를 숙였다.

"허어……."

단호한 태도가 의외였는지 우진이 가볍게 탄식했다. 모용천은 그를 못 들은 척 미련없이 돌아섰다.

그때,

"절창."

우진이 가볍게 던진 한마디가 귓속을 파고들었다. 모용천은 방문을 밀던 손을 멈추고 고개를 돌렸다.

우진은 수염을 쓰다듬으며 웃고 있었다.

모용천은 절창이라는 말에 반응을 보일 것이다.

우진은 알고 있었다. 난장판이 된 비무대 아래에서 그와 기소위가 보이지 않는 싸움을 하고 있을 때, 모용천이 그 광경에서 눈을 떼지 못하고 있었음을.

우진은 한결 편안한 마음으로 두 손을 깍지 껴 탁자 위에 올렸다.

"관심이 있을지 모르겠지만, 내가 부탁하고 싶은 일은 절창과도 관련이 있다네. 이만하면 들어볼 만하지 않은가?"

모용천은 고개를 돌렸다.

반쯤 열린 방문 사이로 바깥 회랑이 보인다. 그리고 다시 바라본 우진은 여유로운 표정을 짓고 있었다.

그의 이야기에 말려들면 안 돼.

본능이며 또한 직감이었을 경고가, 이제는 이성의 것으로 바뀌고 말았다. 이대로 문을 밀어 밖으로 나가야 한다고.

대신 모용천의 본능은 우진의 이야기를 들어보라고 재촉하고 있었다. 더욱이 우진에게 느꼈던 실망감이 처음으로 한 수 물러나야 했던 상대를 향한 호기심을 부추기고 있었다.

탁―

반쯤 열렸던 방문이 닫히고, 모용천은 몸을 돌려 우진의 앞에 다시 앉았다. 우진은 만족스러운 표정으로 이치강을 방에서 내보냈다. 처음부터 독대의 자리였다면 모르겠지만, 지금은 그에게 비무를 청할 마음이 일지 않는다. 다만 절창에 대한 일이라는 것에 온 신경이 쏠릴 뿐이다.

"절창이 제마성에 투신한 것은 알고 있나?"

모용천은 고개를 저었다.

"몰랐습니다."

"그가 원래는 정도의 인물인 것은?"

"그것은 알고 있습니다."

우진은 고개를 끄덕였다.

"절창의 손속이 과하기는 하지만 정도무림의 인물인 것은 틀림없는 사실이지. 아니, 나름 정도무림을 대표하는 고수 중의 하나가 아닌가? 그런 자가 마왕의 밑에 들어갔다니, 정말 놀라운 일이 아닌가?"

"놀랍군요."

모용천은 건성으로 동의를 표했다. 불손하기 짝이 없는 태도였지만 우진은 개의치 않고 말을 이었다.

"그 바람과 같은 자, 가장 자유로웠던 자가 누군가의 밑에 들어간다는 건 생각도 할 수 없는 일이라네. 그리고 그는 스스로 자유로울 수 있는 능력을 가진 자이기도 하니, 마왕이 과연 무엇으로 그를 사로잡았는지 정말 궁금하지 않나?"

그러면서 우진은 한 통의 두루마리를 꺼냈다. 은색 실로 묶여 있는 고급스럽기 짝이 없는 두루마리였다.

"그게 뭡니까?"

우진은 모용천의 물음을 무시하고 하던 말을 계속했다.

"절창에게는 두 사람의 친구가 있지. 바로 도야객 이서곤(李瑞坤)과 백파검(百波劍) 유호림(劉湖林)이 그들이네."

퍼억!

발끝에 걸리는 통증이 모용천을 현재로 끄집어냈다. 부러진 처마 아래에 다시 또 하나의 처마가 있었다. 도야객 이서곤이 미처 예상치 못했으니, 그가 올라와 있던 건물은 층마다 처마가 달려 있었던 것이다.

오층 높이에서 추락할 뻔했던 모용천은 즉시 몸을 튕겨 위로 솟아올랐다. 어떻게 찾은 도야객인데 이대로 보낼 수는 없다!

휙!

모용천은 한 장 높이를 단숨에 뛰어 지붕 위로 올라섰다. 건너편으로 뛰는 도야객의 모습이 보인다.

'좋아!'

모용천은 속으로 쾌재를 부르며 진기를 끌어올렸다. 시위를 떠난 화살처럼 그의 신형이 앞으로 쏘아져 나갔다.

"히익!"

기척을 느끼고 뒤돌아본 도야객이 기함을 했다. 말 그대로 모용천이 지척에 이른 것이다.

"에라, 이 징그러운 놈!"

도야객도 잠시 걸음을 멈추고 모용천을 향해 쌍장을 휘둘렀다. 아예 이 자리에서 결판을 지어야지, 안 그러면 어디까지 쫓아올지 모를 녀석이라고 판단한 것이다.

"……!"

도야객의 쌍장은 장력뿐 아니라 상승 무리가 담겨 있어 결코 경시할 수 없었다. 모용천도 안력을 돋우며 두 손을 내밀었다.

파파파팟!

눈 깜짝할 새 십여 초가 오고 갔다. 도야객의 두 손바닥이 때로는 동시에, 때로는 교대로 모용천의 요처를 노렸고, 모용천은 그 모두를 와해시켰다. 도야객의 장력은 하나하나가 커다란 바위도 부술 만큼 강대했지만 모용천을 건드릴 수 없으니 별반 무소용이었다.

어이없어하는 도야객의 얼굴을 보며 모용천이 손을 뻗었다. 이대로 제압하고 도야객이 훔쳐 간 물건들을 찾으면 끝이다.

도야객의 팔뚝이 모용천의 손아귀에 들어온 순간!

스르륵―

뒤돌아 본 자세 그대로 도야객의 몸이 미끄러지듯 물러났다. 모용천의 손이 허공을 잡아채고, 도야객이 다시 몸을 돌려 뛰기 시작했다.

'세상에!'

마치 얼음을 지치듯 미끄러지는 도야객의 신법이 놀랍기만 하다. 온몸이 검은 기운으로 변해 안개처럼 움직이던 황지엽의 마천상야공도 놀라웠지만, 지금 도야객이 보여준 신법은 그보다 더욱 놀라웠다.

그러나 놀라고 있을 수만은 없다. 도야객은 말 그대로 밤을 건너는 자! 그 경공과 신법은 타의 추종을 불허하는 바, 잠깐의 머뭇거림은 돌이킬 수 없는 결과를 낳을 것이다.

"선배!"

소용없다는 걸 알면서도 길게 부르며 모용천은 도야객의 뒤를 쫓아 달리기 시작했다.

본디 도야객이 무림 고수의 신분으로 도둑질을 하고 다니긴 하였으나 녹림의 무리와는 확연히 다른 면이 있었다. 그가 물건을 훔치는 이유는 반드시 둘 중 하나였는데, 하나는 가난한 민초를 위해서였고, 다른 하나는 자신의 명예를 위해서였다.

도야객은 부유한 자들의 재물을 훔쳐 가난한 자들을 돕기를 즐겨했다. 그 어떤 권문세가라도 한 몸 자유로이 사는 도야객에게는 거리낄 게 없었고, 오히려 그런 가문의 곳간을 털어 가난한 자들에게 남김없이 뿌리는 것을 자랑으로 여겼던 것이다.

그런 식으로 양상군자 노릇을 해오던 도야객의 명성이 어느새 높아지자, 사람들은 자연 그를 경계하기 시작했고 더러는 그를 잡아보겠다는 자들도 나타나기 시작했다. 도야객을 잡는다면 자연히 자신의 명성이 올라갈 것을 기대한 자들이었다.

그러나 그중 누구도 도야객을 잡은 자는 없었다. 대신 도야객은 그들을 조롱하듯 얼마든지 잡아보라며 다음 훔칠 곳을 공개하기 시작했다. 하여 도야객에게 지목당한 곳에는 그를 잡으려는 무림인들로 넘쳐났지만, 누구도 그의 그림자조차 밟을 수 없었다. 대신 그들이 볼 수 있었던 것은 표적이 된 집안의 한복판, 주인의 서재라든지 침실에 남겨진 표식과 밥값이라도 하라며 놓고 간 엽전 한 닢이 다였다.

그렇게 도야객은 단순한 도둑이라기보다 의적에 가까우면서도 자신의 허명을 즐길 줄 아는 자였다. 말하자면 멋을 아는 풍류남아라고 해야 할까.

권문세가의 미움을 받으며 관아의 수배를 받는 도적이었으

니 드러내어 표하는 자는 없었지만, 대부분의 무림인은 도야
객에게 호감을 품고 있었다.

적어도 바로 얼마 전까지는 말이다.

아닌 밤중의 추격전이 시작된 곳은 섬서성 서안(西安). 우진
이 주었던 단서를 따라 도야객을 찾기 시작한 지 한 달 만의 일
이었다.

서안은 지나간 왕조의 도읍이었던 장안(長安)이라는 이름으
로 더 유명한 도시였다. 지금도 섬서성의 행정과 경제의 중심
이니 번화하기로는 따를 곳이 없었다. 자연 부정한 방법으로
부를 축적하고, 오직 제 배에만 기름을 두르는 자들로 넘쳐 나
는 곳이었다.

그러나 도야객이 본업에 충실한 나머지 모용천에게 꼬리를
밟힌 것은 아니었다. 모용천은 서안에 들어서기 전부터 꾸준
히 도야객을 쫓고 있었는데, 최근 그의 행적은 이제까지 보여
주었던 협행(俠行)과는 거리가 멀었던 것이다.

하남 동성방(東星幫), 백학파(白鶴派)의 비고(秘庫)가 차례로
털렸다.

무학 종사를 끊임없이 배출해 온 하남성에서도 손꼽히는 두
방파가 너무나 손쉽게 본문 무학의 정수를 빼앗긴 것이다. 다
른 이를 떠올릴 필요가 없었다. 동성방과 백학파 정도의 유력
방파의 비고를 털 자는 오직 한 사람뿐이었으니까.

그러나 뒤이은 도야객의 야행(夜行)은 두 방파의 수치를 무
색케 했다. 바로 소림이 털리고, 화산이 털린 것이다.

“아 거, 좀! 얘기나 해보자니까!”

어느새 모용천의 말이 짧아졌다. 지루함과 피곤함이 자연스레 짜증을 부른 게다.

물론 짜증이 나기는 도야객도 마찬가지였다.

“야! 이… 어휴, 말을 말자, 말어!”

한밤중에 시작된 추격전은 어느덧 밝아온 날이 다시 저물 때까지 계속되고 있었다. 주변의 풍경도 바뀐 지 한참이라, 대도시 서안의 번화함은 간데없고 수풀이 우거진 산길이 몇 시진이나 끝날 줄을 몰랐다.

그렇게 쫓는 데도 잡힐 기미가 보이지 않는다. 몇 번이나 손에 잡힐 듯 가까워진 때가 있었지만 그럴 때마다 예의 저 기묘한 신법을 쓰니 놓치기 일쑤였다. 처음에야 감탄하고 넘어갔지만, 몇 번이나 반복되니 모용천도 말꼬리를 뗄 만큼 짜증나는 상대였다.

그렇게 뛰어도 도무지 떨어질 줄을 모른다. 경공으로는 무림의 일절(一絶)로 추앙받는 자신인데, 생판 듣도 보도 못한 애송이가 하루 가까이 따라오다니 어처구니가 없는 일이다. 말을 섞기도 싫을 만큼 징그러운 상대였다.

파파파팍—

도야객은 어떤 길을 걸어도 소리를 내지 않겠다는 주의였지만, 쫓아오는 애송이를 따돌리기 위해 그런 주의를 고수할 여유가 없었다. 뒤쫓는 모용천이야 아예 그런 생각을 하지 않았으니 두 사람의 발걸음에 산길이 시끄러웠다.

잠들었던 길짐승이 놀라 후다닥 자리를 피하고, 먹이를 찾
던 날짐승은 홰를 치며 밤을 날았다. 모용천과 도야객으로 인
해 야트막한 산 하나가 온통 들썩이고 있었다.

모용천은 생각없이 무작정 도야객을 따라 뛰고 있었다. 사
람이 다져 놓은 산길은 어느새 끝나고 한 발 딛기 힘든 계곡이
휙휙 지나가고 있었다. 그러다 보니 앞서간 길을 따르기만 하
던 모용천이 유리한 것이 사실이라, 서너 장 앞서 있던 도야객
의 등이 두어 장으로 좁혀들었다.

'좋아!'

스스로 판 함정에 빠진 걸까? 다가오는 도야객의 뒷모습을
보며 모용천이 마음먹고 진기를 끌어올렸다. 힘을 내어 발끝
을 튕긴 순간!

휘청!

분명 도야객이 먼저 딛고 지나간 자리인데, 모용천의 발을
지탱할 자리가 없는 것이다. 발밑이 허하니 체중이 아래로 쑥
내려간다. 온몸이 미끄러져 내리기 직전!

"이익!"

모용천은 이를 악물고 팔을 뻗었다. 허공을 허우적대다가
어떻게 튀어나온 돌부리가 손에 걸린다.

타악!

모용천은 간신히 돌을 잡고 신형을 바로잡았다.

"쳇!"

두 사람에게 놀랐는지 산의 주인들은 간데없고, 고요한 어

둠 속에서 도야객의 혀 차는 소리가 귓가에 생생하다.

'내가 잡고 만다! 정말!'

속으로 부르짖으며 모용천은 즉시 걸음을 재촉했다. 두어 장으로 좁혀졌던 거리는 네다섯 장으로 벌어져 있었다. 한 번 속은 만큼 도야객이 지나간 자리를 믿을 수가 없어 모용천도 안력을 돋우어 앞서 지나가지 않은 자리를 밟기 시작했다. 이러니 도야객도 쓸데없는 공작을 펼치지 않고 오직 도망가기에 열중하고, 두 사람 사이는 벌어졌다가 좁혀지기를 반복했다.

달이 기울고, 별도 기울고.

계곡이 끝나고, 산길도 끝나고.

어스레 쪽빛 하늘 밑으로 끝 간 데 없는 들판이 펼쳐졌다.

대체 얼마나 뛰었고 여기는 어디쯤일까?

고갈된 내력과 함께 느려진 다리가 확연하다. 이래서야 무공을 모르는 필부의 뜀박질이나 다름이 없는데, 도야객의 등은 멀어지지 않는다. 이쪽이나 저쪽이나 사정이 별반 다를 게 없는 것이다.

그러나 거리는 좁혀지지도 않는다.

'저 선배, 참 징하구나!'

누가 누구에게 할 소린지! 모용천이 속으로 중얼거릴 무렵, 도야객이 뒤 돌아 소리쳤다.

"…잠깐, 잠깐! 멈춰! 거기 멈춰!"

내력의 소모가 보통이 아니었는지 소리치는 도야객의 낯빛이 어두웠다. 자신도 가히 다르지 않으리라. 남모르게 안도의 한숨을 쉬며 모용천은 제자리에 멈춰 섰다.

역시 멈춰 선 도야객은 활짝 편 손바닥을 내밀어 다가오지 말라는 시늉을 했다. 아주 징그러운 물건을 대하는 듯 얼굴은 잔뜩 일그러져 있었다.

"다가오지 마! 한 발짝이라도 움직이면 나도 다시 뛸 거니까! 이거 진심으로 하는 소리다?"

모용천은 두 손을 들며 대답했다.

"알았습니다, 알았어요. 저도 좀 쉽시다. 선배도 많이 힘드신 것 같은데 푹 쉬시죠?"

그러자 도야객이 잘생긴 얼굴을 다시 찌푸리며,

"누가 힘들다고 쉬자고 그래? 너 내가 누군지 몰라?"

하고 소리를 지르는 것이다.

"제가 누군지도 모르는 사람을 쫓아왔겠습니까? 도야객 이서곤 선배 아니십니까."

"아는 놈이 그런 말을 해? 내가 아무렴 너 같은 애송이에게 쫓기다가 힘들어서 먼저 쉬자고 할까 봐?"

도야객은 스스로도 풍류남아라고 자부할 만큼 평소 동작 하나, 말투 하나마다 기품이 있었다. 여인을 대할 때에야 말할 것도 없고, 간혹 교분을 맺은 무림인들에게도 감명을 줄 정도였다. 그런 도야객이 지금 모용천을 대하는 데 아무런 꾸밈이 없으니, 과연 얼마나 힘들고 짜증이 난 상태인지 알 만했다.

　물론 모용천은 그런 사정을 알 바 아니었다. 짜증이라면 모용천 본인도 도야객 못지않게 나 있는 상태였으니까.

"그럼 뭡니까?"

"이놈아, 네가 먼저 얘기나 하자며? 여기까지 쫓아온 게 가상해서 내가 말이나 들어주려는 거니 감사하다고는 못할망정 헛소리나 씨부리지 마라!"

"알았습니다, 알았습니다!"

　미더워하지 않는 도야객에게 두 번이나 다짐을 주고, 모용천은 먼저 자리에 주저앉았다. 대지에 몸을 의탁하자 긴장이 풀어지는지 억눌려 왔던 통증이 온몸에 퍼졌다.

　지난날 모용천은 서해영의 말에 따라 기현에서 영릉까지 꼬박 하루 동안 천 리를 달린 적이 있었다. 그렇게 달려놓고 스스로도 믿을 수 없을 정도였는데, 지금은 그때와 비교할 수도 없었다. 강호에서 가장 빠르다는 도야객을 따라 하루하고 또 한밤 내내 달린 것이다.

　'도야객을 잡는다는 게 이런 일인 줄 알았다면 승낙하지 않았을 것이다!'

　바닥 난 내력과 쑤시는 팔다리가 우진을 원망하고 있었다. 모용천은 열심히 운기조식을 하며 도야객에게서 두 눈을 떼지 않고 있었다. 도야객도 운기조식을 하며 모용천이 달려들지나 않는지 눈을 떼지 못하고 있었다.

　그렇게 말없이 서로 노려보기를 반 시진. 해가 반쯤 고개를 디밀어 하늘이 밝아오자 도야객이 먼저 말을 꺼냈다.

"야!"

모용천이 퉁명스럽게 대답했다.

"왜 부르십니까?"

도야객이 운기조식을 하며 곰곰이 생각해 봤지만 지금 상황은 이해가 가지 않는다. 강호에 경공술로 이름 높은 자가 여럿 있지만, 자신과 비교할 수 있는 자는 없다. 설령 십왕이라 해도 자신을 잡지 못할 거라고 자부해 왔으며 실제로 자신을 잡기는커녕 몇 걸음 따를 수 있는 자도 없었다.

그런데 지금 그 믿음이 산산조각 난 것이다.

언제가 되었든 도야객 자신도 늙고 쇠약해 경공 일절의 자리에서 물러날 때가 오리라. 하지만 적어도 지금은 아니다.

그의 나이 사십이 세. 육체와 정신, 내공과 경험이 어울려 최고조에 이르렀다 자부하고 있었다. 그런데 지금 이 애송이가 날 따라와? 날이 밝아 제대로 보니 이제 스물이 될까 말까 한 젖비린내 나는 놈이다.

걸음만 빠른 게 아니다. 잠시 섞어본 손속은 모용천의 무위가 자신보다 몇 수 위라는 것을 확실히 알려주었던 것이다. 그렇지 않았다면 일찌감치 혼쭐을 냈겠지, 뭐 빠지게 뛸 필요가 없잖은가?

"내 참, 기가 막혀서!"

물어보려고 한 말보다 탄식이 먼저 튀어나온다.

"예?"

"아무것도 아니다."

무엇을 묻자는 건지, 모용천이 말꼬리를 올리자 도야객은 고개를 저었다.

"통성명이나 하자. 아니지, 넌 나를 알고 있다니 나도 네 이름이나 알자꾸나."

"모용천이라고 합니다."

"모용? 그 망한 집안 놈이냐?"

"망한 적은 없고, 생각하시는 그 모용세가가 맞습니다."

"허어! 이거 맹랑한 놈일세! 그래, 망한 적 없는 집안 놈이 뭐 때문에 죽자고 날 쫓아왔냐?"

"……."

뭣 때문이더라? 모용천은 잠시 말을 거두었다. 말에 앞서 생각을 정리할 필요가 있었던 것이다.

"절창 기소위가 스스로 제마성에 투신했다 밝혔지. 백파검 유호림은 강호에서 모습을 감추었고 도야객 이서곤은 명문정파들의 비고를 닥치는 대로 털고 있다네. 그 두 사람도 절창을 따라 마왕의 수하가 된 건 아닌지 우려가 된다네. 내가 마침 도야객의 행적을 파악한 바 있으니 그를 잡아주게. 이 일을 해준다면 내 반드시 모용세가의 부흥에 힘을 보탤 테니."

사실 모용천은 자신이 도야객을 뒤쫓는 이유가 어떤 것인지 갈피를 잡지 못하고 있었다. 도야객을 통해 절창과 다시 만나고 싶은 마음과 우진의 제안에 이끌리는 마음은 둘이 아니었지만 결코 하나도 아니었다.

하지만 그 모든 이유가, 도야객을 쫓게 되자 일단 어떻게든 잡고야 말겠다는 호승심에 밀려났던 것이다. 도야객의 경공술은 듣던 것 이상으로 따를 자가 없다는 말이 딱 맞았다.

"이놈아, 왜 갑자기 말이 없어?"

모용천이 입을 다물자 도야객이 재촉했다.

"도둑놈 쫓는 데 무슨 이유가 있겠습니까? 훔쳐 간 물건을 되찾으려는 게지요."

"내가 뭘 훔쳐 갔는데?"

"소림의 혼원일기공(混元一氣功)! 화산의 자하신검(紫霞神劍)! 백학파의 구월십지(九越十指)! 동성방의 천경성퇴(千鏡星腿)!"

도야객의 반문이 끝나기가 무섭게 모용천이 일갈했다. 그가 말한 무공은 모두 각 파의 비기(秘技) 중 비기! 특히 소림의 혼원일기공과 화산의 자하신검은 천하에 손꼽힐 절기였다.

혼원일기공이나 자하신검이나, 어느 하나만 강호에 나와도 그를 차지하기 위한 칼부림이 혈풍을 불러일으킬 절세 무공인 것이다.

모용천의 입에서 네 문파의 절기가 차례로 나오자 도야객이 눈을 크게 뜨며 물었다.

"뭐? 너, 너… 그걸 어떻게 알았지?"

도야객이 놀라는 것도 무리가 아니다. 도야객이 훔쳐 낸 무공들은 모두 각 문파의 비기이다. 아무리 상대가 도야객이라도 도둑맞았다는 사실이 외부로 새어나가면 체면이 이만저만 구겨지는 게 아니다.

특히 소림과 화산은 스스로 되찾으려 한다면 모를까 타인에게 발설하지 않을 거라는 확신이 있었던 것이다.

"이런 빌어먹을 땡중들! 병신 같은 도사 놈들! 부끄러운 줄도 모르고 지 밥그릇 빼앗긴 걸 흘리고 다녀? 구파일방? 무림정종? 야, 야! 웃기지 말라 그래! 콱 나가 죽어라! 이 병신 새끼들!"

도야객은 화를 내며 한바탕 욕을 퍼부었다. 풍류남아로 항상 품격을 따지던 자답지 않은 행동이었지만, 하루 반을 뛰어다닌 고생이 누구 때문인지 알자 분을 참을 수 없었다. 물론 모용천의 눈에는 적반하장도 유분수며, 소림과 화산의 입장에서는 기도 차지 않을 짓이었지만 말이다.

"그래서!"

도야객은 한참 화를 내다가 모용천에게 말했다.

"그래서 아주 눈에 불을 켜고 날 쫓는 거냐? 그게 그렇게 탐이 나서?"

"난 그냥 선배를 잡기만 하면 됩니다. 그리고 그렇게 화를 낼 필요는 없습니다. 아마 선배에게 그 무공들을 도둑맞았다는 사실을 아는 사람은 몇 없을 테니까요."

"그럼 넌?"

"난 권왕의 부탁을 받았을 뿐입니다. 소림이나 화산이나 아마 권왕에게만 은밀히 알려 부탁했겠지요. 선배의 말마따나 체면이라는 게 있다면 말입니다.”

“뭐? 권왕? 그 작자는 또 왜?”

모용천은 고개를 저었다.

“거기까진 제가 알 길이 없고. 어쨌든 저는 선배만 잡으면
됩니다.”

모용천은 그렇게 말하고 흙을 털며 자리에서 일어났다.

“야, 뭐, 뭐야?”

도야객의 얼굴에 당황한 기색이 역력하다. 정말 말도 안 되
는 거리를 말도 안 되는 속도로 달렸거늘, 겨우 반 시진 남짓
쉬고 다시 뛰겠다니 제정신으로 할 짓이 아니다.

물론 모용천이 무모하기는 하나 정신이 나간 자는 아니다.
그간 소모한 기력과 내력이 어마어마한데 겨우 반 시진으로
회복했을 리가 있나?

하지만 전부 회복하기를 기다리는 것은 어리석은 일이다.
그 시간만큼 도야객도 내력을 회복할 테고 지루한 추격전이
반복될 뿐이다.

하지만 지금이라면? 내력의 회복 속도는 자신이 더 빠를 것
이다. 서로가 완전한 상태라면 모를까, 지금이라면 도야객을
충분히 잡을 수 있다고 모용천은 판단한 것이다.

모용천은 일부러 목을 좌우로 돌려가며 말했다.

“저는 다 쉬었으니 다시 잡아야지요. 도망 안 가십니까?”

“야, 이… 크윽!”

울며 겨자 먹기로 도야객도 자리에서 일어났다. 차라리 권

왕이 직접 잡으러 왔으면 모를까, 이런 애송이에게 잡힌다면 그게 무슨 망신인가!

"내가 죽으면 죽었지 네놈한테는 안 잡힌다!"

허세든 뭐든 큰소리 뻥뻥 치고 도야객이 몸을 돌렸다. 그러나 모용천이 먼저 몸을 튕기고, 도야객이 한발 늦게 달리기 시작했다. 과연 모용천의 생각대로 회복이 더딘지 도야객의 경공술은 본래 빠르기가 아니었다.

도야객 또한 모용천의 꿍꿍이를 모르는 게 아니었다. 하나 어찌할 도리가 없잖은가? 가만히 앉아서 잡혀줄 마음은 추호도 없으니, 그저 힘이 다할 때까지 도망가자 다짐할 뿐이다.

"……!"

그렇게 달리기를 일각, 서서히 도야객의 힘이 다할 무렵이었다. 길게 늘어져 양옆으로 지나가던 들판이 서서히 제 모습으로 보이고 손을 뻗으면 잡힐 듯 가까워진 때!

길 위에 서 있는 한 사내가 도야객의 눈에 들어왔다.

"……!"

푸른 옷을 입은 청년은 출중한 기운을 감추지 않아, 한눈에 빼어난 고수임을 알아볼 수 있었다.

'저건 또 웬 놈이냐!'

저런 고수가 하릴없이 길 위에 서 있을까? 도야객은 그 또한 자신을 잡으러 온 자라 생각했다.

'발로 떼어놓지 못하다니 일생일대의 망신이로구나!'

개탄하며 품 안을 더듬는데, 청년이 슬쩍 몸을 피하는 게 아닌가?

의아한 표정으로 지나치는 도야객에게 청년이 한마디 던졌다.

"너에겐 볼일이 없다."

'뭐?'

곧 죽어도 자존심밖에 없다고, 청년의 오만한 말에 도야객이 미간을 찌푸렸다. 하지만 걸음을 멈출 수 없어 한참을 달려가는데, 쫓아오는 기척이 느껴지질 않는 것이다. 그제야 청년의 말뜻을 헤아린 도야객이 제자리에 멈춰 돌아봤다.

어디서 나타났는지 모를 한 무리의 사내들이 모용천을 둘러싸고 있었다.

본의 아니게 걸음을 멈춘 모용천은 오랜만에 속이 뒤집어지는 기분을 느꼈다.

유 총관의 생각대로 놀아나는 것을 알면서도 그를 따를 수밖에 없었을 때.

'정말 오랜만이군.'

세가를 떠나 유 총관이 없는데도 이런 기분을 느낄 줄은 미처 몰랐던 것이다.

"모용천?"

모용천으로 하여금 잊고 있었던 기분을 되살려 준 자. 앞을 가로막은 청년이 확인하듯 모용천의 이름을 물었다.

"그렇소만?"

달아오른 피가 차게 식어간다.

조금만, 아주 조금만 더 있으면 도야객을 잡을 수 있었건만!

모용천의 기분을 아랑곳하지 않고 청년이 입을 열었다.

"나 제마성의 제일공자 황무기! 뭇 사파인들의 주인이신 마왕을 대신해 죄를 물으러 왔다."

"뭐?"

이건 또 무슨 소리인가? 모용천이 어이없어 되묻자, 대답 대신 길옆 들판으로부터 무수히 많은 복면인들이 나왔다.

오십여 명이 족히 될 복면인들이 모용천 한 사람을 포위하고, 그 가운데 복면을 하지 않은 자가 길 위에 나타났다. 복면 대신 안면에 진한 화장을 한 자.

바로 섭영귀였다.

"너 이… 갈아 마셔도 시원찮을 놈! 이제야 만났구나!"

섭영귀가 이를 갈며 말했다. 흉측한 분장을 한 얼굴이 더욱 무섭게 일그러졌다. 두 눈에 선 핏발을 보니 그가 모용천을 얼마나 증오해 왔는지 얼핏 짐작이 갔다.

과거 섭영귀는 모용천을 얕잡아보다가 오른손을 베인 바 있었다. 본디 그의 오음멸독수는 강호에서도 손꼽히는 금나수법으로, 독공과 조화를 이루어 대적할 자가 많지 않았다. 섭영귀 본인에게 모용천을 경시하는 마음이 없었다면 어찌 일 합에 손을 잘렸겠는가!

섭영귀를 절정고수로 만들어준 오음멸독수가 한 손을 잃어 반쪽짜리로 전락했으니 그에게 모용천은 불구대천의 원수로도 부족한 존재였다. 그렇게 눈이 뒤집어져 복귀 명령도 무시한 섭영귀는 황무기와 합류한 끝에 결국 모용천을 찾아낸 것이다.

"휴우……."

모용천은 한숨을 내쉬었다.

"그래, 무슨 죄를 묻겠단 말이오?"

'건방진 놈!'

황무기가 매서운 눈으로 쏘아봤다.

눈앞에는 자신이, 뒤에는 섭영귀가 있다. 더욱이 오십여 명의 수하가 그를 둘러싸고 있으니 하늘이 무너져도 솟아날 구멍이 없다. 모용천이 제아무리 섭영귀의 한 손을 베어버린 고수라 해도 꼼짝없이 죽은 목숨인데, 오히려 한숨을 쉬고 있으니 어처구니가 없는 것이다.

"무슨 죄라니! 네가 정녕 마왕의 행사를 방해하고도 죄를 모르겠단 말이냐? 하북팽가의 자제를 건사하는 데 훼방을 놓고, 제마성의 외오각주 중 한 사람의 손을 잘랐으니 삼족을 멸해도 모자랄 터! 이 자리에서 순순히 목숨을 내놓아라!"

황무기의 장황한 말을 듣자니 차가워진 피가 다시 데워진다. 섭영귀의 원한을 갚기 위해서라면 모를까, 자기 일을 방해했다고 죄 운운하다니! 그것도 섭영귀 본인도 아니요, 마왕도 아닌 제삼자의 입에서 나오니 어이도 없고 화도 나는 것이다.

"그게 다인가?"

황무기의 말이 끝나자 모용천이 말했다. 큰 목소리는 아니었지만 서늘한 기운이 묘하게 황무기의 귓속으로 파고들었다.

"뭐?"

"아직 모르나 보군. 나에게 물을 죄는 그게 다가 아니지."

무슨 헛소리를! 소리치지 못하고 황무기는 헛바람을 들이켰다. 자신을 쏘아보는 모용천의 눈빛이 칼끝에 선 것처럼 싸늘했던 것이다.

촤앙!

주춤거리는 황무기를 보며 모용천이 검을 빼 들었다.

"일공자라면 형제일까? 권왕의 비무대회! 당신 동생의 우승을 막은 게 나니 무엇보다 그 죄가 클 것 같은데 말이지!"

"이, 이놈! 뭣들 하느냐! 어서 저놈을 잡아 죽여라!"

서슬 퍼런 기세에 눌려 황무기가 다급히 소리쳤다. 그러나 모용천의 동작이 그보다 빨랐다.

쉐에엑!

모용천의 신형이 흐려지더니 황무기의 앞에 나타났다. 이 순간만큼은 오십 명의 수하도 아무 소용이 없다.

'이런!'

예상치 못한 신속함에 놀라며 황무기는 마천상야공을 일으켰다. 순식간에 그의 온몸이 검은 기운에 휩싸였다.

서걱!

그러나 모용천의 검은 그보다 빨랐다. 검은 기운으로 화하여 연기처럼 빠져나가던 황무기의 끄트머리가 모용천의 검극에 걸렸다.

"크윽!"

핏물 섞인 마천상야공의 검은 기운을 일부 남기고, 황무기의 몸이 멀찍이 수하들 뒤에 가서야 나타났다. 오른팔에 그어진 선을 따라 푸른 천이 삽시간에 붉게 물들었다.

'얕았구나!'

낭패였다. 모용천이 속으로 부르짖었다.

어찌나 화가 났던지 제 상태를 돌아보지 못하고 검을 휘두른 것이다. 하루 반을 내내 달리고, 겨우 반 시진의 휴식을 취했던 모용천이다. 자연 생각대로 검을 놀릴 리 만무한 것이다.

한편 구사일생으로 목숨을 건진 황무기는 크게 놀라면서도 치밀어 오르는 화를 이길 수 없었다. 마천상야공의 사단계를 완성해, 겨우 한 사람 몫을 할 수 있겠거니 인정받은 지가 언제인가? 눈앞의 애송이에게 당한 상처보다 그 기세에 눌렸다는 기억이 더욱 쓰리다.

"이익… 죽여라! 잡아 죽엿!"

황무기가 크게 소리치고, 복면인들이 일제히 무기를 빼 들었다. 오십여 자루의 쇠붙이가 막 떠오른 해를 받아 눈부시다. 그러나 그 속의 흉험함은 가려지지 않는다.

카카캉! 카앙!

쏟아져 오는 공세를 받아내는 등 뒤로 한줄기 식은땀이 흐른다. 오랜 가뭄에 바닥을 드러낸 못처럼, 단전으로부터 더 이상 내력을 끌어낼 수 없는 것이다.

'이거 위험한걸.'

속으로 중얼거리며, 모용천은 자신을 향해 달려드는 복면인 세 사람을 베었다. 그러나 생각과 달리 쓰러지는 복면인은 둘 뿐! 남은 한 복면인의 단창이 모용천의 목끝을 위협하고 동시에 등과 양 옆구리, 세 방향으로 칼날이 들이닥쳤다.

"하압!"

강한 기합 소리와 함께 모용천의 몸이 제자리에서 팽이처럼 한 바퀴 돌았다.

채채챙!

모용천을 노리던 네 자루의 쇠붙이가 사방으로 튕겨 나갔다.

"큭!"

"커헉!"

무기를 잃어버린 호구에 피가 흐르고, 단창과 검 등 튕겨 나간 쇠붙이 끝이 뒤편에 있던 복면인들에게 꽂혔다. 예기치 못한 동료의 죽음에 놀랄 틈도 없이 모용천을 둘러싼 네 사람의 목에 하나의 선이 쉼없이 그어졌다.

콰콰콰콱!

네 개의 목에서 분수처럼 쏟아져 나온 피가 서로를 적시고, 이미 사라진 모용천의 신형이 놀란 복면인들 사이에 다시 나타났다.

"……!"

한 방울 피도 뒤집어쓰지 않았지만, 그 모습이 오히려 더 두려웠다. 모용천의 차가운 시선을 받은 복면인들은 저도 모르게 몇 발짝 뒤로 물러났다.

꿀꺽.

누가 먼저랄 것도 없이 침 삼키는 소리가 사방에서 들려왔다. 복면인들은 모두 제마성이 키워낸 무사들로, 개개인의 무위도 빼어나지만 다수 대 다수, 다수 대 소수 등 온갖 상황에 맞는 합격을 연마해 온 자들이다.

또한 복면인들은 세뇌 작업을 통해 그들의 주인 마왕을 향한 무한한 충성심으로 똘똘 뭉쳐 있었다. 마왕뿐 아니라 지휘 체계상 윗사람의 명을 목숨보다 중히 여기게 되어야 비로소 제마성의 무사로 쓰이는 법인데, 그런 자들이 두려워하며 섣불리 다가서지 못하는 것이다.

"뭣들 하는 거냐! 어서 저놈을 죽이지 않고!"

황무기가 놀라 독려했지만 감히 나서는 자가 없었다. 지금 모용천에게서 뿜어져 나오는 기운은 그것만으로 사람을 죽일 수 있을 만큼 험악했던 것이다.

그것은 다시 말해, 모용천의 상황이 좋지 않다는 뜻이다. 여유가 있다면 굳이 기세를 빌지 않고 하나하나 베었을 것이다. 바닥난 내력을 숨기고 오직 험악한 기운을 발해 상대를 주춤거리게 하는 모용천은, 가시를 곤추세운 고슴도치나 다름없었다.

"쓸모없는 놈들! 저리 비켜!"

복면인들을 밀쳐 내고 섭영귀가 나섰다. 그제야 비로소 복면인들 사이로 형성된 두려움이 가라앉았다.

"오늘은 그때 같지 않을 거다. 이 쳐죽일 놈! 키키킥!"

특유의 웃음소리를 내며 섭영귀가 한 발 내딛자 복면인들도 따라서 포위망을 좁혀왔다. 예전과 달리 섭영귀도 한껏 경계하는지라 빈틈이 없었다.

본래 섭영귀는 허규 등과 같은 절정고수! 일대일로 겨뤄도 쉽사리 제압할 수 없는 자이다. 지금 이 순간에는 버거운 상대가 틀림없다.

이렇게 되고 보니 화가 난 나머지 정확히 가늠하지 못하고 황무기를 살린 게 한스러웠다. 냉정히 판단하면 온 힘을 다해 황무기에게 일 검을 날리고, 그가 서 있는 방향으로 냅다 도망쳤어야 옳았다.

'그런 건 왜 꼭 뒤늦게 깨닫느냔 말이지!'

속으로 원망해 봐도 사태는 달라지지 않는다. 둘러보지만 포위망이 단단해 지금 모용천의 상태로 한 번에 뚫을 만한 곳이 없었다. 기세로 억누르는 것도 한계가 있다.

"키킥! 그러고 보니 이놈, 빈 수레로구먼? 일공자, 뒤에서 그러지 말고 나서시오! 키키킥!"

과연 섭영귀는 한눈에 모용천의 상태를 파악했다. 섭영귀의 말을 듣고 황무기도 수하들을 물리고 앞으로 나섰다.

"그랬단 말이지……!"

황무기는 이를 갈며 나와 마천상야공을 일으켰다. 황지엽과 마찬가지로, 아니, 그보다 더 흉흉한 검은 기운이 서서히 온몸을 뒤덮었다.

"으음?"

황무기의 마천상야공은 황지엽과 달리 온몸이 검은 기운으로 화한 게 아니라 두꺼운 옷처럼 뒤덮을 뿐이었다. 그러나 좀 더 농밀하고 어두워 한눈에도 황지엽보다 높은 경지에 올라 있음을 알 수 있었다.

황지엽의 마천상야공은 삼단계에 불과했다. 그럼에도 불구하고 신기막측하기 짝이 없어 상대하기 껄끄러웠던 게 사실이다. 자연 황무기의 마천상야공을 앞에 둔 모용천의 가슴이 뛰는 것이다.

'한번 상대해 보고 싶다!'

포위망은 좁혀들시 않았지만, 앞뒤로 황부기와 섭영귀가 다가오고 있었다. 내력이 온전할 때라도 동시에 상대하기 어려울 자들이다.

이런 상황에서 가슴이 뛰다니!

위험하다는 생각보다는 제대로 붙어보지 못한다는 안타까움이 더 크다. 스스로도 어처구니가 없어 모용천은 고개를 절레절레 흔들었다.

'젠장, 지금 이럴 때가 아니지!'

모용천은 바닥을 훑어 한 모금 진기를 끌어올렸다. 어떻게든 한 번의 칼질로 포위망을 무너뜨리고 빠져나가야 한다. 여의치 않은 걸 알지만, 가만히 앉아서 죽을 수는 없는 노릇이다.

'흐읍……'

　그러면서 모용천은 방출하던 기운을 갈무리했다. 그런 변화를 눈치챘는지 황무기와 섭영귀의 표정이 변하였다. 특히 섭영귀는 이미 당해본 경험이 있는지라 보통 경계하는 눈빛이 아니었다.

　“……”

　“……”

　빈틈을 보이지 않고 다가오는 두 사람에게서 태산 같은 압박감이 전해져 왔다. 이대로라면 포위망을 뚫는 순간 저들에게 당할 것이니, 이러지도 저러지도 못하고 모용천은 난감하기만 했다.

　타악.

　드디어 황무기와 섭영귀가 모용천의 간격 안으로 들어섰다. 더 이상은 다가설 수도 물러날 수도 없다. 한순간의 호흡이 출수(出手)를 강요할 때!

　아우우우우―

　아직 들숨이 촉촉한 이른 아침에 때 아닌 늑대 울음소리가 들려왔다. 뒤이어 커다란 늑대가 복면인들을 훌쩍 넘어 들어왔다. 예기치 못한 난입이 고조된 긴장감을 무너뜨리고, 모용천과 황무기, 섭영귀는 각각 한 걸음 뒤로 물러났다.

　세 사람을 물리고 자리에 선 늑대 위에는 한 자루 환도를 등에 진 거구의 사내가 타고 있었으니, 바로 혈랑도객이었다.

　“혈랑……!”

　혈랑도객의 출현이 뜻밖이었지만 황무기는 평정을 유지하

며 인사하려 했다. 그러나 늑대 위에서 내린 혈랑도객은 황무기를 저지하고 소리쳤다.

"두 분은 멈추시오! 저자를 상하게 하지 마시오!"

혈랑도객은 모용천을 경계하며 양팔을 벌렸다. 커다란 손바닥으로 섭영귀와 황무기를 저지하고 나서니, 비호받는 입장이 된 모용천도 의아해 눈을 크게 떴다.

"대체 무슨 헛소리를 하는 거요? 그리고 일공자께서 계시거늘, 인사부터 드려야 도리가 아니오?"

섭영귀가 크게 노하여 소리쳤다. 그러나 혈랑도객은 눈 하나 깜짝 안 하고 말했다.

"저자는 본 성의 행사를 방해한 자! 주군께서 친히 단죄하시겠다는 명이 내려왔소. 나는 그를 온전한 몸으로 주군 앞에 대령해야 하니 두 분은 내게 협조하시오."

"헛소리! 나는 그런 명을 받지 못했소! 내 손을 자르고 팽가의 자제를 훔쳐 간 놈이오! 여기 일공자께서 나와 함께 놈을 잡아 죽이라는 명을 주군께 친히 받았거늘!"

섭영귀가 반발하고 나섰다. 그 반대편에서 황무기가 성난 목소리로 물어왔다.

"외우각주(外右脚主), 지금 나에게 협조하라고 했소?"

혈랑도객은 코웃음 치며 대답했다.

"흥! 실패한 것도 모자라 삼공자와 합류하지도 않고 멋대로 굴었던 자가 무슨 염치로 말하는 건지 모르겠군! 두 분과 나의 표적이 일치하나 본데 나 역시 주군께 친히 받은 명이외다. 그

중에서도 내 것이 최근일 테니 두 분이 나에게 힘을 보태야 하지 않겠소?"

"으음……!"

혈랑도객은 제마성이 자랑하는 고수 중의 하나다. 제마성의 대외 행사를 관장하는 다섯 개의 다리, 외오각 중 우각(右脚)의 주인으로 그 위치는 성주와 부성주 바로 다음이라 할 수 있었다.

그에 비해 황무기는 단지 마왕의 아들들 중 하나일 뿐, 별다른 직위는 가지고 있지 않았다.

섭영귀 역시 혈랑도객과 같은 외오각주, 전각(前脚)의 주인이었다. 하지만 한 번 임무에 실패한 바가 있었기 때문에 마왕의 명을 받고 온 황무기를 보좌해 온 것이다.

당연히 혈랑도객의 말이 이치에 어긋나지 않아, 두 사람이 딱히 반박할 수 없었다. 그러나 그렇다 하여 순순히 그의 말을 수긍할 수도 없었다.

한 달 넘게 찾고 또 찾았던 모용천이다. 끝내 잡기 일보 직전인데, 느닷없이 나타나서 제 표적이라 하면 누가 넙죽 내줄 것인가? 황무기와 섭영귀의 눈에는 다 잡은 먹이를 가로채려는 자로밖에 보이지 않는 것이다.

'누가 네놈에게 빼앗길 것 같으냐?'

황무기가 단호히 마음먹고 손을 저으며 말했다.

"잘 알겠소! 그러나 이자를 잡은 건 나이니 외우각주께서 나에게 협조하셔야 하는 게 합당하지 않소? 외우각주의 말대로 그를 상하게는 하지 않을 테니 생포하는 데 협조해 주시오.”

“허어!”

컹! 컹컹!

혈랑도객이 수궁하지 못하겠다는 듯 소리를 냈다. 주인의
마음을 헤아렸는지 혈랑의 짖는 소리도 불만스러웠다.

쉽게 결론을 내지 못하고 대치 중인 세 사람의 틈바구니에
서 모용천은 오히려 마음이 편안해졌다. 혈랑도객의 말을 들
어보니 이들이 자신을 잡아도 해하지는 않을 거라는 판단이
선 것이다. 아니, 오히려 다른 마음이 치고 올라왔다.

혈랑도객의 주군이라는 자는 보나마나 마왕일 것이다. 그
마왕이 친히 단죄하겠다는 뜻이 무엇인가?

‘마왕과 싸울 수 있다는 뜻이겠지!’

마왕이라면 저 신비로운 무공 마천상야공을 십성 이룩했을
것이다. 아니, 그런 것을 떠나서 십왕의 한 사람이 아닌가? 십
왕 중에서도 권왕과 함께 수좌를 다투는 자라니 어찌 가슴이
뛰지 않을까?

멋대로.

입이 멋대로 움직인다.

“나를 상하게 하지 않는다면 순순히 잡혀 가주겠소.”

“……?”

세 사람의 눈이 일제히 쏠렸다.

‘내가 무슨 소리를 하는 거야?’

모용천 스스로도 어이가 없는데 입이 다시 움직였다.

"그렇지. 내게 손대지 않겠다는 분께 잡혀주면 되겠군."

"이놈! 닥쳐라!"

참지 못하고 황무기가 일갈했다. 그러나 부들부들 떨리는 손이 움직이지 않는다. 아버지인 마왕 황종류가 그를 직접 단죄하겠다는 말이 못내 걸리는 것이다.

혈랑도객이 나섰다.

"순순히 따라오겠다면 나도 편하지. 일단 그 검부터 치우게. 자, 어서."

혈랑도객은 모용천의 무위를 직접 본 자였다. 당연히 모용천의 말이 기꺼우면서도 마음을 놓을 수 없는 것이다.

혈랑도객이 검을 버릴 것을 종용하자, 모용천이 주위를 둘러보며 말했다.

"이런 상황에서 나더러 검을 치우라고?"

앞뒤로 서슬 퍼런 섭영귀와 황무기가 있다. 수십의 복면인들은 저마다 무기를 들고 당장에라도 내려칠 태세다. 이러니 누가 말만 믿고 검을 거둘 것인가?

"으음!"

혈랑도객은 고개를 끄덕이고, 황무기에게 말했다.

"투항의 뜻을 밝혔으니 괜찮겠지. 일공자, 수하들을 물리시오."

황무기가 단호히 거부했다.

"그럴 수 없소! 저자의 신병을 확보한 것도 아닌데 무얼 믿고 포위망을 풀란 말이오?"

“일공자는 지금 저자가 본신 무공의 십분지 일도 펼치기 힘든 상태란 걸 모르시오? 아니면 일공자 자신과 외전각주, 나 셋 중 누구도 믿지 못하는 건가?”

그것은 황무기도 알고 있다. 지금 포위망을 풀더라도 세 사람이 주시하고 있는 한 모용천은 어디로도 도망칠 수 없을 것이다. 그러나 이대로 혈랑도객이 주도하게 내버려 둘 수도 없다.

대답하지 않는 황무기에게 혈랑도객이 혀를 차며 말했다.

“쯔쯧… 뭐 이렇게 배포가 작은지! 삼공자라면 이렇게 하지 않았을 텐데.”

혼잣말인 양 중얼거리지만 내공이 실려 있다. 포위망 뒤쪽에 있는 복면인들의 귀에도 똑똑하다. 명백히 들으라고 하는 말이다.

황무기가 가장 싫어하는 황지엽과의 비교!

황무기는 혈랑도객을 향해 몸을 틀었다. 온몸을 휘감은 마천상야공의 기운이 격한 분노로 일렁이고 있었다.

“지금 그 말, 다시 한 번 해보시지! 감히 서출 따위와 나를 비교해?”

“흥!”

혈랑도객은 굳이 부정하지 않았다. 그러한 태도가 더욱 황무기를 자극했다.

구우우우웅―

마천상야공의 검은 기운이 뱀처럼 수십 가닥으로 피어올랐다. 수십 가닥의 기운이 각자 살아 있는 듯 꿈틀거리며 가공할 힘이 느껴지니, 사단계의 마천상야공을 극한까지 끌어올린 것이다.

그르르르릉!

혈랑이 몸을 낮추고 이를 드러냈다. 마천상야공의 흉험함이 늑대의 날카로운 감각을 자극한 탓이다.

"워, 워!"

혈랑도객은 목덜미를 쓰다듬으며 혈랑을 진정시켰다. 그러면서도 두 눈으로 황무기를 바라보니 안광이 번쩍였다. 극한까지 끌어올린 사단계의 마천상야공은 혈랑도객에게도 충분히 위협적이었다.

"뜻대로 안 되니 힘으로 해보시겠다?"

혈랑도객은 한껏 비웃음을 머금었다.

그때,

컹! 컹!

혈랑이 고개를 돌리며 짖었다. 반사적으로 사람들의 눈이 혈랑이 짖는 방향을 향했다.

작고 동그란, 호두알 정도 크기의 구슬이 허공을 날고 있었다.

"……?"

수십여 시선이 일순간 주의를 빼앗겼을 때, 구슬로부터 회색 연기가 새어 나왔다.

푸쉬쉬쉬식—

"……!"

뒤이어 서너 개의 구슬이 날아와 연기를 내뿜었다. 회색 연기는 공기보다 무거운지 금세 사람들의 머리 위로 가라앉았다.

"당황하지 마라! 다들 진형을 유지해!"

예기치 못한 사태에 황무기가 다급히 외쳤다. 빠르게 가라앉은 연기는 몹시 짙어 제 손도 보이지 않을 정도였다. 황무기가 외치긴 했으나 복면인들은 당황한 기색이 역력했다.

"케헥! 크아악!"

연기에 독이 섞였는지 들이마신 복면인들이 괴로워하며 몸을 비틀었다. 그를 본 자들은 숨을 멈추고 연기 밖으로 도망치기 시작했다.

이렇게 되니 모용전도 잡혀간다느니 하는 어리석은 상상을 깨버렸다. 황무기들의 위치는 머릿속에 생생하다. 복면인들만이라면 보이지 않는 가운데 충분히 상대할 수 있다.

"커헉!"

모용천의 검이 연기를 가르고, 그 틈을 핏방울이 메웠다. 황무기가 놀라 소리쳤다.

"놈! 놈을 잡아!"

혈랑도객이 이어 소리쳤다.

"무슨 소리! 연기 밖에서 대기해라! 간격을 유지해! 나오는 순간 알 수 있도록!"

복면인들은 막무가내로 내뱉는 황무기보다 혈랑도객의 명령을 따랐다. 모용천도 복면인들을 따라 연기 속에서 나오려는데, 누군가 소매를 당겼다.

"나다."

연기 속에서 퉁명스럽게 내뱉는 목소리.

도야객이었다.

"……?"

모용천이 소매로 코와 입을 덮고 의아해하니, 곧이어 주변의 연기가 걷히며 도야객의 모습이 드러났다.

연기는 걷히는 것이 아니라 도야객을 중심으로 사방으로 퍼져 나가고 있었다. 허공에서 가라앉는 것을 보고 멀리 퍼질 거라 생각지 않았던 혈랑도객의 예상이 빗나간 것이다.

"선배, 어떻게……?"

도야객과 마주 선 모용천은 소매를 떼고 물었다. 도야객은 못마땅한 눈으로 모용천을 보다가 마지못해 대답했다.

"헛소리 말고 도망칠 궁리나 해라."

이제 언제 다시 볼까 막막했던 도야객이 제 발로 돌아와 준 것이다. 모용천은 괜히 웃음이 나왔다. 씰룩거리는 모용천의 입을 보고 도야객이 말했다.

"안 급해? 이거 걷히길 기다렸다가 잡혀갈래?"

"도망가야죠."

도야객이 따지듯 말하자 모용천도 웃음을 거두었다. 도야객은 품에서 호두알 같은 구슬을 꺼냈다. 날아왔던 것과 같은 구슬이 모두 다섯 개였다.

도야객은 네 개의 구슬을 사방으로 던지고, 마지막 하나를 모용천에게 들이밀었다.

　"이거 보통 비싼 거 아니다. 나한테 제대로 빚진 줄 알아. 나중에 딴소리하지 마라?"

　"알았습니다."

　고개를 끄덕이는 모용천을 보고 도야객은 마지막 구슬을 던졌다. 사방에 자욱한 연기가 한층 더 짙어지고 두 사람의 모습은 어디론가 사라졌다.

第四章
삼우별로(三友別路)

　모용천이나 도야객이나, 멀리 도망칠 수 있는 상태가 아니었다. 도야객은 모용천을 데리고 가까운 산 안으로 들어갔다.

　어쨌든 도움을 받았으니 모용천은 말없이 도야객을 따랐다. 도야객은 산 중턱 적당한 곳에 자리를 잡고 바닥에 드러누웠다.

　"아그그그그그! 죽겠다, 죽겠어! 잠도 못 자고 이게 뭐 하는 짓이야 그래?"

　모용천도 도야객의 옆에 주저앉았다. 극심한 피로가 몰려와 나뭇등걸에 등을 기댔다. 앉으면 눕고 싶다고, 긴장이 풀리니 배가 고파온다.

　정오가 가까운 걸까? 생각해 보니 도야객을 쫓기 시작한 서

안에서부터 지금까지 아무것도 먹은 게 없다. 시간이 문제가
아니라 당연히 배가 고파야 할 상태다.

'뭐 먹을 게 없을까?'

둘러보기 무섭게 말린 고기가 눈에 들어왔다. 도야객이 품
에서 꺼낸 것이다.

"이놈아, 너 때문에 밥도 못 먹고 이게 뭐냐?"

도야객은 말린 고기를 한입 물고 그대로 뜯어 반절을 던졌
다. 그를 받으며 모용천이 말했다.

"징그러운 놈이라고 보기도 싫어하더니 왜 돌아오신 겁니
까? 그 비싸다는 물건을 써서 구해주기까지 하고요."

도야객이 우물거리며 대답했다.

"내가 먼저 물어보자. 그놈들, 마왕의 졸개들이라며? 섭영
귀도 그렇고 혈랑도객까지 말이야."

"예."

"그런 놈들이 널 왜 잡으려 들어?"

"그게……."

말린 고기는 간을 잘못했는지 소금 덩어리처럼 짰다. 또 질
기기는 말가죽보다 더해 한입에 찢은 도야객이 신기할 정도였
다. 모용천은 뱉어버리고 싶은 마음이 굴뚝같았지만, 입이 궁
하면 못 먹을 게 없다는 심정으로 씹어가며 사정을 이야기했
다.

이야기가 진행될수록 도야객의 얼굴에 하나씩 주름이 늘어
났다. 웃음이 나오려는 걸 억지로 참는지 괴로워하더니, 급기

야 비무대회에서 황지엽을 이겼단 대목에서는 박장대소를 하
는 것이었다.

"크하하핫! 걸작이군, 걸작이야!"

"걸작이라니요?"

모용천이 묻자 도야객은 웃음을 그치고 대답했다.

"마왕 그 인간이 얼마나 치졸한 놈인지 모르지? 그 인간은
자기 생각대로 일이 안 되는 걸 못 참는 놈이야. 지금이야 제
위치가 있으니 겉으로 드러내진 않겠지만 아주 약이 올라 미
치고 팔짝 뛸걸?"

"그랬을까요?"

"그럼! 그러니까 널 산 채로 데려오라고 한 거 아냐? 야, 생
각해 봐라. 명색이 십왕이라는 놈이 너 같은 애송이를 데려다
직접 어쩌겠다고 하면, 그게 모양이 나겠냐? 뻔히 망신살 뻗칠
거 알면서도 그런 지시를 내렸으니 그게 속이 얼마나 뒤집어
졌겠느냔 말이야. 아이고! 생각만 해도 고소하다, 고소해!"

말을 마친 도야객은 무릎을 쳐가며 웃었다.

"그게 그렇게 좋습니까?"

모용천이 묻자, 도야객은 고개를 끄덕이며 대답했다.

"암! 좋다마다! 아주 갈아 마셔도 시원찮을 놈이지! 내가 너
같은 놈을 괜히 도와준 줄 아냐? 그 녀석들이 황가 놈의 졸개
라기에 그랬던 거야."

"흐음……."

도야객의 얼굴에는 한 점 의혹도 없어, 그가 하는 말이 모두

사실임을 알 수 있었다. 모용천이 팔짱을 끼도 아무 말이 없자 도야객이 물어왔다.

"왜, 또 뭐가 궁금해서 그런 얼굴이냐?"

"권왕은 선배가 마왕에게 투신한 게 아닌지 의심하고 있습니다. 각 문파의 비고를 털었던 것도 마왕이 시킨 일일지도 모른다고 말입니다. 선배의 친우라던 절창이 마왕의 밑에 들어갔거든요. 알고 계셨습니까?"

"끄응……."

모용천의 말을 들은 도야객은 침울한 얼굴로 끙끙거릴 뿐 쉽게 대답하지 못했다. 무슨 사정이 있는 걸까? 모용천이 선불리 말하지 못하고 지켜보기를 일각. 비로소 도야객이 말문을 열었다.

"그놈 얘기는 하지도 마라! 그놈과 나는 이제 친구도, 뭐도 아니니까. 그리고 나와 유가 녀석은 죽어도 황가 밑으로 들어갈 일 없으니 가서 안심하라고 전해. 젠장, 다 똑같이 마음에 안 드는 놈들 뿐이니! 강호의 도가 땅에 떨어져도 한참 떨어졌어!"

방금 전까지도 배를 잡고 웃던 도야객이 제 말에 제가 흥분하며 삿대질을 했다. 억울하게 손가락질당한 모용천이 눈살을 찌푸리며 물었다.

"그냥은 못 돌아갑니다. 훔쳐 가신 비급들을 찾아야……."

"우가 놈이 다른 소리는 안 했지?"

도야객이 모용천의 말을 끊고 들어왔다.

"예?"

다른 소리라니? 모용천이 고개를 갸웃거리며 묻자, 도야객은 한쪽 입가를 비틀며 묘한 웃음을 지었다.

"흥! 그 여우 같은 놈이 모를 리는 없고, 또 가만있을 리도 없지. 가장 귀중한 물건을 정작 찾아오라는 놈한테 가르쳐 주지 않은 건 무슨 꿍꿍이인지 원."

"대체 무슨 말씀을 하는지 모르겠군요."

"네가 들은 게 없으니 무슨 말인지 모르는 게 당연하지. 겨우 소림이나 화산이 털렸다고 우가 놈이 나서서 날 잡겠다 했겠느냐?"

겨우 소림과 화산이라니!

근래 들어 구파의 위세가 예전만 못하다지만 명색이 무림 정종인 소림이다. 천하공부출소림(天下功夫出少林)은 결코 가벼운 말이 아니다.

또 화산은 어떠한가? 검왕 남궁익과 무당에 비하면 다소 손색이 있다지만 검을 논함에 있어 빠뜨릴 수 없는 곳이 바로 화산이다. 대외 활동을 자제할 뿐이지, 그 안에 얼마나 많은 검수들이 있는지 헤아릴 수 없을 정도다.

그런 두 문파가 비급이라며 고이 모셔둔 절기를 도둑맞았는데 그걸 겨우라고? 아무리 모용천이 강호 정세에 어둡다지만 도야객의 말은 허세가 심하다.

"아, 예……."

마지못해 맞장구를 쳐주자 어떻게 알았는지 도야객이 발끈성을 냈다.

"네 눈에는 내가 까마득한 후배 데리고 허풍이나 칠 것 같으냐? 흥! 그 여우 같은 놈이 어지간히 구워삶았구나!"

그러자 이번에는 모용천이 미간을 찌푸렸다.

"구워삶긴 누가 삶아졌다고 그러십니까? 저도 우 선배가 싫습니다."

"싫다는 놈이 왜 기를 쓰고 날 잡으려 들어? 그냥 돌아가!"

"난 선배가 절창과 절친한 사이라기에 어떻게 그를 다시 만날 수 있을까 싶었던 것뿐입니다. 물론 선배를 잡아가면 우 선배가 나에게 도움을 줄 거라고도 했지만……."

"절창? 그놈을 왜 만나고 싶은 건데?"

무어라 대답해야 할까? 모용천이 대답을 망설이고 있는데, 바스락거리는 소리가 났다.

"……!"

"……!"

모용천과 도야객이 동시에 소리가 난 방향으로 고개를 돌리니, 곧 수풀을 헤치고 커다란 늑대 한 마리가 나타났다. 목덜미에 붉은 털이 난 바로 혈랑이었다.

그르르르……!

황색 눈으로 쏘아보는 혈랑에게는 귀기(鬼氣)마저 서려 있었다. 흡사 광견 같아 입가에 거품만 물면 딱 이겠다 싶지만, 그러면서도 위엄을 갖추고 있어 금수라고 무시할 수 없었다.

아우우우우—

혈랑은 고개를 높이 들고 울부짖었다. 모용천을 찾았다고 제 주인에게 알리는 것이리라.

"쳇! 설마 했는데 들어오다니 저 녀석들도 대책이 없군."

도야객이 혀를 찼다.

"늑대로 찾을 수 있다는 걸 간과했군요."

"무슨 소릴 하는 거야? 저 녀석들이 여길 들어온 게 어이없는 거지! 난 시끄러워지기 전에 도망이나 갈란다."

할 말을 다한 도야객은 자리에서 일어나 뛰기 시작했다.

"선배!"

모용천도 길게 소리치며 도야객의 뒤를 따르는데, 그 뒤를 혈랑이 덮쳐 왔다. 그 기세가 웬만한 무학 고수를 능가하는 면이 있어, 모용천도 경시하지 못하고 검을 뽑았다.

쉬익!

모용천의 검이 반원을 그리고, 허공에 몇 가닥 회색 털이 나풀거린다. 말 못하는 금수가 놀랍게도 허공에서 몸을 틀어 모용천의 검을 피한 것이다.

그르르르……!

놀란 것은 모용천 혼자가 아니었다. 멀찌감치 떨어진 곳에 내려앉은 혈랑이 눈을 부라리며 그르렁거리고 있었다. 그러나 처음 같은 귀기 대신, 황색 눈 안에는 어떤 두려움이 자리하고 있었다.

"쫓아오면 벤다."

모용천은 혈랑과 눈을 맞추고 사람에게 하듯 경고했다. 그리고는 등을 돌려 도야객을 쫓았다.

아우우우우—

본래 사람이 등을 보이면 덮치는 것이 개나 늑대의 습성일진대, 모용천의 말을 알아들었는지 혈랑은 움직이지 않았다. 대신 제 주인을 재촉하는 울음을 하늘 높이 올리는 것이었다.

"선배! 기다리십시오!"

휴식도 취했다, 배도 채웠겠다. 앞서가는 도야객의 걸음이 거침없었다. 모용천은 도야객이 밟고 지나간 풀을 따라가며 소리쳤다.

"널 기다려서 뭘 하겠냐? 곧 있으면 산 전체가 시끄러워질 텐데 이 기회를 놓쳐서야 되겠냐?"

수풀에 가려 보이지 않지만, 바로 몇 장 앞에서 도야객의 목소리가 들렸다. 모용천이 다시 소리쳤다.

"기회라니, 대체 무슨 말을 하는 겁니까?"

그러나 대답은 돌아오지 않았고, 모용천은 자리에 멈춰 섰다. 도야객의 흔적이 끊겨 더 이상 쫓을 수 없게 된 것이다.

"젠장!"

모용천은 애꿎은 나무뿌리를 걷어찼다. 가벼운 발길질 한 번에 어린애 팔뚝만 한 뿌리가 끊기고, 푸르스름하게 찢긴 속살이 드러났다.

"……"

모용천은 물끄러미 그 단면을 내려다보다 고개를 들었다.

크고 굵은 나무는 아픈 내색도 하지 않고 다만 그 자리에 서 있었다. 모용천의 평생 이래 봐야 고작 이십여 년 남짓이다. 얼핏 보아도 이 나무는 그 몇십 배에 달하는 세월을 이 자리에서 꼿꼿이 견뎌왔을 것이다.

그런 생각을 하니 모용천은 순간의 분을 참지 못하고 나무에 화풀이한 자신이 한심하게 느껴졌다. 굳이 나무를 생각할 것도 없이 한 가지 일을 이루기 위해 오랜 시간 힘쓰는 이들이 얼마나 많은가?

모용천이 도야객을 잡기 위해 쏟은 시간은 한 달에 불과하다. 겨우 그 정도 노력에 비해 뜻대로 풀리지 않는다고 분풀이를 해댔으니 자연 부끄러움이 밀려왔다.

"휴우……."

모용천은 한숨을 쉬고 나무에 몸을 기댔다. 부끄러움과 함께 자신이 여기서 뭘 하고 있는지 문득 회의감이 든 것이다. 우진의 달콤한 말에 넘어가 이 고생을 하고 있다니 어쩌면 한심한 꼴인지도 모른다. 유 총관이 바라던 세가의 영광이란 이런 식으로 되돌릴 수 있는 것일까?

아니, 그보다 내가 바라는 건 무엇인가?

모용천은 바라는 것이 없었다.

주화입마에 걸린 아버지와 세가의 수복을 입에 달고 사는 유 총관이 세계의 전부였다. 좁은 세계에서 유일하게 허락된 것은 무공의 연마. 그 속에서 모용천은 자유로웠다.

무공을 익히는 동안 모용천에게는 어떤 의문도, 걸림도 없었다. 이끌어주는 이 하나 없는 어둠 속에서도 모용천은 걸음을 옮기는 데 주저함이 없었다. 어둠 속에서 길을 찾는 것이 아니라, 그의 발이 곧 길을 만드는 것이다.

모용천에게 바람이 있다면, 바로 세가를 떠나는 것뿐. 한순간만이라도 유 총관의 기대와 병석에 누운 아버지로부터 자유롭고 싶었던 마음뿐이다.

그 바람이 충족된 지금, 모용천은 스스로 무엇을 바라야 하는지 알 수 없었다. 다만 유 총관의 바람에 따라 지난날 세가의 영화를 되돌리기 위해 애쓸 뿐. 그러기 위해 또 다른 자, 우진의 바람을 채워주려 하고 있는 자신의 꼴이 한심한 게 분명하다.

생각이라는 게 참 묘한 것이라, 어느 지점에서 시작했는지를 잊어버리기 일쑤다. 그렇게 한참을 망념 속에서 허우적거리고 있을 무렵, 귓가에 은은한 쇳소리가 들려왔다.

챙… 채앵…….

어느 한곳이 아니라 사방에서 들려오는 쇳소리다. 잠에서 깨듯 모용천은 퍼뜩 정신을 차렸다. 검을 쥔 자의 본능은 모용천을 허구의 세계에 내버려 두지 않는 것이다.

아우우우우―

이제는 익숙해진 혈랑의 울음소리도 들린다. 그들이 자신을 쫓아 이 산까지 들어온 것은 알겠는데, 산발적으로 들리는 무기 부딪치는 소리는 무슨 까닭일까?

촤앙!

의아해하던 모용천의 눈빛에 날이 서고, 뽑아 든 검도 날을 세웠다. 누군가 다가오는 기척을 느낀 것이다.

바스락—

과연 수풀을 헤치고 사내 네 명이 모용천의 앞에 나타났다.

"……?"

검을 들고 있던 모용천이 고개를 갸웃거렸다. 사내들은 모두 의관을 정제한 청년들로 예상했던 복면인들이 아닌 것이다.

"너, 너는……!"

앞장선 청년이 모용천을 보고 놀라 더듬거렸다. 그 얼굴이 몹시 익숙해 다시 보니 바로 무한에서 만난 바 있는 이영관이 아닌가?

이영관은 종남파의 제자로 촉망받는 정파의 후기지수 중 하나였다. 권왕이 주최한 비무대회에도 종남파의 대표로 출전하였는데, 처음 만난 모용천을 조롱하고 욕하였더랬다.

그 기억이 거북했는지 이영관은 모용천을 알아보고도 얼른 말을 잇지 못하였다. 그러나 모용천은 당시에도 동진이 놀림받는 상황이 마음에 들지 않았을 뿐, 이영관 개인에 대해서는 호불호의 판단을 두지 않았었다. 기억하고 있는 것은 기개만큼 실력도 없었다는 정도?

머뭇거리는 이영관에게 모용천이 먼저 포권의 예를 취하며 인사했다.

“오랜만입니다.”

“오, 오랜만이오.”

모용천이 먼저 인사해 오자 이영관도 더듬거리며 마주 포권의 예를 취했다.

“심한 내상을 입었다고 들었는데, 쾌차한 것 같아 다행이오.”

“뭐, 덕분에……..”

거북살스럽게 얼버무리고 이영관이 말을 이었다.

“그나저나 여기는 웬일이오?”

“그러는 이 형은 어쩐 일로 여기 오셨소?”

모용천이 되묻자, 이영관이 눈살을 찌푸렸다.

“어쩐 일이라니, 종남의 제자가 당연히 종남산에 있어야지 어디 있겠소? 지금 대적이 쳐들어왔으니 말장난하고 있을 여유가 없소.”

이영관의 말을 듣자, 모용천은 머리를 세게 얻어맞은 기분이었다. 종남산? 종남산이라고?

“종남산… 여기가 종남산이라면 종남파가 있는?”

멍하니 중얼거리자, 이영관이 어이없어하며 대답했다.

“종남파가 당연히 종남산에 있지!”

“빌어먹을……..”

모용천의 욕을 들은 이영관이 눈을 치켜떴다. 이영관이 막 모용천에게 한소리하려 할 때,

뎅뎅뎅뎅뎅— 뎅뎅뎅뎅뎅—

아주 다급히 종소리가 산 전체에 울려 퍼졌다. 이는 아주 긴박한 상황에야 울리기로 약속된 종소리였다. 이영관은 대적이 쳐들어왔다는 이야기만 듣고 사제들과 함께 내려온 터였다. 하지만 구체적으로 어떤 적인지는 미처 듣지 못했는데, 지금 울리는 종소리는 사태가 보통 급박한 것이 아님을 알리는지라 두려운 마음이 커지는 것이었다.

모용천이 말했다.

"이 형에게 한 말이 아니니 신경 쓰지 마시오. 그런데 종남파 본궁은 어디로 가야 하오?"

"뭐요?"

종남파가 종남산에 있다는 거야 모르는 무림인이 없다지만, 종남산이 봉우리 하나로 되어 있는 것도 아니고 특히 건물의 위치는 외부인이 알 수 없는 일이다. 당연히 모용천이 묻는다고 가르쳐 줄 이영관이 아니었는데, 눈치없는 사제 하나가 손가락으로 방향을 가리키는 것이었다.

"고맙소!"

짧게 외치고, 모용천은 손가락이 가리킨 방향으로 뛰기 시작했다. 호되게 야단치는 이영관의 목소리가 멀어져 간다.

산길을 오르면 오를수록, 힘들기는커녕 기운이 나고 발걸음이 빨라진다. 쉬면서 말린 고기를 먹어서인지, 아니면 도야객에게 화가 나서인지 고갈되었던 내력이 돌아오고 있는 것이다.

'빌어먹을! 누가 누구더러 여우라는 거야? 다른 생각 할 게 없지. 내 반드시 잡고 만다! 일단 잡고 본다!'

막무가내로 도망치는 줄 알았더니, 도야객은 제 갈 길을 갔던 것이다. 화산에서 자하신검을, 소림에서 혼원일기공을 훔쳤던 것처럼 종남에서도 가공할 절기가 담긴 비급을 훔치려는 게다.

미혹에 빠졌던 것은 잠깐이다. 도야객의 속셈을 알게 되자 모용천의 가슴에 불길이 일었다. 지금 그가 원하는 것은 경공으로든 박투로든 도야객을 잡는 것이다.

단순 명쾌하게.

생각을 한 점으로 모으니 기분이 한결 나아졌다.

쉬쉬쉭—

가파른 산을 오르면 오를수록 힘이 난다. 바닥을 드러냈던 단전으로부터 진기가 샘솟는 것이 느껴진다. 이번에야말로 정말 잡을 수 있다! 근거없는 확신이 심장을 방망이질하고 있었다.

휙!

검은 물체가 튀어나와 모용천의 앞을 가로막았다. 모용천은 급히 발을 멈추고 검을 빼 들었다.

그르르르……!

날카로운 송곳니를 드러내며 위협하는 늑대, 혈랑이다. 헤어진 지 얼마나 됐다고 그새를 못 참고 찾아온 게다. 모용천은 검을 겨누며 말했다.

“쫓아오면 벤다고 했다.”

모용천의 말을 알아들었는지 혈랑이 기세를 누그러뜨리고 뒷걸음질쳤다. 대신 커다란 그림자가 그 앞을 막아섰다. 혈랑도객이었다.

“순순히 따라오겠다더니, 그새 마음이 바뀐 건가?”

물어오는 혈랑도객의 손에는 커다란 환도가 들려 있었다. 넉넉잡아 여섯 자는 돼 보이는 게 모용천의 키만 한 크기다. 혈랑도객도 구 척이 넘는 거구이지만 저만한 도를 어떻게 휘두를지 궁금할 정도였다.

그러나 호기심을 채우는 것은 나중의 일. 지금은 일단 도야 객을 잡아야 한다. 아니, 잡고 싶다!

“기회는 올 때 잡으셨어야지.”

모용천이 짧게 얘기하고 발끝을 튕겼다.

쉐에엑!

두 사람 사이의 거리가 단숨에 사라졌다. 혈랑도객의 가슴팍으로 파고든 모용천이 대각선으로 검을 올려 베었다.

카앙!

간발의 차, 모용천의 검이 거도(巨刀)에 막히고 말았다. 혈랑도객은 모용천의 검과 맞닿은 상태 그대로 거도를 내려쳤다.

콰앙!

굉음과 함께 바닥에 도끼로 팬 것처럼 날카로운 자국이 남았다. 아니, 그런 자국이 생겨나고 있었다. 혈랑도객 특유의 형(形)과 식(式)이 없는 칼질은, 그러나 어느 종가의 도법보다 위협적이었다.

콰! 콰! 콰! 콰!

주먹 하나도 들어가지 않을 것 같은 간격에서 연거푸 거도를 내려치는 혈랑도객이나, 또 계속해서 피하는 모용천이나 서로가 만만찮은 상대였다.

'훌륭하다!'

모용천은 쉼없는 도격을 피해내며 속으로 탄성을 질렀다. 저 거대한 환도를 아무리 잘 다룬다 해도 간격을 좁히면 운용의 폭이 좁아질 거라 예상했는데, 제대로 빗나가고 만 것이다. 오히려 선불리 날을 맞대었다가 제 검이 망가질까 두려워 반격이 쉽지 않다. 아니, 혈랑도객은 반격할 틈조차 허용치 않고 있었다.

그러나!

"하압!"

낮은 기합 소리와 함께, 빗발치는 거도 사이로 모용천이 한 발을 내디뎠다.

"……!"

분명 두 쪽이 나야 할 모용천이 멀쩡히 품 안으로 들어왔다. 그러나 놀랄 여유도 주어지지 않았다. 검을 쥔 채로 모용천의 주먹이 아랫배에 닿은 것이다.

둘 사이의 간격은 없는 것이나 마찬가지여서 권격이 불가능하다. 대신 주먹을 통해 내력을 발출하는 수법이다.

커엉!

제 주인의 위험을 알았는지 혈랑이 울부짖으며 달려들었다.

부웅—

모용천이 왼팔을 휘두르자 소매로부터 강한 바람이 일었다. 턱을 노렸던 모용천의 주먹이 아슬아슬하게 코끝을 스치고, 그 틈을 빌어 혈랑도객이 거도를 휘두르며 물러났다.

부웅—

시퍼런 날을 번뜩이며 환도가 바람을 갈랐다. 허리를 뒤로 젖힌 모용천의 눈 위로 넓은 도신이 스쳐 지나갔다.

탓!

혈랑도객의 칼질을 피한 모용천은 허리를 젖힌 그대로 땅을 짚고 몸을 한 바퀴 놀려 섰다. 물러난 자리에 모용천의 것으로 보이는 몇 가닥 머리칼이 날리고 있었다.

"……!"

늑대와 사람이 이렇게 교묘히 서로 도울 줄이야! 하마터면 몸이 두 동강 났을 거라 생각하니 모용천이 마음에 놀라움이 일었다.

특히 혈랑이 두 번이나 자신의 공격을 피한 사실이 더욱 놀라웠다. 아까의 검격이야 위협을 줄 요량이었다지만 지금의 주먹은 마음먹고 휘두른 것이다. 그렇게 생각하니 당장에라도 달려들어 멱을 따려는 듯 이를 드러내고 그르릉거리는 혈랑이 오히려 신통해 보일 정도였다.

어쨌든 혈랑도객과 혈랑이 한 몸 같으니 두 사람의 고수와 싸우는 격이다. 생각보다 쉽지 않은 싸움이 될 것 같아 모용천도 마음이 급해졌다.

'이자들이 나 하나를 잡으러 종남산에 들어오는 걸 마다하지 않았지만 바빠진 것은 종남파 사람들이다. 덕을 보는 건 한 사람밖에 없겠구나!'

혈랑도객의 마음도 별반 다를 게 없었다. 황지엽을 패퇴시킨 실력은 인정하지만, 그를 감안하여도 자신이 질 리 없다는 자신감이 있었다. 그런데 막상 겨루어보니 자신의 칼이 모용천의 터럭 한 올도 건드리지 못한 게 아닌가? 더구나 혈랑이 아니었다면 자신의 패배로 이미 승부가 났을 것이다.

'뭐 이런 놈이 다 있나?'

믿을 수 없는 오싹한 경험이었다.

주루룩―

등 뒤로 한줄기 식은땀이 흘러내린다. 경시하는 마음은 추호도 없다고 생각했거늘, 높이 쳐줬다고 생각했던 게 이미 평가절하였던 것이다.

정신이 번쩍 든 혈랑도객이 환도를 비스듬히 하여 방어 자세를 취하니 모용천도 마땅히 파고들 틈이 없었다. 게다가 그 옆에는 혈랑이 언제라도 달려들겠다는 듯 으르렁대고 있어 여간 신경 쓰이는 게 아니다.

'저놈부터 어떻게 해야겠다.'

우우우우웅―

모용천이 독하게 마음먹고 진기를 끌어올렸다. 내력이 막힘없이 온몸으로 퍼져 나간다. 불과 두 시진 전에 내력이 고갈되었던 게 스스로도 거짓말처럼 느껴진다.

혈랑도객 역시 내력을 일으켰다. 제마성이 자랑하는 절정고수답게 그 기세가 몹시 패도적이다. 어지간한 짐승은 물론, 사람도 다가가지 못할 기운이 혈랑도객에게서 피어올랐다.

승부라는 이름의 저울은 특히나 절정의 경지에 오른 자들에게 엄격하다. 아주 작은 틈이라도 보이는 순간, 저울은 즉시 한쪽으로 기울고 말 것이다. 그 사실을 알고 있기에 모용천이나 혈랑도객이나 섣불리 움직이지 않고 상대를 노려보고만 있었다.

"……."

"……."

말없이 대치하고 있는 두 사람을 중심으로 시간이 무겁게 흐르고 있었다. 어느 순간, 그 진중한 흐름을 부정하는 외침이 날아들었다.

"여기다! 여기 있다!"

누군가의 외침이 끝나기가 무섭게 수십 명의 종남파 사람들이 모습을 드러냈다. 과연 종남파 본궁에서 가까운 듯 수많은 제자들이 몰려온 것이다.

종남파의 사람들은 잔뜩 긴장한 채 혈랑도객과 모용천을 에워쌌다. 개중에는 십대 중반으로 보이는 소년도, 육십대를 넘어간 장년인도 있었다.

"…더는 안 되겠군."

혈랑도객은 먼저 입을 열고, 환도를 거두어 등 뒤의 도초(刀鞘:칼집)에 꽂아 넣었다.

이미 몇 합을 겨루어보았던 혈랑도객은 혼자서는 도저히 모용천을 사로잡을 자신이 없었다. 그런 데에다 종남파의 사람들까지 가세했으니 뻔히 승산이 없는 것이다.

"네 이놈! 감히 예가 어디라고 행패를 부리는 거냐! 네 허명을 종남산에서 알아줄 거라 생각했다면 당장 고쳐먹어야 할 게다!"

종남파의 사람들 중 수염이 하얀 노인이 일갈했다. 그러나 혈랑도객은 코웃음 치며 무시하고 오직 모용천을 향해 말했다.

"하마터면 큰 낭패를 볼 뻔했군. 자네 실력은 잘 알았으니 다음에는 다를 걸세. 그럼!"

말이 끝나기가 무섭게 혈랑도객은 혈랑의 등에 올라탔다. 혈랑이 송아지만 하다지만 구 척 장신의 혈랑도객을 태우니 몹시 위태로워 보였다.

"가자!"

주인의 명령이 떨어지기가 무섭게 혈랑의 근육이 꿈틀대더니 제자리에서 포위망을 훌쩍 뛰어넘는 것이 아닌가?

"오오!"

몇몇 철없는 제자들이 그 모습을 보고 감탄사를 터뜨렸다. 모용천도 역시 감탄을 금치 못했다. 이미 본 장면이지만 몇 번을 봐도 질리지 않을 것 같았다. 풍성한 회색 털 위로 드러나는 단단한 근육의 움직임이 마음에 와 닿는 것이다.

'늑대들의 세계에서는 단연 저 녀석이 최고일 것이다! 저런 놈이 과연 또 있을까?'

그렇게 포위망을 넘어 사라진 혈랑에게 찬사를 보내고 있는데, 혈랑도객에게 일갈했던 노인이 다가와 물었다.

"자네는 누구이며, 저자와 무슨 관계인가? 저자는 마왕의 수하가 되었다는 혈랑도객인데, 그럼 밑에서 난동을 피우고 있는 자들도 다 같은 마왕의 수하인가?"

노인은 성질이 급한지 궁금한 것을 그대로 내뱉었다. 모용천은 그제야 다시 정신을 차리고 대답 대신 몸을 날렸다.

"이런! 다들 저놈! 저놈을 잡아라!"

보용전이 제 말에 대답하지 않고 경공술을 펼치자 노인은 대뜸 저놈 잡으라며 고래고래 소리를 질렀다. 그러나 순식간에 사라진 모용천을 어떻게 쫓으란 말인가? 모두들 엄두도 내지 못하고 멀뚱멀뚱 서로를 바라만 볼 뿐이었다.

딸각.

경쾌한 소리를 내며 자물쇠가 열렸다. 한동안 출입이 없었는지 문은 삐걱거리는 소리를 냈다.

끼이이익—

문을 열고 온갖 책으로 가득한 방 안에 들어온 자는 바로 도야객 이서곤이었다. 당연하게도 그가 들어온 방은 종남파의 절기와 역대 선조들의 심득을 주석으로 달아놓은 비급들을 보관하는 비고. 종남파 본궁에서도 가장 깊숙한 곳에 위치한 방이었다.

도야객은 재빨리 서고를 한 바퀴 돌고, 몇 권인가 뽑아 뒤적이고 다시 꽂기를 반복했다. 그렇게 몇 권이나 되는 책을 보았을까? 종이를 넘기는 손이 느려지고, 아래위로 훑어가는 눈이 빛을 발하기 시작했다.

이거다.

도야객은 책을 덮고 품 안에 집어넣었다. 제대로 넣었는지 옷 위로 탕탕 두드려 확인해 본 도야객은 미소 지으며 슬그머니 방을 나섰다.

길고 적막한 복도. 대낮임에도 불구하고 벽에는 일정 간격마다 타오르는 횃불이 걸려 있었다.

빛도 들어오지 않을 만큼 깊은 곳에 감춰놓고, 정작 관리는 허술하기 짝이 없다. 하긴 혈랑도객과 섭영귀라는 거마들이 뜬금없이 들이닥쳤으니 당황할 법도 하다.

'아무리 그렇다고 해도 명색이 독문 무공을 보관하는 비고인데 애송이 둘만 갖다 놓으면 안 되지.'

문 앞에는 종남파의 제자들이 쓰러져 있었다. 별다른 외상은 없고, 그저 정신을 잃은 걸 보니 도야객에게 혈을 눌린 것이다. 이제 겨우 열여덟, 아홉이나 되었을까. 도야객은 혀를 차며 소년들을 뛰어넘어 달리기 시작했다.

"쯔쯧, 미안하지만 어쩔 수 없구나."

도야객이 가는 길에는 앞선 두 사람 말고도 꽤 많은 종남파 제자들이 쓰러져 있었다. 장로 급의 고수들이 모두 본궁을 비운 터, 남아 있는 소수의 제자들 중에는 도야객을 당할 자가 없었던 것이다.

그들을 지나치는 도야객의 입맛이 쓰다.

도둑질을 하면서 도야객이 지켜온 철칙은 경신술 외의 무공을 사용하지 않는 것이었다.

그가 생각하는 도둑질은 하나의 예술 작품을 완성하는 것과 같았다. 몇 날 며칠을 두어 주변의 지형과 인원의 동선을 파악하고, 물건을 꺼내오기까지 그 과정에서 도야객이 들이는 공은 흡사 장인(匠人)의 그것과 같았다.

도야객에게 있어 중요한 것은 훔친 물건이 아니라 물건을 훔치는 과정인 것이다. 때문에 이제껏 행해온 수없이 많은 야행(夜行) 중 사람을 상대로 무공을 펼친 적은 지극히 드물었다. 본신 무공을 도둑질의 수단으로 삼는 순간, 예술은 땅에 떨어지고 도야객이라는 멋들어진 이름은 패악한 마적 떼의 그것이나 다름없어지는 것이다.

그러나 종남파의 비급을 훔친다는 것은, 아니, 동성방과 백학파, 소림과 화산을 털어왔던 수법 모두가 평소 도야객이 지켜왔던 신념에서 한 발짝 벗어난 것들이었다. 솔직히 말하자면 그런 것들에 매달릴 여유가 없다고 해야 할 것이다.

지금 종남파에서는 특히나 여유를 부릴 틈이 없었다.

왜냐하면…

"선배!"

꿈에라도 나올까 두려운 저 얼굴 때문이다!

구파일방 종남파의 본궁은 생각보다 규모가 작았다. 모용세가와는 비교할 바도 아니었으며 신창권문보다도 수수했다. 물론 종남산 여기저기에 흩어진 별궁들을 종합해 보자면 결코 작은 규모라 할 수 없었지만, 모용천에게 썩 중요한 것은 아니었다.

본궁으로 들어선 모용천을 반긴 것은 쓰러진 종남파 제자들이었다.

'제대로 찾아왔구나!'

혈랑도객들의 목적은 모용천 자신이다. 그들이 종남산에 침입한 것은 결코 종남파가 목적이 아니었으니, 지금 본궁에 들어와 이들을 제압할 자는 도야객밖에 없는 것이다.

고개를 돌려보니 쓰러져 있는 소년이 한 사람, 더 발견됐다. 살펴보니 두 사람 모두 혈도를 눌렀을 뿐, 달리 해를 입은 것은 아니었다. 모용천은 안심하고 쓰러진 자들을 이정표 삼아 뛰기 시작했다.

'너무 깊이 들어가는 게 아닌가?'

하나하나 쓰러진 자들을 찾아가다 보니 어느덧 햇빛 대신 횃불에 의지하게 됐다. 종남파 본궁은 등지고 있는 봉우리 안을 파고들어 간 터라 그 규모가 겉보기로는 짐작하기 어려웠던 게다.

어쩌면 벌써 일을 마치고 도망친 건 아닌지 불안감에 발걸음이 빨라진다. 벌써 열한 사람의 제자들을 지나쳐 모퉁이를 돌았을 때 거짓말처럼 눈앞에 도야객이 나타났다.

"선배!"

말로는 반갑다며 모용천이 손을 뻗었다. 그러나 도야객은 흠칫 놀라며 몸을 뒤로 뺐다.

타타탁!

모용천의 손과 도야객의 손이 허공에서 얽히고 교차하며 다시 떨어지기를 수차례. 결국 도야객의 손목이 모용천의 손아귀에 잡히고 말았다.

"아야야야! 야, 손목 부러지겠다!"

"그 정도로 부러지겠습니까? 엄살 피우지 마십시오."

도야객이 얼굴을 찡그리며 고통을 호소했지만 모용천은 손아귀 힘을 풀지 않았다. 이 선배를 상대로는 조금도 방심할 수 없는 것이다.

"이 자식이……!"

모용천이 웃음을 거두고 손목에 더욱 힘을 주자, 도야객도 표정이 험악해졌다. 사실 두 사람이 쫓고 쫓기는 사이였지, 생사를 가르는 싸움을 한 것은 아니었다. 무엇보다 도야객은 모용천이 어린 나이에도 불구하고 자신을 따를 수 있는 경공술을 보유했다는 것이 놀라웠고, 아주 눈곱만큼이지만 대견한 마음도 없지 않았다. 그러나 종남파 안에서 잡히게 생겼으니 어찌 그런 감정을 돌아볼 것인가?

"……!"

어디서 튀어나왔는지 비어 있던 손에 한 자루 단도가 들려 있었다. 도야객은 단도를 모용천의 손을 향해 내리찍었는데 그 기세가 실로 흉흉했다.

휙!

어쩔 수 없이 모용천은 손을 놓고 뒤로 물러났다.

모용천 역시 처음부터 무림 고수를 싸워 이긴다기보다 도둑을 잡는다는 인상이 강했다. 게다가 도야객이 자신보다 한 수 아래임을 확인한 바 있어 목숨을 걸고 싸운다는 인식이 있을 리 없었다.

그러나 지금 도야객이 진심으로 단도를 휘두르니 잊고 있었던 경각심이 되살아난 것이다.

슈슈슉!

도야객의 단도는 살기를 담아 모용천을 찔러왔다. 흔들리는 횃불을 받아 붉게 물들은 단도는 더욱 붉은 피를 탐하며 모용천을 압박해 왔다.

"……!"

운신의 폭이 좁은 모퉁이에서 빈틈을 발견했는지 칼끝이 번뜩였다. 단도가 모용천의 어깨를 노리는 순간,

카앙!

튀어나간 칼날이 석벽을 맞고 날카로운 소리를 냈다.

타탁… 타탁…….

횃불이 타는 소리만이 가득한 복도에서 도야객은 시큰거리는 손목을 부여잡았다. 그의 원망 가득한 눈 속에 손날을 세우

고 있는 모용천이 들어와 있었다.

"젠장⋯⋯."

단순한 푸념이 아니었다. 하루 반을 꼬박 뛰고 난 지 얼마나
됐을까? 더 이상은 뛸 힘도 남아 있지 않았으니 꼼짝없이 잡힌
것이다. 도야객은 체념 섞인 한숨을 쉬었다.

"알았다, 알았어. 네가 날 잡았어. 내가 잡힌 거야. 됐냐?"

모용천은 대답 대신 활짝 웃었다. 도야객이 비록 살기를 띠
긴 했지만 잠시였고, 말하는 품이 평소대로 돌아온 것이다.

"일단 여기부터 나가고 보자."

"훔친 물건부터 돌려줘야죠."

모용천의 대답에 도야객이 발끈 화를 냈다.

"너, 나한테 빚신 거 있어, 없어?"

"그거야⋯⋯."

도야객은 고개를 저으며 말했다.

"답답한 녀석! 어쨌든 일단 나가자. 나가서 얘기하자구! 여
기서 이러다가 종남파 도사들 눈에 뜨여봐라. 그 말코들한테
얘기가 통할 거 같으냐? 너까지 나와 한 묶음으로 넘어간단 말
이다."

모용천은 도야객의 의견을 존중해 일단 종남산을 나가기로
했다. 두 사람이 떠나는 순간까지도 은은히 병기 부딪치는 소
리가 들려 황무기 등과 종남파 사이의 싸움은 쉽게 끝날 것 같
지 않았다.

두 사람은 근처 마을로 들어가 객잔에 방을 잡았다. 가능하면 종남산으로부터 멀어지고 싶었지만 도야객에게는 그럴 여력이 없었다. 지치기도 했거니와, 묘하게 풀이 죽어 모용천도 그를 다그칠 수 없었던 것이다.

오랜만에 더운 물로 씻고 배를 채우자 마음이 편안했다. 그러나 도야객은 여전히 낙담한 얼굴로 음식도 먹는 둥 마는 둥이었다.

“내게 잡힌 게 그렇게 충격적이었습니까?”

모용천이 심술궂게 묻자, 도야객은 고개를 저었다.

“그런 게 아니다.”

“그러면 왜 그러십니까?”

“…….”

도야객은 대답하지 않았다. 모용천은 가만히 도야객을 바라보다 말했다.

“훔쳐 간 비급들만 돌려주시면 별일없을 겁니다. 너무 걱정하지 마십시오.”

“…크크큭!”

가만히 앉아 있던 도야객이 입을 비틀었다. 자연스럽게 새어 나오는 비웃음은 기껏 생각해 준 모용천의 신경을 긁는 것이었다.

“별일없을 거라고? 넌 내가 훔쳐 간 것들이 어떤 것인지 알고나 말하는 거냐?”

“그거야… 물론 비급이 중요하긴 중요하지요.”

"크크큭! 비급이라……. 비급! 그래, 중요하지. 무림인들에게는 목숨보다 중요한 게 무공인데, 털린 놈들이 그래 나를 가만두겠냐? 아니, 문제가 어디 그뿐인 줄 아느냐? 넌 권왕이 너한테 전부 얘기한 줄 알지?"

"그게 무슨……?"

"권왕이 너한테 뭘 얘기했느냔 말이다. 내가 어디서 무얼 훔쳤는지, 그걸 권왕은 왜 알고 있는지 말이야."

모용천은 고개를 갸웃거리며 대답했다.

"새벽에 말씀드렸지 않습니까? 화산과 소림, 백학과 동성. 그전에는 무당에서 태극구공(太極九功)을 훔쳤지요."

도야객이 말했다.

"그래. 하시반 그들은 체면이 깎일 것을 두려워해 나에게 도둑맞았다는 사실을 숨겼지. 그렇지 않았다면 벌써 강호인들이 모두 알고도 남을 일이 아니냐?"

"그렇기 때문에 스스로 움직이기를 꺼려 하며 자신에게 의뢰해 왔다… 고 말했습니다."

"우가 놈이?"

"예."

"흥! 과연 십왕이라고 말은 잘하는구나!"

도야객은 우진을 몹시 싫어하는 듯 그를 입에 담을 때마다 꺼리는 기색이 역력했다. 그러나 그도 잠시, 도야객은 다시 낙담한 표정으로 돌아와 땅이 꺼져라 한숨을 쉬었다.

"휴우……."

한숨을 쉬고 나더니 도야객은 돌연 품에서 책 한 권을 꺼내 바닥에 집어 던졌다.

"이익! 젠장! 빌어먹을! 다 끝났어! 제기랄!"

도야객은 길길이 날뛰며 품 안에서 또다시 책을 꺼냈다. 어디에 그 많은 책이 숨어 있었는지 줄줄이 나온 책이 모두 여섯 권이나 됐다.

모용천은 도야객이 처음 꺼내 던진 책을 주워 들었다. 표지에는 다섯 자의 굵은 글씨가 적혀 있었다.

벽운천강수(碧雲天罡手)!

구대문파 중 소림을 제외한 여덟 문파가 모두 검을 중시하지만, 그중 특히 검으로 이름 높은 곳은 무당과 화산 정도에 불과하다. 종남파 역시 가장 널리 알려진 고수가 선공검 등봉건일 정도로 검에 중점을 두고 있다. 하지만 실상 종남의 힘은 검 아닌 다른 무공에 있다고 해도 과언이 아니었다.

검 아닌 힘.

벽운천강수는 종남을 지탱하는 검 아닌 무공 중에서도 가장 중요한 자릴 차지하고 있었다. 천하의 수공 중에서도 가장 윗줄에 놓이는 무공으로, 벽운천강수는 말하자면 종남의 자존심인 것이다.

그 구결이 워낙 난해하고 수련 과정이 힘난해 도전하는 제자들이 갈수록 줄어들고 있었지만, 아직도 종남파 하면 사람들은 벽운천강수를 떠올리곤 했다. 푸른 손날 하나로 강호를 호령했던 종남파 출신 고수들의 자취가 워낙 강렬한 탓이다.

　물론 모용천이 벽운천강수에 얽힌 사연들을 알 리 없었지만, 훑어보는 것만으로도 대단한 무공임은 알 수 있었다. 대성한다면 능히 천하를 굽어볼 수 있으리라.

　모용천은 이어서 도야객이 집어 던진 책들을 차례로 집어 들었다. 예상했던 바, 책들은 이제껏 도야객이 훔친 비급들이었다. 그중 혼원일기공과 자하신검은 각각 소림, 화산의 절기였으니 책장을 넘겨보는 것만으로 그 깊이에 빠져 헤어나지 못할 지경이었다.

　무당의 태극구공은 또 어떠한가! 음양의 원리에 바탕을 둔 무당의 내공심법, 그 정수가 고스란히 담긴 태극구공의 구결들은 하나하나가 지극하여 모용천이 스스로 깨달은 무리에 반하는 깃이 없었다.

　동성방의 천경성퇴와 백학파의 구월십지도 앞선 구파 절기에 비해 모자랄 뿐, 역시 대단한 위력을 지닌 무공이었다. 모용천은 구월십지가 담긴 비급을 덮고 책들을 하나로 모아 잘 정리한 후 도야객에게 말했다.

　"뭐가 끝났다는 겁니까?"

　"뭐?"

　방바닥을 연신 굴러대며 화를 내던 도야객이 고개를 돌렸다. 모용천은 다시 한 번 말했다.

　"내게 잡혀 화가 난 건 알겠는데, 뭐가 끝났다는 건지 모르겠다는 겁니다. 그리고 아까 한 말씀은 무슨 뜻이었죠?"

　"내가 무슨 말을 했다고?"

"제가 듣지 못한 게 있다고 하지 않았습니까. 그리고 선배는 분명 겨우 소림과 화산이라 하셨지요. 그렇다면 이 비급들보다 중한 물건을 훔쳤다는 뜻 아닙니까?"

도야객은 대답 대신 모용천의 얼굴을 물끄러미 바라봤다. 모용천은 눈살을 찌푸리며 말했다.

"뭘 그렇게 보십니까?"

"희한해서 그런다."

"제가 희한하다니요?"

도야객은 입술을 일그러뜨리며 대답했다.

"지금 말하는 걸 보니 아주 멍청한 놈은 아닌데, 우가 놈에게 이용당하는 걸 보면 그것도 또 아닌 것 같아서 말이지. 허참!"

모용천은 발끈했지만 반박할 말이 없었다. 자신이 우진에게 이용당하고 있는 것은 이미 알고 있는 사실이었다. 다만 우진이 모용천을 통해 무엇을 얻으려 하는지에 관심이 없었을 뿐이니까.

"저도 일방적으로 이용당하는 건 아니니까 괜찮습니다. 그리고 선배께서 상관할 일도 아닌 것 같군요."

냉랭히 대답하는 모용천의 눈에 일그러진 입술이 들어왔다. 모용천을 비웃는 듯 도야객이 말했다.

"네놈의 무공이 꽤 잘난 줄은 알겠지만 그래 봤자 햇병아리지! 저 속 시커먼 놈에게 이리저리 휘둘리다가 단물 다 빨리고 나서 팽당할 광경이 눈에 선하다, 이놈아! 넌 그놈이 나를 왜 잡아오라는지도 모르지 않냐?"

"그거야 선배가 각파의 비급을 훔쳐서가 아닙니까?"

"멍청하기는! 방금 네 입으로 뭐라 했냐? 내가 비급보다 중한 걸 훔쳤으니 당연히 그것 때문이 아니겠느냐?"

이야기는 다시 처음으로 돌아왔다. 모용천은 고개를 절레절레 흔들며 말했다.

"그래요. 그 비급보다 중하다는 물건이 대체 뭡니까?"

"천년설삼(千年雪蔘)이라고 들어는 봤냐? 네놈은 죽었다 깨어나도 잔뿌리 하나 구경 못할 물건이지."

천년설삼은 말 그대로 일 년 내내 눈 덮인 산중에서 천 년을 묵은 삼이라는 뜻이지 특별히 지칭하는 물건이 따로 있는 것은 아니다. 만약 그런 산삼이 있다면 어떨까 하는 상상으로 호사가들이 술자리 안줏거리로 삼기는 하지만 누구도 실제로 있을 거라고 생각하지는 않는 물건이다.

"그 천년설삼이라는 게 정말 존재하는 물건이었습니까?"

모용천도 다소 놀라 물었다. 도야객은 고개를 끄덕였다.

"그래. 삼이라는 게 양기(陽氣)를 돋우어주는 물건이지. 그런 놈이 눈 속에서 천 년을 묵었다고 생각해 봐라. 그게 어떻게 될 것 같냐? 음과 양은 본래 나누어진 게 아니라 끊임없이 서로에게로 수렴하는 법이니, 그 효능이 실로 대단하지 않겠냐?"

"실제로 있다면 정말 그렇겠지요."

"아무렴 내가 없는 물건을 훔쳤다 그럴까!"

　도야객의 얼굴이 당당하니 결코 거짓을 말하는 눈이 아니었다. 모용천이 말했다.

　"그럼 우 선배가 정말로 되찾기를 원했던 것은 그 천년설삼이라는 말입니까?"

　"그래. 이제 머리가 좀 돌아가나 보지?"

　"하지만… 그 천년설삼이 무슨 불로초도 아니고, 효능이 좋다고 해봐야 약재 아닙니까? 우 선배는 강호에 명성이 높은 무인인데, 무공서보다 그를 중히 여긴다는 건 믿을 수 없군요. 그리고 저에게 천년설삼을 일부러 말하지 않을 이유도 없지 않습니까?"

　모용천의 말을 들은 도야객은 어이가 없었다. 단순한 약재라면 무림인들이 왜 천년설삼이니 만년영지니 하는 것들을 이야기하고 그리워하겠는가?

　대저 영약이란 일반인에게는 단순한 약재이지만 무림인에게는 그 몇 배의 효능이 있는 법이다. 기본적으로 내공을 증진시켜 줌은 말할 것도 없고, 무공을 익히는 데에 영약을 복용함과 그렇지 않음의 차이란 어마어마한 것이다. 일반적으로 명문의 후예는 그렇지 않은 이보다 높은 성취를 이룰 확률이 높은데, 그 이유 중 하나가 바로 어릴 때부터 영약을 복용할 수 있는 환경임을 생각해 보면 알 수 있을 것이다.

　물론 높은 성취를 이룬 고수일수록 영약보다는 무공에 관심을 두는 것이 당연하다. 그러나 모용천은 이제 약관의 젊은이이고, 자신이 쌓아올린 것 이상의 성취를 단숨에 가져다줄 영약에 더 관심을 보여야 할 시기이다.

도야객은 빈정거리며 말했다.

"말하는 게 꼭 십왕이나 된 것 같구나? 뭐 어쨌든, 그래, 네 말마따나 우가 놈이 천년설삼에 큰 관심을 두는 건 우스운 일이지. 하지만 우가 놈은 태극구공이니 자하신검이니 하는 것보다 천년설삼을 더 중히 여기고 있는 게 사실이야. 정확히 말하면 천년설삼의 주인을 더 중히 여기고 있다고 해야 할까?"

"천년설삼의 주인이라니요?"

"그래, 천년설삼의 주인. 이 천하에 둘도 없는 귀한 물건의 주인이라면 누가 있겠나."

도야객은 유난히 '천하'를 힘주어 말했고, 모용천은 자연히 한 사람을 떠올렸다. 그러나 그 이름을 뉘라서 섣불리 말할 수 있을까! 모용천은 말끝을 흐리고 도야객은 자랑스레 이야기했다.

"설마……?"

"그래, 천년설삼은 황제의 것이지. 나는 황궁을 털었다!"

설마 했던 말이 도야객의 입에서 나왔다. 모용천은 두 눈을 크게 떴다.

"감히 황제의 물건에 손을 댔단 말입니까?"

"홍! 황제의 물건이라고 손을 못 댈 이유가 어디 있냐? 내가 원하면 다 내 것인데!"

도야객은 호기롭게 외치고 가슴을 내밀었다. 황궁을 털었던 때를 회상하는지 잘생긴 얼굴에 흐뭇한 미소가 떠올랐다.

"어디 천년설삼뿐이겠냐? 구중궁궐 깊숙한 곳에 꼭꼭 숨겨 놓고 저들도 아까워서 먹지 못하는 영약들은 죄다 이 도야객 님이 훔쳤느니라. 크하하하핫!"

의기양양 웃음을 터뜨린 도야객은 그러나 이내 자신의 처지를 깨달았는지 입을 다물었다. 기억 속의 과거가 화려할수록 모용천에게 잡힌 지금의 처지가 더욱 비참한 것이다.

낙담해 어깨를 축 늘어뜨린 도야객을 보며 모용천이 물었다.

"그것들을 선배가 훔쳤다고는 해도… 우 선배가 그것까지 알 수는 없는 거 아닙니까. 애초에 선배가 비급들을 훔쳐 갔다는 사실도 도둑맞은 문파에서 찾아달라 부탁했기 때문에 안 것인데, 황궁에서 우 선배에게 말하지 않았을 수도 있죠. 그러니 자연히 저에게도 천년설삼이니 뭐니 하는 얘기를 할 수 없었겠고 말입니다."

"그럴 리는 없다."

"어떻게 그리 장담하십니까?"

"그건……."

도야객은 바로 말을 잇지 않고 한 박자 쉬어가며 모용천과 눈을 맞추었다.

"…이 일이 본디 우가 놈의 계획이었기 때문이지.

"뭐, 뭐라고요?"

“황궁을 털고, 비급을 훔치는 것이 본디 우가 놈의 계획이었
단 말이다. 거 한 번 말하면 바로바로 알아들어라. 입 아프게
말이야.”

모용천이 한 번에 알아듣지 못한 것은 아니었다. 하지만 도
야객의 입에서 나온 말은 곧이곧대로 듣기 어려운 말이었으니
쉽사리 받아들일 수 없었던 게다.

“말도 안 돼! 그럼 우 선배는 선배로 하여금 황궁과 각 문파
를 털게 하고, 또 나에게 그런 선배를 잡으라고 했단 말입니
까? 뭐 하러 그런 일을……. 믿을 수 없습니다!”

놀란 나머지 자리에서 벌떡 일어난 모용천을 보며 도야객은
반대로 자리에 앉았다.

“내가 언세 우가 놈의 말을 들었다고 했냐? 우가 놈이 계획
한 거라고 했지.”

“……”

도야객의 말이 무슨 뜻인지 얼른 알아들을 수 없었다. 그저
의문을 표하는 눈길을 받아내며 도야객은 깊은 한숨을 쉬었
다.

“휴우, 이걸 어디부터 얘기해야 할지… 아니, 할 필요가 있
는지도 모르겠군. 우가 놈의 하수인에게 이런 얘기는 해봤자
소용없을 텐데 말이지.”

“저는 하수인이 아닙니다. 부탁받은 일을 하는 겁니다.”

“이놈아, 그게 하수인이다! 쯧쯧… 저러니 그 여우 같은 놈
에게 이용만 실컷 당하고 내쳐질 거라니깐. 그래, 그게 싫으면

들어봐라. 애초에 그 계획을 짜서 내게 들고 온 건 우가 놈이다. 하지만 난 하지 않았다.”

“그럼 이건 뭡니까?”

모용천이 비급들을 내밀어 보였다. 도야객은 내민 비급들을 받으며 대답했다.

“이건 내 의지로 훔친 것들이지. 나는 이것들을 훔쳐서… 이런, 네놈이 자꾸 끼어드니까 말의 순서가 뒤죽박죽이잖아! 가만히 좀 들어봐라.”

우진은 본신 무공의 고강함으로, 그리고 훌륭한 인품으로 정파무림의 존경을 받는 인물이다. 그러나 한 꺼풀 벗겨보면 우진은 대단한 야망의 소유자로, 그는 정파무림을 자신의 아래에 하나로 모으기를 원했다. 즉, 자신과 신창권문을 중심으로 정파 무림맹을 창설하고 모든 정파인들의 위에 서겠다는 것인데, 기존 명문들이 잠자코 따를 리 없었다.

구파일방은 비록 쇠퇴하였어도 긍지가 하늘을 찔렀고, 오대세가는 자신들만의 확고한 세력을 지키고자 했다. 더욱이 우진과 신창권문은 자신들의 기득권을 나눠 가져야 하는 달갑지 않은 존재였으니, 제 머리 위에 앉겠다는 꼴을 두고 보지 못하는 게 당연했다.

처음 무림맹 창설을 제안했을 때 확고한 반대에 부딪쳤던 우진은 그를 계기로 일단 자신의 세력을 부풀려야 한다는 판단하에 도야객을 찾아왔다는 것이다.

그런 이야기들을 하던 도야객은 목이 탔는지 입을 멈추고 차를 마셨다. 그새를 참지 못하고 모용천이 물었다.

"그래서 선배에게 신창권문 가입을 권유했다는 말입니까?"

"뭐, 꼭 나한테만 한 건 아니야. 너도 알겠지만 그때 나에게는 두 명의 벗이 있었지. 바로 기가 놈과 유가 놈인데, 우리 셋은 어디에도 속하지 않고 자유로이 지낸다는 뜻 하나로 뭉친 놈들이었거든. 그런 우리가 우가 놈의 뜻을 따르기로 했다면 제놈 체면이 얼마나 서겠냐?"

절창 기소위, 백파검 유호림, 도야객 이서곤.

이 세 사람은 오직 서로를 벗으로 사귈 뿐, 그 외에는 어떠한 교분도 갖지 않으며 어떠한 단체에도 속하지 않은 자유로운 자들이었다. 누구에게도 머리 숙이지 않고 자유로이 살겠다는 고고한 의지는 그에 걸맞은 실력이 있기에 세울 수 있는 것이었다. 절창은 말할 것도 없고 도야객은 무림의 경공 일절이었으며, 백파검 역시 손꼽히는 검의 달인이었으니 말이다.

그런 세 사람을 손에 넣으면 우진은 명분과 실리를 동시에 취할 수 있었으리라.

"그러면서 우가 놈이 내게 얘기했던 게 바로 비급들을 훔치는 거였지. 내가 비급들을 훔쳐서 갖다 주면, 우가 놈이 그걸 가지고 구파를 끌어들이겠다고 하더군."

"그래서 넘어가신 겁니까?"

"헛소리! 우리가 뭐가 아쉬워서 그놈 밑에 들어간단 말이냐? 우리가 왜 자유로운지 아느냐? 우리는 부모도 없고, 형제도 없고, 처도, 자식도 없는 놈들이다. 그리고 내 한 몸 지킬 힘이 있으니 제깟 놈이 무슨 수로 우리를 수하로 삼을 수 있겠냐?"

절창과 백파검, 도야객 세 사람이 처음부터 친구였던 것은 아니다. 그들은 본래 고독을 벗 삼아 살아왔고, 그로 인한 자유를 만끽하는 자들이었다. 대체 거대한 사회 속에서 단 하나의 교분도 중히 여기지 않고 멋대로 살 수 있는 사람이 몇이나 될 것인가? 특히나 관계를 중요시하는 무림이라는 사회 속에서 사문에조차 얽매이지 않은 자들이 셋이나, 그것도 동년배의 고수로 만나게 되었으니 이들이 서로에게 유이(有二)한 벗이 되었음은 어쩌면 당연한 수순이었을지도 모른다.

"하지만… 기 선배는 마왕의 밑으로 들어갔다지 않습니까. 알고 계십니까?"

모용천이 조심스레 말했다. 걱정과 달리 도야객은 이미 알고 있었다는 듯 고개를 끄덕였다.

"그래, 그 못난 놈이 마왕의 수하가 됐지. 빌어먹을 새끼!"

욕을 하며 도야객은 받아 든 비급들을 흔들었다.

"그래서 내가 이걸 훔쳤던 거다."

*　　　*　　　*

"미리 전갈을 받았습니다."

168

　인사인지 아닌지, 얼굴을 찡그린 청년은 짧게 말하고 고개를 숙였다.

　청년의 앞에 서 있는 사내, 절창 기소위는 한술 더 뜬다.

　"으음."

　이것도 대답인지 아닌지 알 수 없지만 청년은 개의치 않는 눈치였다. 하지만 절창의 뒤에 서 있던 소년의 행색을 한 소녀 서해영은 두 사람의 행각이 마음에 들지 않았다. 어쩐지 소외당한 느낌이 드는 것이다.

　"야!"

　서해영은 절창의 옆으로 나서며 청년을 호명했다.

　이십대 중반쯤 되었을까.

　오른쪽 눈 밑에 작은 사마귀가 도드라지는 흰 얼굴의 청년은 제 얼굴만큼이나 흰 두건을 두르고, 흰 옷을 입고, 흰 신을 신고 있었다.

　영민하게 빛나는 두 눈이 자신에게로 향하자 서해영이 윽박질렀다.

　"너, 내가 찾아와서 뭐 불만이라도 있어? 왜 그렇게 얼굴을 구기고 다녀?"

　"햇빛이 익숙하지 않아 그렇습니다. 들어가면 괜찮습니다."

　듣고 보니 청년의 얼굴은 희다기보다 창백하다고 해야 옳을 것 같았다.

　"뭐……?"

청년에게 햇빛이 익숙하지 않은 것처럼, 서해영도 이런 대접이 익숙하지 않아 말문이 막혔다. 물론 억지로 트집을 잡았다는 건 본인이 더 잘 알고 있었지만, 대개 이런 경우에는 불문곡직 잘못을 빌게 마련이었으니까.

하지만 청년은 잘못을 빌지도, 그렇다고 반발하지도 않고 무심하게 사실을 말할 뿐이었다.

"따라오십시오."

청년은 제 할 말을 하고 등을 돌렸다.

"저게 감히……!"

청년의 등 뒤로 뭐라 퍼부으려던 서해영이 말을 멈췄다. 절창이 그 앞을 가로막아 선 것이다.

"왜? 뭐 할 말 있어?"

서해영은 앙칼진 목소리로 물었다. 묻는다기보다 힐난하는 투였지만, 개의치 않고 절창이 입을 열었다.

"무진총주(無塵塚主)의 제자다. 함부로 대하지 마라."

"흥! 내가 함부로 대하지 못할 자가 어디 있어? 무진총주라도 내 앞에서는 뭐라고 하지 못할 텐데?"

서해영이 그리 말하자 절창의 표정이 미묘하게 변했다. 항상 굳은 얼굴로 일관하던 절창이 어째서인지 의식적으로 표정을 바꾸는 것이었다.

"일부러 무진총에 들러준 것은 고맙게 생각한다. 그러니 부디 무진총주에게 무례하게 굴지 말아다오. 그 제자에게도 말이다."

"뭐? 지금 뭐라고 했어?"

바로 지척에서 똑똑히 들었음에도 서해영은 듣지 못한 척 고개를 틀어 귀를 내밀었다. 그녀가 절창과 함께한 지 몇 달이 지났지만 고맙다는 말은 처음 듣는 것이다.

그러나 절창은 재차 말하는 대신 몸을 돌렸다. 서해영은 재빨리 그를 앞질러 가며 물었다.

"뭐라고 했냐고. 나 못 들었어!"

절창의 입은 굳게 다물려 열리지 않았고, 미묘하게 바뀌었던 표정은 어느새 평소와 다름없었다.

"오십시오."

절창 대신 앞서간 청년이 서해영에게 말해왔다. 허리를 살싹 굽혀 설창을 한참 올려다보던 서해영은,

"칫!"

하고 싫지만은 않은 표정으로 포기하고 청년을 따르기 시작하는 것이었다.

두 사람이 청년과 조우한 지점은 야트막한 산 어귀였는데, 일 각쯤 그를 따라 산으로 들어가다 보니 어느새 길이 끝나 있었다. 길의 끝에는 수풀이 우거진 가운데 커다란 바위 하나가 가로막고 있었다.

바위 앞에 선 청년이 손을 뻗어 무언가를 만지자 거짓말처럼 바위가 움직이기 시작했다.

드르르르르—

어딘가에서 기관이 작동하는지 시끄러운 소리를 내며 집채

만 한 바위가 뒤로 밀려나고 그 자리에 직사각형 구멍이 모습을 드러냈다. 구멍 안에는 아래로 내려가는 계단이 있는데 얼마 못 가 어둠에 파묻혀 보이지 않았다.

"내려가면 횃불이 있습니다."

그렇게 말하고 청년이 앞장서 구멍 안으로 내려갔다. 그 뒤를 서해영이 따르고, 마지막으로 절창이 계단을 내려가 완전히 땅 밑으로 들어가자 아까와 같은 소리가 나며 구멍이 막히는 것이다. 그리고 동시에 사방이 완연한 어둠에 묻혀 발밑도 보이지 않자 서해영이 소리쳤다.

"횃불이 있다고 했잖아!"

횃불이 있다고… 횃불이 있다고…….

서해영의 목소리는 이중, 삼중으로 겹쳐 아래로 한없이 퍼져 나갔다. 서해영의 목소리가 아래로 아래로. 더 이상 돌아오지 않자 기다렸다는 듯 청년의 목소리가 들려왔다.

"내려가면."

"…뭐?"

"그리고 무진총 안에서는 소리 지르지 마십시오. 스승님께서는 시끄러운 것을 싫어하십니다."

"조용히 내려가라."

뒤에서 절창이 한마디 거들었다.

'이것들이……!'

서해영은 속으로 열이 치밀어 올랐지만 기왕에 좋은 일 하자고 마음먹은 것, 괜한 말썽을 피워 분란을 조장하고 싶지 않았다. 무엇보다 여기는 땅 밑 무진총이다. 설령 마왕일지라도 마음대로 행동할 수 없는 곳이란 말이다.

서해영은 마음속으로 이를 갈며, 한발 한발 계단을 내려가는 발끝에 신경을 집중하기로 마음먹었다.

계단은 좌우로 방향을 틀기도 했고 평지가 이어지기도 했으며 위로 올라갈 때도 있었다. 그럴 때마다 청년이 경고해 주어 어둠 속에서 계단을 타기는 생각만큼 어렵지 않았다. 다만 참기 어려운 것은 계단이 어디까지 계속되느냔 것이었다.

빛은 시간의 흐름마저 관장하는 걸까? 어둠 속에서 발을 더듬다 보니 얼마나 시간이 흘렀는지 가늠할 수 없었다. 실제로는 반 각이나 걸렸을까? 느낌상 한 시진이 넘어가자 비로소 희미한 빛이 보이기 시작했다.

계단이 끝난 지점, 수백 대의 횃불이 줄지어 비추는 공간은 지하라고 믿을 수 없을 만큼 넓었다. 공기는 산뜻했고 퀴퀴한 곰팡내 대신 청량한 실바람이 어디에선가 불어오고 있었다.

그리고 그 광장 한가운데에 새하얀 장포를 입은 노인이 한 사람 서 있었다. 곱게 기른 수염은 배꼽까지 내려왔는데, 그 역시 눈처럼 희어 한눈에 알아보기 힘들었다. 수염뿐 아니라 눈썹, 머리칼 등이 모두 희었으니 서해영은 이 노인네가 흰색을 어지간히도 좋아하는구나 싶었다.

"스승님이십니다."

청년이 짧게 말하고 옆으로 비켜섰다.

"무진총주외다."

노인은 역시나 짧게 자신을 말하고 포권의 예를 취했다. 그가 바로 세간에 무진총주라 불리는, 무림제일의 신의(神醫) 석공(石珙)이었다.

대개 무림인 중에는 일반 사람보다 괴팍한 성정을 가진 자가 많은데, 석공은 무림인이면서 동시에 의원이라 괴팍하기로는 당할 자가 없었다. 특히 사람 대하기를 극도로 꺼려해 교분 맺지 않기로는 절창이나 도야객에 비할 정도였다. 그럼에도 불구하고 타고난 천재성으로 무림제일의 신의가 되었으니 이는 그 자신에게 커다란 불행일 수밖에 없었다.

석공은 의술 그 자체에는 지대한 관심을 기울였지만 정작 환자를 치료하는 일은 무척이나 귀찮아했다. 그러나 막상 찾아오는 환자를 외면할 수도 없는 노릇이라, 석공은 오랜 시간에 걸쳐 자신이 방해받지 않고 평온히 살 수 있는 공간을 만들고 무진총이라 명명했다. 그 안에 틀어박히고 나서야 비로소 마음의 평안을 찾았다며 즐거워했다고 한다.

그 소식을 들은 사람들로 인해 석공은 무진총주가 되었다. 말 그대로 무덤의 주인이 되어 시종 겸 제자 하나와 함께 십여 년을 땅 밑에서 은거해 왔던 것이다.

그런 석공이 먼저 포권의 예를 취해왔으나, 서해영은 고개를 까딱거리기만 했다. 그러나 석공은 서해영에게 별 관심이 없는 눈치였다.

대신 절창이 포권의 예를 취하며 말했다.

"격조했습니다. 그간 별고없으셨습니까?"

"없었소. 나도, 그도."

"그를 볼 수 있겠습니까?"

"잠깐이오."

석공은 그 한마디도 귀찮다는 듯 내뱉고, 제자에게 턱짓을 했다.

절창이 어디에서 이런 대접을 받을 것인가? 서해영이 다소 놀라 절창을 살펴보았는데 불쾌해하는 기색이라고는 찾아볼 수 없었다. 물론 표정은 언제나처럼 굳어 있었지만 석공을 대하는 태도가 몹시 공손했다. 마왕 앞에서도 뻣뻣이 고개를 들고 있을 절창이거늘!

'나 참⋯ 자존심도 없나!'

평소 절창에 대해 좋은 감정이 없었던 서해영이지만, 이렇듯 무시당하는 꼴을 보자 통쾌하기는커녕 제 속이 상하는 것이었다.

"이쪽입니다."

그런 서해영의 속을 모르는지 절창은 제자의 뒤를 따랐다. 석공은 어디론가 사라져 보이지 않고, 휑하니 넓은 공간에 홀로 남아 있을 자신이 없어 서해영도 얼른 걸음을 옮겼다.

일렁이는 횃불에 힐끗 여러 갈래 길이 보였다. 가운데 광장으로부터 뻗어나가는 길이 미로와 같아 홀로 떨어지면 길을 찾지 못할 것 같았다. 서해영은 자신도 모르게 절창의 소매를 잡았다.

제자를 따라 들어온 곳은 한 칸의 작은 방이었는데, 문을 제외한 삼면이 온갖 약재와 생소한 기구로 가득했다. 그리고 그 가운데, 침상 위에 한 사내가 누워 있었다.

"자네……."

조심스레 사내에게 다가간 절창이 입을 열었다. 등불이 흐려 서해영은 지금 절창의 얼굴을 볼 수 없었다. 지금이라면 저 바위 같은 사내의 흔들리는 얼굴을 볼 수 있다는 생각을 하면서도, 어쩐지 보고 싶은 마음이 일지 않는 것이다.

누워 있는 사내는 대답하지 않았다. 정신을 잃은 것일까?

"총주께서는… 치료법을 찾을 수 있다고 하시는가?"

절창의 주저하는 음성이, 그의 넓은 등 너머로 들려왔다. 서해영은 절창의 등을 보고 다시 무진총주의 제자를 보았다. 제자는 단조로운 어조로 대답했다.

"스승님은 말씀하시는 법이 없습니다. 다만 병의 진행을 더디게 하는 데에는 성공하였으니 좀 더 기다려 보십시오."

"이게… 이게 병의 진행을 더디게 한 것인가?"

목소리의 동요가 확연하다. 서해영은 참지 못하고 침상으로 다가가 사내를 보았다.

"……!"

서해영은 절로 한 손을 들어 제 입을 막았다. 흐린 등불 아래 누운 사내는 사지가 멀쩡하고 커다란 외상도 없었지만, 어떤 의미에서는 난도질당한 시체보다 참혹했다.

근육이 사라진 두 다리는 그저 거죽에 싸인 뼈에 불과하다. 두 팔 역시 무기력하게 늘어져, 몸통에 붙어 있을 뿐 거추장

스러운 물건으로 보인다. 흔들리는 등불은 야윈 육신에 음영을 드리워 기능과 함께 사라진 인간의 존엄성을 비추고 있었다.

그러나 그러면서도 서해영을 놀라게 하는 것은 사내가 결코 의식을 잃고 있지 않다는 점이었다. 사내의 눈꺼풀은 연신 아래위로 움직였고 눈동자는 쉴 새 없이 좌우로 구르고 있었다.

나는 살아 있다.

사내는 눈으로 말하고 있었다.

*   *   *

"중원에 날고 긴다는 의원들이 죄다 발을 빼는 거야. 그래 놓고 한다는 소리라고는 저들은 못해도 석 뭐시깽이는 고칠 수 있다나? 그래서 나와 기가 놈은 무진총주인지 뭔지 하는 두더지 새끼를 찾아갔지."

도야객은 잠시 말을 멈추고 차를 들이켰다. 모용천은 믿을 수 없다는 듯 되뇌었다.

"중독된 것도 아니고, 아무 이유 없이 멀쩡한 사람이 갑자기 사지를 움직일 수 없게 되다니… 그게 정말입니까?"

도야객은 차를 석 잔이나 들이켰지만 갈증이 가시지 않았는지 타는 목소리로 대답했다.

"그건 보지 않은 놈은 모른다. 옆에서 직접 지켜본 나도 내

177

눈을 믿을 수 없었는데, 말로만 들은 놈이 어떻게 믿을 수 있겠냐? 정말 멀쩡히 아침까지만 해도 뛰어다니던 놈이 점심때 갑자기 다리에 힘이 풀려 주저앉는다는 게 말이 된다고 생각하냐? 안 되지. 어림도 없지! 하지만 그랬다니까? 젠장! 유가 놈이 얼마나 검을 잘 쓰는지 모르지? 검왕? 웃기지 말라 그래! 유가 놈이 딱 나만큼만 명성을 중히 여겼다면 남궁가의 샌님 따위가 검왕이 됐을 것 같으냐? 젠장… 젠장!"

"석공이라는 사람을 찾아갔습니까?"

"그래. 그 빌어먹을 땅굴로 우리가 직접 찾아갔지. 그런데 이놈이 코빼기도 비추질 않는 거야. 무슨 수작을 부려놨는지 분명 제대로 찾아갔는데 찾을 수가 없더라니까!"

"그래서 어떻게 했습니까?"

"뭘 어떻게 해! 기가 놈이랑 나랑 그 일대를 아예 파 뒤집으려 했지. 그러다 보니까 겨우 이놈이 기어나오는데 글쎄 한다는 소리가 제놈은 벌써 마왕 밑에 들어갔다나? 자기한테 환자를 보이고 싶다면 제 주인인 마왕의 허가를 받아와야 한다는 거야. 미친 새끼!"

"……."

"그래서 마왕에게 부탁을 하러 갔더니 그 새끼가 제 밑으로 들어와 일을 하라더군. 내가 뒈지면 뒈졌지 그 새끼 밑으로 들어갈 거 같아? 씨발, 그때 얼마나 좆같았는지 네놈은 모를 거다. 유가 놈은 자기가 죽으면 죽었지 우리 둘이 그 새끼 밑으로 들어가는 꼴은 못 본다고 난리지, 나는 또 나대로 좆 까지

말라고 있는 대로 욕을 퍼부었는데 뽀족한 수가 있는 게 아니
니 환장하지. 게다가 기가 놈은… 빌어먹을!"

자기 입으로 한 이야기에 열이 올랐는지 도야객은 찻잔을
세게 내려놨다.

콰직!

탁자는 둔탁한 소리를 내며 쪼개졌다.

"이익!"

그래도 분이 풀리지 않았는지 도야객은 찻잔을 냅다 던졌
다.

파직!

바닥에 부딪쳐 부서진 찻잔의 파편이 사방으로 튀었다. 퍼
셔 나간 파편들 위로 노야객의 욕지거리가 튀었다.

"미친 새끼! 개새끼! 암만, 암만 유가 놈이 급해도 그렇지!
제놈이 어떻게 그럴 수가! 젠장……."

도야객은 그 뒤로도 한참이나 욕을 퍼부었다. 탁자 부서지
는 소리에 놀라 올라와 본 점소이가 혼비백산 줄행랑을 칠 정
도로 연신 욕을 해대는 도야객의 모습은 야차인 양 험악하기
이를 데 없었다.

도야객이 퍼붓는 욕은 중원의 것에서부터 사방의 방언을 섭
렵하고, 멀리 왜국으로부터 서역에 이르기까지 타국의 언어를
망라하여 도무지 끝날 줄을 몰랐다. 모용천은 도야객이 제풀
에 지치기를 기다리며 머릿속을 정리하기 시작했다.

절창 기소위와 백파검 유호림, 그리고 도야객 이서곤.

세상천지에 오직 자신들만을 친구로 아는 세 사람 중 한 사람이 뜻하지 않은 병에 걸렸다. 절세의 무공도 소용없이 무기력하게 죽음을 기다려야 하는 친구를 위해 다른 두 사람은 서로 다른 선택을 한 것이다.

한 사람은 자존심을 버리고 제 자신을 버렸고,

다른 한 사람은…….

"비급을 훔쳐 익혀서 마왕을 이기고 스스로 무진총주의 주인이 되고자 했다……."

모용천의 중얼거림을 들은 도야객은 욕을 멈추고 얼굴을 붉히며 날뛰었다.

"그래! 이제 알겠냐, 뭐가 다 끝났다는 건지? 젠장, 그래! 말도 안 되는 짓이라고 생각하겠지! 아니라는 듯이 보지 마라, 이놈아! 네 속이 훤하다, 훤해! 비급이라는 것들이 어디 많이 구해서 익힌다고 다 제 것이 되는 줄 알았냐고! 내가 이 나이에, 그것도 판이한 성질의 무공들을 한꺼번에 익힌다고 마왕을 능가할 고수가 될 줄 알았냐고! 마음껏 비웃어라, 비웃어! 나도 알고 있어! 알고 있다고! 하지만 그게 내가 할 수 있는 최선의 선택이었단 말이다! 젠장… 젠장!"

드디어 진이 빠졌는지 도야객은 자리에 주저앉았다. 속에 담아온 말을 한바탕 뱉어냈는데도 도야객의 얼굴에는 덕지덕지 미련이 남아 있었다.

"오늘 아침도 나를 도와준 게 아니라 마왕의 일이라서 훼방을 놓은 거였군요."

"……."

머리끝까지 오른 피를 말로 뿜어내다 보니 힘이 다한 걸까? 대답하지 않는 도야객을 내버려 두고 모용천은 허리를 굽혔다. 바닥에는 탁자 위에 올려놓았던 비급들이 다시금 널브러져 있었다. 모용천은 비급들을 주워 다시 읽기 시작했다.

"……."

도야객은 의자에 눕다시피 늘어진 채로 모용천을 바라보았다. 모용천은 처음과 달리 한 장 한 장 정성들여 비급을 읽어내려가고 있었다. 물론 그렇다 해도 건성으로 훑어보던 것에 비해 느리다 뿐이지, 책장은 이야기책을 읽는 듯 경쾌히 넘어가고 있었다.

사악. 사악.

부서진 탁자와 깨어진 찻잔 파편으로 난장판이 된 방 안에서 오직 책장 넘기는 소리만이 요란했다.

"……."

시간이 흐르고, 방 가운데에서 비급을 읽던 모용천은 창가로 자리를 옮겼다. 한 권 한 권 비급을 읽어나갈 때마다 모용천의 얼굴은 어두워졌다. 뉘엿뉘엿 해가 저가는 가운데 붉은 빛에 비추어 읽던 모용천은 마지막 장을 넘기고, 마지막 권을 덮었다. 어느덧 등에 불을 붙여야 할 때였다.

모용천이 읽은 순서는 도야객이 훔친 순서와 일치해 마지막

권은 바로 오늘 낮에 훔친 종남파의 벽운천강수였다. 해가 떠 있을 때에는 어두웠던 모용천의 얼굴이 벽운천강수의 요결이 적힌 비급을 읽고 난 지금은 밝게 웃고 있었다.

"뭐야, 기분 나쁘게? 웃지 마, 인마!"

도야객이 눈살을 찌푸리며 소리쳤지만 목소리에 힘이 없었다. 모용천은 대답하는 대신 들고 있던 벽운천강수의 비급을 내밀었다.

"뭐, 뭐야?"

뜻밖의 행동에 놀랐는지 도야객이 더듬거렸다. 모용천은 가볍게 웃으며 말했다.

"읽어봤는데 다들 개세의 신공이지만 한꺼번에 익히려 들면 무엇 하나도 대성할 수 없겠더군요. 그래서 골라봤는데, 아무래도 이 벽운천강수가 선배에게 가장 필요한 무공인 것 같습니다."

"…뭔 수작이냐?"

도야객은 벽운천강수의 비급을 받지 않고 날카로이 물었다. 모용천은 웃음을 그치고 진중히 말했다.

"제가 천하의 도야객을 잡을 수 있을 리 없지 않습니까? 대신 앞서 훔친 다섯 권의 비급은 어떻게 되찾았다고 치지요. 마침 벽운천강수는 마지막으로 훔친 물건이니 오늘 놓쳐 버렸다고 하면 되지 않겠습니까?"

"……"

"목적이야 무엇이었든 도움을 받은 건 사실이니까요."

말이 끝나기가 무섭게 손 안이 허전해졌다. 모용천의 눈앞
에 있던 도야객의 신형은 어느새 창가에 걸터앉아 있었다.

"내 사정이 얼마나 급한데, 사양할 줄 알았다면 오산이다.
나중에 딴소리하지 마라."

당장에라도 창밖으로 뛰어내릴 자세를 취한 채 도야객이 말
했다. 모용천은 의자에 앉아 대답했다.

"제가 능력이 없어 놓쳤는데 무슨 딴소리를 하겠습니까?"

그 말을 들은 도야객은 고개를 돌렸다. 창밖을 향한 시선의
끝에는 야트막히 반달이 떠 있었다. 도야객은 한참 달을 바라
보다 다시 모용천과 시선을 맞추어 말했다.

"너… 웃기는 놈이구나?"

피식.

모용천의 얼굴에 웃음이 돌아왔다.

창가에는 달빛이 걸터앉아 있었다.

第五章
내 것이 아닌 시련

방 안은 어둡고, 차가운 공기로 가득했다.

사방은 석벽으로 꽉 막혀 한줄기 빛도 들어올 틈이 없었으나 방 안에 가득한 어둠은 그러한 종류의 것이 아니었다.

허공에 가득한 기운이 빚어낸 탁한 어둠.

그것은 인간이 가진 희망, 의지, 의욕 등 뭇 긍정적인 감정들을 모두 삼켜 버리는 동시에 그 반대의 것들을 토해내는, 그런 종류의 어둠이었다.

"휴우—"

사람의 기척조차 지워 버릴 어둠 속에서 누군가 긴 숨을 토해냈다. 보통 사람이라면 이 탁한 어둠 안에 있는 것만으로도 제정신을 유지하지 못할 텐데, 날숨으로 시작된 호흡은 아주 평온하고 일정하게 이어지고 있었다.

길게 들이쉬고, 그보다 더욱 길게 내뱉고.

방 안을 메운 탁한 어둠은 시간마저 잠식했는지 흐름을 가늠할 수 없었다. 다만 어둠 속에 들리는 호흡에 의지할 뿐이었는데, 그 뒤로 시간이 얼마나 흘렀을까? 문득 호흡 소리가 사라지고 동시에 탁한 어둠도 사라졌다.

"후우―"

다시금 이어진 날숨과 함께 방 안은 이제 모두가 알고 있는, 빛이 없어 맑은 어둠으로 돌아와 있었다. 뜬 눈을 무색케 만드는 어둠은 여전했으나 분명 다른 성질의 것임은 누구나 알 수 있었다.

끼이익―

문이 열리고 빛이 방 안으로 새어 들어왔다.

되찾은 시야에 들어온 것은 방 안에 홀로 있던 호흡의 주인.

바로 황지엽이었다.

모용천에게 패배한 뒤 황지엽은 한동안 그 후유증에 시달려야 했다. 비록 심각한 내상을 입은 것은 아니었지만 본신 무공의 근간이 되는 마천상야공의 기운을 잃어버렸기 때문인지 중병에 걸린 환자처럼 자리에서 일어나질 못했던 것이다.

하루 중 깨어 있는 시간보다 의식을 잃고 누운 시간이 더 길었던 황지엽은, 제마성으로 돌아온 이후로도 한참이 지난 지금에서야 비로소 마천상야공을 되찾은 것이다.

"……!"

열린 문틈으로 들어오는 빛에 황지엽은 얼굴을 찡그렸다. 열흘을 꼬박 어둠 속에 있었으니 미약한 저녁 빛에도 눈을 뜰 수 없었던 것이다.

"기도가 한층 더해졌구나. 몸은 이제 괜찮으냐?"

눈을 때리는 새하얀 빛 속에서 누군가 황지엽에게 말을 걸어왔다. 아주 친밀한 감정이 듬뿍 담긴 목소리는, 그 주인이 무척 세심하고 친절한 성격의 소유자임을 말해주고 있었다.

제마성 안에 황지엽에게 이토록 따뜻한 말을 건네줄 사람은 그리 많지 않았다. 아니, 단 두 사람에 불과하다 해도 과언이 아닐 것이다.

"형님, 이제 정말 괜찮으신 겁니까?"

두 사람 중 하나, 친동생인 황평군의 목소리도 들려왔다. 눈물을 글썽이는 황평군이 황지엽의 눈 속에서 서서히 형상을 갖추어 나가고 있었다.

그 황평군의 옆에 한 발짝 물러서 있는 한 사내의 모습도 온전해졌다. 사내는 삼십을 전후한 청년으로, 기품이 넘쳐흐르는 귀공자였다. 또한 단아한 이목구비는 어딘지 모르게 황지엽과 겹쳐 보이기도 했다.

황지엽은 황평군을 향해 웃으며 고개를 끄덕여 보이고, 사내를 향해 포권의 예를 취하였다.

"두 분 형제께서 걱정해 주신 덕입니다. 소제, 심려를 끼쳐 드려 죄송한 마음을 금할 길이 없군요."

황지엽의 인사를 받은 사내는 환히 웃으며 답했다.

"성한 것 같으니 다행이구나. 그리고 내게 뭘 그리 격식을 차리느냐? 우리끼리 있을 때에는 그럴 필요 없다고 내 누누이 일렀거늘… 같은 배에서 나왔다고 굳이 녀석에게만 살갑게 대하기냐?"

사내가 농담조로 던진 말에 황지엽도 따라 웃었다.

"하핫! 형님도 참, 무슨 말씀을 그리하십니까? 제가 기댈 곳이 형님뿐이라는 걸 잘 아시면서!"

사내는 황지엽의 배다른 형, 마왕의 네 아들 중 둘째인 황유극(黃遺極)이었다.

마왕의 네 부인 중 월씨의 소생인 황유극은 어려서부터 그 기질이 나서거나 드러내길 좋아하지 않았고, 무공에도 별 뜻이 없었다. 물론 빼어난 재능은 가히 마왕의 피를 받았다고 할 만하여 첫째인 황무기와 거의 동일한 시기에 마천상야공 삼단계를 성취한 바 있었다. 그러나 황유극의 성취는 삼단계에서 머물러 좀처럼 나아가질 못하였다. 더구나 본인에게도 마왕의 아들이며 제마성의 일원이라는 자각이 부족해 오로지 풍류를 즐기는 데에 힘썼으니 처음 기대를 걸던 이들도 지금은 떠나간 지 오래였다.

그러니 황유극은 자연 부친에게는 못난 아들이요, 성주에게는 쌀만 축내는 잉여 전력일 뿐이었다. 하지만 본디 타고난 성품이 청수하고 정이 깊어 천하 마두가 모인 제마성의 삭막함에 질린 일부의 구성원들에게는 꽤 인망을 얻은 모양이었는데, 이복동생인 황지엽이 그 대표적인 추종자인 것이다.

"녀석… 넉살하고는. 아주 대판 깨졌다기에 걱정을 좀 했는데 다 쓸데없었구나! 그래, 이제야 내 동생으로 돌아왔으니 어찌 그냥 넘어갈까? 자, 크게 한번 놀아보자꾸나! 하하핫!"

황유극은 배다른 두 아우를 양옆에 끼고 기분 좋게 웃었다. 황지엽도 마주 보고 웃으며, 어깨에 두른 황유극의 팔에서 살며시 빠져나왔다.

"형님, 잠깐. 잠깐만요."

"응?"

"술도 좋지만 먼저 아버님께 보고를 드려야죠. 군이랑 먼저 가 계십시오. 금방 따라갈 테니까요."

황지엽은 짐짓 아무 일도 아닌 것처럼 말했다. 사실 아들이 아버지를 만나겠다는 것은 당연한 일이다. 이렇게 태연함을 가장해야 할 일이 아니건만, 이들이 어디 보통의 부자(父子)이던가?

"형님, 그걸 꼭 지금 해야겠습니까? 어차피 필요한 보고는 외중각주(外中脚主)가 다 했습니다. 날도 벌써 어두워졌는데 굳이 지금 찾아뵐 필요는 없잖습니까."

황평군이 걱정스러운 얼굴로 만류했다. 황유극도 고개를 끄덕이며 거들었다.

"그래, 군이 말이 맞다. 너는 이제 겨우 회복했으니 오늘 하루는 마음 편히 쉬는 게 좋지 않겠느냐?"

형제들의 배려에 가슴이 따뜻했지만 황지엽은 단호히 고개를 저었다. 통찰력이 아무리 뛰어나다 한들 허규가 알 수 있는 것은 지극히 일부에 불과할 것이다.

알 수 없는 자.

미처 생각지도 못했던 존재.

모용천이라는 자의 존재는 그 위험의 깊이는 당해본 자만이 알 수 있는 것이다. 그리고 마천상야공을 익힌 황지엽 자신만이 온전히 마왕에게 전할 수 있는 것이다.

그렇게 형제들의 만류를 뒤로하고 황지엽은 마왕을 찾아갔다.

"무슨 일이냐?"

내려다보는 눈은 차갑고 목소리는 썩 유쾌하지 않았다. 분명 늦은 시간이고 사전에 알리지 못한 방문이었지만, 제 피를 이은 자식을 대하는 태도라고는 도저히 생각할 수 없다.

"……"

고개 숙인 황지엽의 입가에 미소가 피어올랐다.

눈앞의 절대자, 제마성의 성주는 아버지이기 이전에 자신의 주인이다. 그에게 있어 자신은 아들이기 이전에 대망(大望)을 이루기 위한 도구로서 남들과 다를 게 없다.

사경을 헤매다 깨어난 아들을 대할 때에도 변함없는 그 모습이 황지엽에게는 오히려 더욱 아버지다워 안심이 되는 것이다.

"촌각을 다투는 일이라 사료되어 부득이 결례를 범하였습니다. 부디 헤아려 주십시오."

공손하면서도 두려워하는 기색이 없다. 제마성 내에서 유일하게 마왕 앞에서 태연할 수 있는 자.

그것이 바로 제마성 뭇 마인들에게 황지엽이 특별한 존재로 여겨지는 까닭이었다.

"말해보거라."

허락이 떨어지자, 황지엽은 고개를 들어 말했다.

"모용천이라는 자에 대해 아뢸 것이 있습니다."

"……."

황지엽의 입에서 모용천이라는 이름 석 자가 나오자 방 안의 공기가 바뀌었다. 마왕의 침묵이 냉기라는 이름으로 황지엽의 폐부를 찌르는 것이다.

황지엽이 아무리 마왕의 앞에서 태연하다 해도 말을 잇지 못하는 가운데, 황종류의 입이 먼저 움직였다,

"패자는 말이 없는 법이다. 왜인지 아느냐?"

"……."

"패자는 죽은 자이기 때문이다. 죽은 자는 말이 없지."

황지엽은 다시 고개를 숙였다. 마왕이 말을 이을수록 그 목소리가 차분하고 부드러워질수록 가혹한 질책임을 모르는 바 아니었으니.

"그런데 너는 살아남았다. 패자로서 살아남았다면 그것이 너의 힘이더냐?"

"주군의 힘입니다."

"그걸 알고 있다면 네게 할 말이 없다는 것 역시 알고 있을

터. 그자에 대한 이야기는 직접 들을 것이니 너는 이만 돌아가
도록 해라.”

“직접… 말입니까?”

“세 사람이면 충분하겠지.”

앞뒤 자르고 혼잣말처럼 중얼거렸을 뿐이지만 황지엽이 알
아듣기에는 충분했다. 제마성으로 돌아온 것이 관음지 허규의
덕이었으니, 애초에 황지엽을 수행했던 자들 중 나머지 세 사
람이 바로 그 세 사람일 것이다. 그래, 그들이라면 저 귀신같은
모용천을 충분히 잡아올 수 있겠지.

마음속으로 납득하면서, 그러나 황지엽은 고개를 들었다.

“그들로는 충분하지 않습니다.”

“……”

돌아가라는 명을 내렸음에도 다시 입을 연 아들을 황종류는
말없이 바라봤다. 그 고요한 눈빛이 무엇보다 무겁게 어깨를
짓누른다. 황지엽은 이를 악물고 아버지의 눈을 똑바로 보며
말했다.

“주군, 그 세 사람으로는 충분하지 않습니다. 그를 잡으려거
든 다시 명을 내려야 할 것입니다.”

“너를 이겼다 하여 그 세 사람이 충분하지 않다고 여기는 것
이냐?”

돌아온 것은 호된 질책이었다.

마왕의 질책은 당연한 것이니, 당금 천하에 그 세 사람, 항불
과 요검, 혈랑도객이 잡아오지 못할 자가 누구란 말인가?

"물론 각주들의 능력을 의심하는 것은 아닙니다. 하나… 그 것도 그들이 힘을 하나로 모았을 때에야 가능한 일이라고 소자는 생각합니다."

"……."

황종류는 잠시 황지엽의 말을 곱씹었다.

애초에 황종류는 모용천이라는 애송이를 잡아오는 데 그들 중 한 사람으로도 충분하다고 생각했다. 그럼에도 불구하고 세 사람을 투입한 것은 이미 한 번의 실패를 맛본 진첩결의 의견을 존중했기 때문이다. 가능한 한 변수는 제거하는 편이 나음을 황종류 자신도 인정한 것이다.

"너는 부성주가 틀렸다고 말하는 게냐?"

"만약 그들 중 누구라도 외중각주와 역할을 바꾸었다면 소자 이렇게 늦은 시각 불쑥 찾아올 일은 없었을 것입니다. 하나 외중각주가 없는 이상, 저들 세 사람은 각자 움직일 가능성이 더 크다고 사료되는 바, 그들로 충분하지 않다고 말씀드린 것입니다. 그리고……."

"그리고?"

되묻는 황종류의 눈빛이 변해 있었다. 황지엽의 말이 어느 정도 타당하다고 생각됐던 것이다.

"…모용천 그자는 위험한 자입니다."

*　　　*　　　*

195

쉬익!

땅거미 짙은 산길, 미약한 빛을 모았는지 한 점 검광이 번뜩였다. 대저 빛보다 빠른 게 무엇이겠는가마는 죽음을 두려워하는 사람의 마음이라면 한순간만큼은 그보다 나을 수도 있지 않겠는가?

후두둑—

비명을 집어삼키고, 대신 핏물을 내뱉는다. 붉은 피는 들풀 위로 떨어져 진득하니 달라붙고 익숙한 비린내가 적의를 불러일으킨다.

"이, 이런 빌어먹을 놈이……!"

불법을 행하여 중생을 구제해야 할 불자의 눈에는 자비 대신 핏대로 가득했다. 부처도 거두지 못한 망나니로 세상이 제 것인 양 활보하던 봉두난발의 파계승, 항불.

황지엽의 말은 황종류가 아니라 천 리 너머에 있는 이자에게 들렸어야 했으리라.

"흐아압!"

그러나 황지엽에게도, 항불에게도 그런 신통한 재주는 없었다. 대신 항불은 피로 흥건한 소매를 흔들며 달려나갔다. 그의 성정이 포악하고 불도에서 벗어났다지만 본신 무공은 순수한 소림의 것. 끓어오르는 내공은 강대하기 짝이 없었다.

그 앞에 있는 적의의 대상.

일 검으로 항불의 목숨을 취하려 했던 모용천도 감히 맞서질 못하고 뒤로 물러났다.

콰앙!

화약이 터지듯 굉음을 내며 법장이 땅을 쳤다. 그 위력이 어찌나 센지 땅이 움푹 파이고 이끼에 얽힌 흙덩이들이 사방으로 튀었다.

'뼈도 못 추리겠구나!'

멀찍이 물러선 모용천은 혀를 내둘렀다. 그만큼 항불의 법장이 위력적이었던 것이다.

"이노옴!"

화가 머리끝까지 차오른 항불이 법장을 휘두르며 달려들었다. 모용천도 검을 고쳐 쥐고 앞으로 달려나갔다.

카앙! 캉!

항불의 법장과 모용천의 청강검이 부딪치고, 다시 부딪쳤다. 검은 가볍고 법장은 무거우니 한 번 부딪칠 때마다 모용천이 밀리는 것이 당연했다. 그러나 모용천의 검은 신속할뿐더러 변화무쌍하였으니 이십여 초를 지나자 자연 수세에 몰리는 쪽은 항불이었다.

치이익!

상대적으로 느린 법장의 틈을 뚫고 모용천의 검이 항불의 어깻죽지를 스쳤다. 검이 지나간 후에야 벌어진 장삼의 틈으로 붉은 피가 번져 나갔다.

"커헙!"

불같은 통증이 어깨를 타고 머리 위로 향한다. 자신도 모르게 비명을 지르며 항불의 움직임이 순간 멈추었다.

"……!"

그 짧은 순간을 놓치지 않고 모용천의 검이 찔러 들어왔다.

그때!

"하압!"

기합 소리와 함께 항불이 왼 소매를 휘둘렀다. 모용천의 일격에 당해 피로 흥건한 소매였다.

차라락—

피로 질척이는 소매가 검신을 휘감았다.

콰직!

동시에 항불은 오른손에 쥐고 있던 법장을 땅에 박아 세우고 자유로워진 우장을 내밀었다.

우우우웅—

방금 전 법장과는 비교할 수도 없이 웅혼한 내력이 항불의 손바닥 위에 피어오르고 있었다. 무림의 뭇 장법 가운데 당당히 수좌를 차지하고 있는 소림의 절기. 지난날 뭇 마두를 두려움에 떨게 했던 대력금강장이었다.

모용천의 얼굴에 낭패 어린 기색이 서렸다. 자신의 검을 휘감은 항불의 소매가 단단해 좀처럼 빠져나오지 않는 것이다. 선택의 여지가 없으니, 모용천도 급히 진기를 끌어올려 좌장을 내밀었다.

황금빛 기운과 푸른 기운이 허공에서 만나고, 곧이어 두 손바닥이 마주쳤다.

콰콰쾅!

굉음과 함께 이색(二色)의 기운이 사방으로 흩어졌다.

황금빛 기운과 푸른 기운이 바람과 함께 사방으로 흩어지고, 흙먼지가 가라앉고 나서야 두 사람의 신형이 온전히 드러났다.

제자리에서 두 걸음.

항불이 물러난 것은 겨우 두 걸음이었다. 그러나 그 두 걸음이 얼마나 먼 거리인지 뉘라서 알 수 있을까? 항불과 장력을 겨루어 두 걸음을 물러나게 만든 자가 천하에 몇이나 있을 것이며, 그중 하나가 이제 갓 약관의 애송이임을 뉘라서 믿을 것인가?

물론 항불을 두 걸음 물리기 위해 치러야 할 대가는 컸다. 모용천은 몇 장을 뒤로 나가떨어졌으니까.

"이런!"

자신을 물러나게 만든 모용천의 장력을 음미하던 항불이 불현듯 소리쳤다. 그를 생포해 오라던 마왕의 명령이 떠오른 것이다.

항불과 요검, 혈랑도객은 애초에 협력이라는 말을 모르는 자들이었다. 그나마 그들을 하나로 묶어두었던 것은 마왕이라는 거대한 힘이었는데, 그 대리라 할 수 있는 황지엽이 그나마 이들을 통제할 수 있었다.

그러니 귀찮은 일을 떠넘길 허규도 없는 상태에서 모용천이라는 애송이를 잡아오라니 이들이 힘을 합해 임무를 완수하자는 생각을 할 리 없는 것이다. 은근히 가지고 있던 서로에 대한 경쟁심까지 더해 항불 등은 모용천을 어떻게 잡을지가 아니라 누가 먼저 잡을지를 논하기에 이르렀다.

특히 항불은 요검이나 혈랑에 비해 연배뿐 아니라 무공도 높다고 자부하고 있어, 이들과 같은 항렬에 놓였음이 내심 불만인 터였다. 그러던 차에 모용천을 잡아오라는 명이 내려졌으니 반쯤은 자신이 앞서 나갈 수 있는 좋은 기회요, 반쯤은 도락인 양 여겼다 한들 무리도 아니었을 게다.

그런 마음으로 모용천을 잡으려 했으니 처음부터 일격을 당했고, 쥐에게 물린 고양이처럼 화가 머리끝까지 오르는 게 당연하다. 그러나 막상 멀리 나가떨어진 모용천을 보니 아차 싶은 마음에 머리 위로 솟구쳤던 피가 발끝까지 쑥 내려가고, 그 틈을 공포라는 감정이 메우고 말았던 것이다.

"분명 산 채로 잡아오라고 했거늘……. 이 일을 어쩌면 좋누! 어쩌면 좋아! 쯔쯔… 으잉?"

혀를 차며 발을 동동 구르던 항불이 제자리에 멈춰 서서 눈을 크게 떴다. 나가떨어졌던 모용천이 자리에서 일어난 것이다.

"네놈이 어떻게……?"

항불은 제 눈을 의심할 수밖에 없었다. 십성의 대력금강장에 정면으로 맞선 모용천이다. 두 눈을 비비고 보았지만 모용천은 대략 멀쩡하게 서 있었다.

물론 겉보기만큼 멀쩡한 것은 아니었다. 제자리에 선 모용천은 카악 소리를 내며 검붉은 피가래를 뱉어냈다.

'이런 장력과 정면으로 맞서다니, 다시는 이런 짓을 하지 말아야겠군. 젠장!'

모용천은 총채 털 듯 검을 휙 털었다. 검신을 휘감고 있던 피 젖은 소매가 떨어져 나가고, 항불은 그를 보고서야 자신의 왼 소매가 어깻죽지부터 통째로 찢겨져 나갔음을 깨달았다.

항불은 냉정을 되찾고 소리쳤다.

"죽지 않은 건 칭찬해 주겠다! 보아하니 적잖이 내상을 입은 것 같은데 순순히 부처님 손바닥에 떨어지는 게 어떠냐? 내 널 당장 죽이지는 않으마!"

그러자 모용천이 기가 막혀하며 대답했다.

"다짜고짜 사람을 해하려 들더니 헛소리까지 하시는군!"

"뭐, 뭐라고?"

죽은 줄 알았던 놈이 살아 있는 것도 놀라운데, 그 목소리가 낭랑하고 실린 내공에 막힘이 없다. 이러니 모용천보다 항불이 더 기가 막힐 수밖에.

'내 십성 공력이 담긴 대력금강장을 정면으로 받고도 내상을 입지 않았단 말인가? 어떻게 이런 일이 있을 수 있지? 저놈이 실은 깊은 내상을 입고도 허세를 부리는 건가?'

그러나 이미 맑게 트여 있는 음성을 들었으니 허세를 부린다고는 도저히 생각할 수 없었다. 조금의 내상도 입지 않았을

리는 없겠다만, 그 깊이가 어느 정도인지 도통 알 수 없어 답답한 것이다.

반면 항불 자신은 아직 흩어진 진기를 모으지 못한 상태였다. 단 일 장에 십성 공력을 끌어올렸으니 일시적으로 단전이 허하여 섣불리 움직일 수 없었던 것이다.

“으음……!”

흩어진 진기가 언제 다시 돌아올지 모르는 상황에서 저 괴물 같은 놈과 싸울 수도 없었고, 스무 살 애송이를 두고 물러날 수는 더더욱 없었다.

파계한 이래, 마왕의 수하로 들어간 일을 제외하고는 제 마음대로 하지 못한 일이 없는 항불이었다. 그런 그가 이러지도 저러지도 못할 상황에 봉착하였으니 절로 신음 소리가 새어 나오는 것이다.

그때.

멀지 않은 곳에서 인기척이 났다.. 발소리가 점점 커지고 있어 누군가 오고 있음이 확실했다. 그저 지나가는 자인지, 아니면 누구의 편인지 몰라도 지금 항불에게는 누구보다 반가운 자였다.

“흥! 운 한번 좋은 줄 알거라!”

“뭐요?”

모용천이 눈살을 찌푸리며 말했다. 그러나 항불은 대답도 없이 몸을 돌려 달아나는 게 아닌가?

‘한패라더니 하는 짓도 똑같구나!’

　　종남산에서 만났던 혈랑도객처럼 항불도 먼저 싸움을 걸어온 주제에 마무리도 짓지 않고 사라지는 것이다. 사실 모용천도 태연을 가장했을 뿐, 적잖은 내상을 입어 언제 다시 항불이 덤벼들지 잔뜩 긴장하고 있던 터였다. 그러나 막상 항불이 먼저 달아나 버리니 어쩐지 억울한 마음이 이는 것이다.

　　그러는 사이, 인기척이 더욱 가까워졌다.

　　황무기와 섭영귀, 혈랑도객에게 한차례 습격을 받은 모용천은 그들이 다시 한 번 자신을 노릴 것이라 예상하고 있었다. 모용천은 그들이 두렵지 않았지만 삼 대 일, 혹은 그 수하들까지 모두 가세했을 때도 염두에 두어야 했다.

　　더구나 모용천은 도야객을 놓아주었는데, 이미 종남산에서 얼굴을 팔릴 대로 팔린 바. 그날의 소동에 모용천과 도야객이 종남산에 함께 있었다는 사실은 우진의 귀에도 수일 내로 들어갈 것이 뻔했다.

　　이래저래 귀찮은 일이 늘어났다고 생각하며 모용천은 일부러 길을 빙 돌아 무한으로 향하였다. 이는 황무기 등을 따돌림과 동시에 종남산의 일이 있고 나서도 한동안 도야객을 쫓았다는 식으로 둘러대기 위함이었다.

　　그러나 황무기들 말고도 자신을 쫓고 있는 자가 두 사람이나 더 있다는 사실을 모용천은 모르고 있었다. 하여 돌아오는 길, 무한에 다다른 곳에서 항불에게 덜미를 잡혔던 것이다.

　　발소리는 한 사람의 것이라 황무기 등일 것 같지는 않았으나, 항불을 생각하면 긴장을 늦출 수 없었다. 혈랑도객과 항불이 자신을 잡으려 한다면 관음지와 요검도 마찬가지일지 모르는 것이다.

‘젠장……!’

모용천은 다시금 내상을 억누르고 진기를 끌어올렸다. 그러나 곧 나타난 자는 모용천도 익히 알고 있는 얼굴이었다.

“시끄러워서 와봤더니만, 뭐 하고 있었나?”

때 국물이 좔좔 흐르는 얼굴로 인사도 없이 대뜸 물어오는 그. 개방의 팔결장로 이소였다.

“하하, 이 선배였소?”

이소의 태평스러운 얼굴을 보니 어쩐지 맥이 탁 풀려 모용천은 나무에 기대고 말았다.

모용천은 이소와 함께 신창권문으로 돌아왔다. 이소 또한 신창권문에 볼일이 있었던 것이다.

돌아오는 얼마 안 되는 길에 모용천은 뜻밖의 이야기를 들었다. 바로 우진과 신창권문을 중심으로 정파의 무림인들이 한데 모여 무림맹을 발족했다는 이야기였다.

“무림맹?”

정파인들을 아우르는 무림맹의 창설은 우진의 숙원이었다. 신창권문의 개파 십 년을 기념한 영웅연 또한 무림맹 창설 작업의 일환에 불과했으니, 모용천이 떠난 두 달 남짓한 짧은 시간 안에 모든 일이 이루어진 것은 아니었다.

그러나 모용천은 그런 사정을 모르고 있었으니 당연히 놀랄 수밖에.

확인하듯 묻는 모용천에게 이소가 대답해 주었다.

"그렇다네. 뭐, 무림맹이라고 해봐야 아직은 반쪽짜리에 불과하지만."

우진의 뜻에 따르지 않은 방파는 많지 않았다.

그러나 구파일방 중에서는 소림과 무당, 화산이 그랬으며 오대세가 중에서는 남궁세가, 하북팽가, 사천당문이 그러했다. 이들이 무림에 차지하는 비중은 가히 절반 그 이상이니 이소의 말은 틀린 것이 아니었다.

"그 여섯 방파를 빼놓고 무림맹을 세우다니, 너무 무모한 게 아니오?"

"글쎄, 난 하루 빌어 하루 사는 거지인데 권왕의 깊은 속을 어찌 알까? 하지만 권왕이 자신을 중심으로 정파무림을 개편하고자 하는 것은 예전부터 공공연한 사실이었지. 기존의 구파일방과 오대세가가 그를 못마땅하게 여기는 것도 마찬가지로 드러내지 않았을 뿐, 모두가 알고 있었으니까."

이제는 일상으로 돌아온, 신창권문의 문지기 없는 문으로 들어가며 이소가 말을 이었다.

"어쨌든 저 여섯 방파가 탐탁지 않아했으니 어느 방파가 저들을 거슬러가며 권왕에게 동의를 표하겠나? 우리 개방만 해도 뭐 누구 눈치를 보는 건 아니지만 굳이 권왕에게 동조할 의리는 없지 않은가?"

"그럼 이제 와서 왜 입장을 바꾼 것이오?"

말은 그렇게 했으나 이소 역시 무림맹의 일원으로서 개방을 대표하여 방문한 것이었다. 신창권문 제자들의 안내를 받아 회랑을 걸어가며 이소의 말이 계속됐다.

"자네는 그 자리에 있었으면서 보지도 못한 나에게 물어보는군. 권왕이 정파무림인들을 설득하기 위해 만든 자리, 바로 영웅연을 생각해 보게. 쿵! 그때 무슨 일이 있었는지."

이소는 맨손으로 코를 풀어 바짓자락에 문질렀다. 그 모습을 본 모용천은 얼굴을 찡그리며 대답했다.

"제마성이 불을 붙인 것이오?"

"그래, 바로 그거야!"

팡팡!

이소는 문지르던 손을 들어 모용천의 등을 두들겼다. 회랑의 폭이 그리 넓지 않아 모용천은 어차피 더러워질 대로 더러워진 옷이라고 한숨을 쉬며 말했다.

"휴우! 당신네들에게는 그들이 그토록 무서운 존재요?"

이소는 고개를 갸웃거리며 말했다.

"당신네들이라니? 모용세가가 몰락한 지 오래라지만 엄연한 정도무림의 명가인데 자네가 그런 식으로 말하면 쓰나?"

"어쨌든."

"그래, 어쨌든 자네는 보지 않았는가 말이야. 저 절정의 무공을 소유한 마두들이 하나도 아니고 넷씩이나 마왕의 밑에 들어갔다는 게 얼마나 무서운 일인가?"

"그들이 그렇게 무섭소?"

모용천이 묻자, 이소는 호들갑스럽게 벌벌 떠는 시늉을 하며 대답했다.

"그럼, 무섭고말고! 이거 보게, 다른 자들은 몰라도 이 거지에게는 체면이라든지 명성 따위, 엿도 바꿔먹지 못할 것은 쓸모가 없단 말이지. 그런 내가 하는 말이야말로 참말이란 말일세. 관음지니 항불이니 정파무림에서 그들을 상대할 수 있는 자가 몇이나 될 것 같나? 있다 한들 저들은 여럿인데 이쪽이 하나라면 어찌 감당할 것인가?"

"흐음."

"게다가 절창이 변심하여 마왕의 수하로 들어갔으니 달리는 범에 날개를 달아준 격이지. 내 보기엔 그게 가장 큰 일이 아닌가 싶네. 절창이라는 절정고수가 마왕의 수하로 들어갔는데, 다른 이들이라고 온전하겠냐는 거지."

"……."

이소가 절창을 언급하자 할 말이 없어진 모용천은 입을 다물었다. 마침 두 사람은 우진의 방 앞에 도착했는데 문이 열리더니 낯익은 얼굴이 나오는 것이었다.

"종리 가주!"

우진의 방에서 나온 자는 종리세가의 가주 종리창이었다. 그 뒤를 이어 종리상웅이 따라 나왔다.

"아, 이 장로 아니신……!"

이소에게 인사를 건네던 종리창이 입을 다물었다. 이소의 뒤에 서서 자신을 노려보고 있는 모용천을 발견한 것이다.

“……”

비록 짧은 시간이었지만 모용천이 강호에 나와 해친 목숨이 여럿이었다. 하나 그중에 진실로 미워하거나 혐오하여 해친 자는 없었다. 칼을 맞대지 않았다면 지나쳤을 그런 자들이었다.

그러나 눈앞의 이자만은 달랐다.

종리창이 내민 것은 혀로 만든 칼이었고, 그 끝은 모용천이 아니라 아버지와 유 총관을 향해 있었다. 그것은 쇠칼보다 날카롭고 흉포하여 병석에 누운 아버지를 난도질하였고 묵묵히 세가를 지켜온 유 총관을 욕보였다.

그 조롱과 멸시는 분명 진실된 것이어서, 그것이 제 자식을 위한 격장지계였음을 들은 후에도 모용천은 종리창을 향한 적개심을 굳이 지우지 않았던 것이다.

“커, 커흠!”

제가 한 일이 걸리는지 종리창은 모용천의 눈을 피하며 헛기침했다. 그러나 모용천은 입을 굳게 다물고 종리창을 향한 사나운 시선을 거두지 않았다.

“…아버님?”

뒤에 서 있던 종리상웅이 종리창을 불렀다. 그러자 종리창은 고개를 돌려 모용천을 보고 짐짓 화를 내기 시작했다.

“어허, 이런 예의없는 놈이 다 있나! 어디 어른을 보고도 인사 한마디 없이 그렇게 눈을 치켜뜨고 있는 게냐? 내 일찍이 네놈의 버르장머리를 알아보고 훈계를 했거늘 아직도 고치지 못한 것이냐? 어허, 안타깝다, 안타까워!"

"뭐요?"

사과를 바란 것은 아니지만, 도리어 훈계를 하리라고는 생각지도 못한 모용천이었다. 모용천은 화가 치밀어 이소를 밀치고 한 발 앞으로 나섰다. 그 기세가 워낙 흉흉해 종리창은 자신도 모르게 한 걸음 물러서다 종리상웅의 발을 밟았다.

"아버님!"

발을 밟혀 울상이 된 아들을 돌아보고 종리창은 자신들이 어디에 서 있는지 새삼 깨달았다. 종리창은 다시 모용천을 향해 외쳤다.

"네 무공이 제법이긴 하다만 여기가 어디라고 나서느냐! 네가 감히 무림맹주의 거처에서 난동을 부리고도 무사할 줄 아느냐?"

"허, 참!"

종리창이 이렇게 나오자 모용천도 어이가 없어 헛웃음을 터뜨리고 말았다. 명색이 오대세가의 가주라는 자가 남의 권세를 빌어 제 체면을 세우려 하다니!

그때, 방문이 열리고 한 사내가 모습을 드러냈다. 권왕의 열두 제자 중 한 사람, 신유결이었다.

"두 분, 어서 들어오시랍니다."

"그렇지 않아도 자리를 마련해야 했는데, 이렇게 함께 와주었으니 참으로 공교로운 일이로군."

　우진은 자리에서 일어나 모용천과 이소를 맞아들였다. 신유결이 두 사람에게 의자를 권하였는데, 냉큼 앉은 이소와 달리 모용천은 자리에 서서 말했다.

　"오래 있을 생각은 없습니다."

　우진도 다시 자리에 앉지 않고 신유결로부터 한 걸음 옆으로 물러나 서 있었으니 방 안 공기가 금세 묘해졌다. 이소는 주위를 둘러보고 얼굴을 찌푸리며 엉덩이를 반쯤 떼어 선 것도 앉은 것도 아닌 어정쩡한 자세를 취했다.

　그 모습을 보고 우진이 웃으며 말했다.

　"이 장로를 괴롭히지 말게나. 길게 얘기하지 않겠네."

　모용천은 우진과 이소를 번갈아 보다 못마땅한 얼굴로 자리에 앉았다. 그제야 이소와 우진도 자리에 앉았다.

　"방주께서는 여전하신가?"

　우진이 먼저 이소에게 물었다. 이소는 심드렁한 얼굴로 대답했다.

　"저도 못 뵌 지 오래라 모릅니다. 우 장문인에게 협조하라는 명만 내리시고 또 자취를 감추었으니 말이죠. 죽었다는 소식이 없으면 살아 있는 거 아니겠습니까?"

　"그렇군."

　이소의 대답이 다소 불손했지만 우진은 신경 쓰지 않는 눈치였다. 우진은 웃음으로 동의를 표하고, 모용천에게로 고개를 돌렸다.

　"고생이 많았겠군."

우진의 웃음이 의미심장하다. 모용천은 마음을 다잡고 대답했다.

"다 우 장문인 덕분입니다."

"종남산에서의 일은 들었네. 여러 가지 일이 있었더군."

여러 가지라고 말한 것은 이소가 있는 자리에서 굳이 자세한 이야기를 하고 싶지 않다는 의사이다.

'어쩌지?

모용천은 어떻게 대답해야 할지 짧은 시간 심각한 고민에 빠졌다. 어쨌든 모용천은 이 이상 우진과 엮이거나 그의 일을 하고 싶지 않았던 것이다. 가장 확실히 거절하는 방법은 바로 이 자리에서 우진이 자신에게 무슨 일을 시켰는지 이소가 듣는 앞에서 말하는 것이리라.

품 안에 있는 각파의 비급들을 우진의 앞에 던지고 나오면 될 일이다. 실제로 모용천은 당장에라도 손을 품 안에 넣고 싶은 충동을 느꼈다.

'…참자.'

권왕을 적으로 돌려도 상관없는 것은 모용천 한 사람에 국한된 이야기다. 그가 짊어진 모용세가라는 이름, 아버지와 유 총관은 권왕의 적이 되어선 안 된다. 정파의 무림맹주가 권왕이라는 이름 위에 더해졌다면 더더욱 안 될 일이다.

모용천이 말이 없자 우진이 다시 말했다.

"보고는 천천히 듣기로 하지. 먼저 할 이야기가 있으니."

*   *   *

"후— 후—"

호흡은 가늘고 깊으며 또한 규칙적이었다. 해 저문 산중에서는 듣기 힘든 호흡 소리에 풀벌레도 울음을 그치고 날짐승은 날개를 오므렸다. 미물의 민감한 촉각이 호흡 소리에 담긴 악의를 감지한 것이다.

산의 주인들을 물리치고 제 것인 양 자리를 차지해 앉은 자는 놀랍게도 인간으로, 몇 시진 전부터 가부좌를 튼 자세 그대로였다. 제멋대로 긴 머리를 온통 흐트러뜨리고, 낡은 장삼은 한쪽 소매가 통째로 찢겨져 있었으니 드러난 팔에는 검상이 선명하다. 선명한 검상을 중심으로 굳어버린 피딱지도 떼지 않고 운기조식을 하고 있는 자, 항불이었다.

바스락.

"……."

끊임없던 호흡이 흐트러지고, 항불의 감은 눈 한쪽이 슬며시 열렸다. 항불을 중심으로 사방 삼사 장 거리의 원 모양 안에는 온통 그가 뿌린 악의로 가득해 함부로 다가설 짐승이 없다. 둔하디둔한 사람만이 제 앞에 도사린 위험을 모르는 것이다.

그르르르……!

예상이 빗나가 수풀 사이로 모습을 드러낸 것은 네 발로 걷는 짐승이었다. 그러나 항불은 다시 눈을 감고 대신 입을 열었다.

"내 꼴이 우스우냐?"

악의로 가득 찬 항불의 공간을 침범한 것은 거대한 크기의 늑대였다. 가장 사나운 야생의 피가 들끓는, 그러면서도 사람에게 길들여진 늑대들의 왕. 항불의 말은 그 주인을 향한 것이었다.

"내가 할 말은 아니오."

혈랑을 따라 수풀을 헤치고 나타난 거구의 사내, 혈랑도객이 대답했다.

그 말이 의미심장했던지 항불의 두 눈이 번쩍 뜨였다.

"네놈도 당했냐? 그 개새끼를 끼고도?"

감히 그의 앞에서 혈랑을 개라고 부르는 자는 항불과 요검 두 사람밖에 없었다. 일일이 화를 내기도 지쳐 혈랑도객은 쓰게 웃으며 대답했다.

"땡중처럼 만신창이가 되지는 않았지만, 뭐 잡지 못한 건 사실이니 할 말이 없소."

"흥!"

코웃음 치긴 했으나 항불도 달리 할 말이 없었다. 그 역시 모용천을 잡지 못하고 오히려 도망친 게 사실이니까.

항불은 가부좌를 풀고 자리에서 일어났다. 애초에 내상을 입었던 것은 온전해진 지 오래였다. 다만 정면으로 장력을 겨루고도 모용천을 제압하지 못한 충격이 컸던 것이다.

"그나저나 어디서 그런 놈이 튀어나온 거야? 삼공자를 가지

고 놀 때도 신기했지만 막상 직접 손속을 섞어보니 더 놀랍던
데."

"섭영귀도 그놈에게 한 손을 잘렸소."

"뭐?"

"섭영귀를 방해한 것도 그놈이었단 말이오.. 그것 때문에 섭
영귀는 독이 오를 대로 오른 상태인데 지금 일공자와 함께 다
니더군."

"일공자? 일공자가 강호에 나와 있다구?"

"팽가 포획의 방해자를 잡으라는 명을 받았나 보오. 섭영귀
도 통제할 겸, 겸사겸사 나온 거겠지."

혈랑도객의 말을 듣고 항불은 얼굴을 찌푸렸다.

"아이고, 두야! 그럼 우린 어느 장단에 맞춰야 하는 거야? 그
놈을 죽여야 하는 거야, 아니면 손끝 하나 다치지 않게 잡아가
야 하는 거야? 따로 지령을 받은 것도 아니고, 미치겠군, 미치
겠어!"

혈랑도객은 배를 깔고 누운 혈랑을 쓰다듬으며 대답했다.

"그거야 나도 모르오. 그런데 정작 일공자나 섭영귀도 그놈
이 우리 일을 망쳐 놓은 놈이라는 건 모르더군. 그러니 집무실
에 편히 앉아 오라 가라 지시만 내리는 부성주가 알 리 있겠
소?"

혈랑도객은 혈랑에 기대어 앉았다. 항불도 그를 따라서 자
리에 주저앉았다.

"어쨌든 일공자는 나더러 제 일이나 도우라고 하던데, 항불

은 어떠시오?"

혈랑도객이 묻자 항불은 고개를 저었다.

"네놈이 기어이 실성을 했구나! 나더러 일공자 밑에 들어가
란 말이냐?"

"그는 어쨌든 이 일의 책임자가 자신이니 강호에 나온 외오
각주들도 모두 자기 지시를 따라야 한다고 했소. 내게 항불과
요검을 찾아오라고도 했고."

혈랑도객이 희미하게 웃으며 말하자, 항불이 자리에서 대뜸
일어났다.

쏴아아아—

차분하던 밤공기가 삽시간에 흔들리더니 험악한 기운이 항
불을 중심으로 휘몰아쳤다.

그르르르……!

누워 있던 혈랑이 일어나 항불을 향해 이를 드러냈다. 항불
은 법장 끝으로 혈랑도객을 가리키며 말했다.

"네놈이 그래서 지금 나를 데려가고자 온 게냐? 그렇다면
잘못 찾아왔다!"

드드드드득—

마른 가지들이 서로 몸을 비벼가며 항불에 대한 두려움을
표했다. 혈랑 역시 이를 드러내고 위협을 할 뿐, 뛰쳐나갈 기색
은 보이지 않았다.

혈랑도객도 다시 자리에서 일어났다. 그러나 혈랑도객은 항
불의 기운에 맞서는 대신 두 손바닥을 펼쳐 보였다.

"성급하기는! 그 성질머리로 어떻게 머리를 깎고 절에서 생활했소?"

"뭐?"

혈랑도객이 싸울 의사가 없음을 표시하자 항불도 적의를 회수했다. 펄럭이던 장삼이 가라앉은 걸 보며 혈랑도객이 재차 말했다.

"땡중, 생각을 한번 해보시오. 땡중은 그놈을 잡을 자신이 있소?"

"……."

항불은 입을 다물었다.

답을 몰라서가 아니라 말로 하기 어려운 탓이다.

항불의 입이 닫혀서 열릴 줄 모르자 혈랑도객이 선수를 쳤다.

"나부터 말하지. 나는 그놈을 산 채로 잡아갈 자신 없소. 차라리 죽어라고 싸우라면 싸우지."

"뭐… 그건 나도 그렇지."

혈랑도객이 시원스레 인정하고 나서자 항불도 마지못해 고개를 끄덕였다.

"이제 어떻게 해야 하나? 우리가… 손이라도 잡아야 하나?"

차마 하지 못할 말을 내뱉는 항불의 얼굴이 어두웠다. 혈랑도객 역시 미간을 찌푸리며 마지못해 고개를 끄덕였다.

"놈을 잡으려면 그럴 수밖에 없소."

“휴우……."

결론은 났으되 마음은 여전히 무거웠다.

본래 그들은 하고 싶은 일은 하고 싫은 일은 하지 않는 자유
로운 자들이다. 싸워서 이기면 그것으로 좋은 것이고, 또 지면
지는 대로 깨끗이 죽으면 그만이라는 생각으로 사는 그런 자
들이었다.

그러나 지금 그들은 항불과 혈랑도객이 아니라 제마성의 외
오각주 중 일인이며, 마왕의 명을 따르는 자들이다. 이전의 방
식대로 살 수는 없는 일이다.

“이 미친놈은 어디 가서 엎어져 있는 거야?”

답답함이 가시지 않았는지 항불은 애먼 요검만 욕할 뿐이었
다.

＊　　　＊　　　＊

“지금 저더러 남만(南蠻)엘 다녀오란 말입니까?”

이소가 눈을 동그랗게 뜨고 말했다. 땟국물이 가득한 검은
얼굴에 흰 점 두 개가 떠오른 모양이었다.

“너무 놀라진 말게. 언제 이 장로 혼자 다녀오라고 했나? 여
기 세 사람이 가는 걸세.”

우진이 웃으며 말한 여기 세 사람이란, 바로 방 안에 있는
세 사람을 말함이다. 이소는 놀라 고개를 돌렸지만 신유결은
이미 알고 있었던 듯 동요하는 기색이 없다.

217

“……?”

이소는 대신 고개를 반대쪽으로 돌려 모용천을 보았다. 처음 듣기는 마찬가지라 모용천도 고개를 갸웃거렸고. 모용천과 한참을 마주 보던 이소는 다시 우진을 향해 물었다.

“남만에는 왜 가라는 겁니까?”

“사람을 보내달라는 요청이 있었네.”

우진은 짧게 말하고 탁자 위에 놓인 서신을 내밀었다. 이소는 서신을 받자마자 얼굴을 일그러뜨렸다. 일그러진 거지의 얼굴을 보며 우진이 말했다.

“거기 있는 그대로일세. 교룡(蛟龍)이 나타나 백성들이 괴로워하고 있다니 사람을 보내달라더군. 그래서 내 생각해 보니 자네들 세 사람이면 되겠다 싶었네.”

“교룡이라니요, 교룡이라니요? 사람이 용을 어떻게 잡는단 말입니까? 아니, 설령 잡는다 해도 그렇지요! 우리에게 부탁을 해왔다는 건 수왕도 어쩌지 못한다는 얘기 아닙니까? 수왕도 어쩌지 못할 교룡을 이렇게 셋이 가서 뭘 어쩌란 겁니까?”

이소에게서 서신을 건네받아 보니 과연 우진이 말한 그대로 교룡이 출현하여 주민들에게 막대한 피해를 입히고 있어 도움을 청한다는 말이 전부였다.

“인원이 부족했다면 이런 식으로 도움을 청하지는 않았겠지. 그리고 설마 정말 용이겠나? 조금 큰 뱀 정도일 테니 이 장로는 너무 걱정하지 마시게.”

우진의 말이 효과가 있었던 것 같지는 않았으나 이소는 더 이상 말하지 않았다. 어차피 개방이 무림맹에 가담하였으니 맹주인 권왕의 말을 들어야 하지 않는가.

이소가 입을 다물자 우진은 은근히 웃으며 말했다.

"교룡이니 뭐니 다 구실일세. 수왕도 다른 꿍꿍이가 있으니 이 일을 맡길 사람은 이 장로밖에 없다네."

우진의 말을 들은 이소는 무언가 골똘히 생각에 잠겼다. 모용천은 서신을 내려놓고 우진을 바라봤다. 우진은 기다리고 있었다는 듯 모용천의 시선을 받아들였다.

우진의 눈은 모용천이 무슨 이야기를 하려는지 다 알고 있다는 듯 마치 위에서 내려다보는 것 같았다.

모용천은 단호히 글자 하나하나 힘주어 말했다.

"저는 빼십시오."

第六章
미친 검의 노래에 홀려

“후— 하— 후— 하—”

차가운 들숨이 폐를 식히고, 날숨은 그 대가로 몸 안의 온기를 내뱉는다. 온기는 눈앞에 목화솜처럼 피어오른다.

휘이이이잉—

어디선가 불어온 바람에 온기는 흩어지고 눈앞에 다시금 삭막한 길이 열렸다. 가도 가도 끝없는 길.

모용천은 흘러내린 목도리를 풀러 눈만 남긴 채 얼굴에 휘감았다. 날숨에 젖어 축축해질 때마다 한 번씩 되감아주는 일도 이제는 익숙하다.

“조금만 쉬었다 가면 안 되겠습니까?”

모용천의 등 뒤에서 지친 목소리가 들려왔다. 제 등에 탄 사내를 거드는 듯 말이 투레질하는 소리도 들려왔다.

"그, 그러는 게 좋겠지?"

모용천의 앞에서 들려온 것은 사람의 동의였다. 역시나 지친 사내의 목소리.

"안 됩니다."

그러나 정작 결정을 내린 것은 그 너머, 일행의 선두에 선 자였다.

"지금 쉬면 오늘도 길에서 잡니다. 마을이 멀지 않으니 참습니다."

"그 멀지 않다는 소리 좀 그만하게. 우리를 몇 번이나 속이고도 또 속일 참인가?"

모용천의 앞에서 말을 타고 가던 거지, 이소가 볼멘소리를 냈다. 선두에서 길을 안내하는 자가 대답했다.

"거지 장로님은 괜찮습니다. 다른 사람은 괜찮지 않습니다."

"……"

처음 불만을 터뜨렸던 자는 아무 말도 하지 않았다. 모용천은 나지막이 대답했다.

"나는 아무래도 상관없소."

"이봐!"

이소가 뒤를 돌아보며 항의했지만 모용천은 응대하지 않았다. 결국 결정은 언제나처럼 일행의 맨 뒤에서 후미를 지키던 자, 신유결이 내리는 것이다.

“이대로 갑시다.”

“⋯⋯.”

더 말해 무소용임을 잘 알고 있으니! 이소는 입을 다물고 머리를 박박 긁었다.

“휴우.”

모용천의 뒤에서는 아쉽게 내쉬는 한숨 소리가 들렸다. 종리세가의 장남 종리상웅이다.

“정말 얼마 안 남았습니다! 제가 온 길 그대로 가고 있습니다. 저도 추워 죽겠습니다. 잘 참고 있습니다. 겨울이 있는 곳에서 사시는 분들은 저보다 잘 참아야 합니다.”

선두에서 길을 안내하던 사내가 일행을 독려했다. 억양이 서툴고 말이 어색하니 중원인이 아니다. 그러나 본래 쾌활한 성품인지 제대로 된 중원 말인지 따지지 않고 거침없이 쏟아 낸다. 그 덕에 오히려 의사소통이 원활하다.

이십대 초중반의 이 활달한 사내는 말투뿐 아니라 생김새도 중원인과 다른 점이 있었다. 몇 겹이나 되는 옷으로 몸을 꽁꽁 싸매고 있지만 간혹 드러나는 살색이 몹시 진한 것이다.

사내의 이름은 타사을이라 했고, 수왕의 수하로 무한까지 서신을 가져온 자였다. 그는 주어진 두 개의 임무 중 하나—수왕의 서신을 권왕에게 전하는 것을 무사히 마치고 이제 두 번째 임무—무림맹 파견대의 안내역을 수행 중이었다.

결국 그들은 한 시진을 더 가고 나서야 짐을 풀 수 있었다.

객잔도 없는 작은 마을. 일행은 대신 집 하나를 빌려 쉬기로 했다. 모용천이 말들을 묶어 여물을 주고 들어오니, 이소가 연신 불평을 해대고 있었다.

"죽겠다, 죽겠어!"

"거지 장로가 왜 힘듭니까? 말이 더 힘듭니다."

얼마나 됐다고 타사을이 친한 척 농을 걸었다. 그러자 이소는 신발을 벗어 발바닥을 내밀며 말했다.

"야, 이 사람아. 이 굳은살이 보이나? 내가 이 발로 몇 리를 걸었는지 자네는 아마 상상도 못할 걸세. 차라리 두 발로 걸었으면 내가 아프다 했겠는가? 말은 더 하지. 발에 쇠를 덧댔는데 고거 걷는 게 뭐 그리 힘들겠나? 말발굽에는 편자가 박혀 있고 내 엉덩이에는 굳은살이 박혀 있질 않으니 누가 더 힘든지는 자명한 일이지. 안 그런가?"

타사을은 빙그레 웃고 마주 신을 벗어 보였다. 타사을의 발바닥에 굳은살은 이소와는 비교할 수도 없이 단단해 보였다.

"나는 신 원래 없습니다. 그래도 괜찮습니다."

"됐네, 됐어!"

말문이 막힌 이소는 손을 휘휘 내저었다. 그 모습을 보며 신유결이 가볍게 웃고, 구석에서 엉거주춤 앉아 있던 종리상웅도 따라 웃었다.

타사을과 이소의 실랑이가 냉랭한 실내에 다소나마 온기를 불어넣은 듯했다. 그러나 모용천은 그 안에 동화되기를 거부하고 냉랭한 얼굴로 제자리를 찾아 앉았다.

모용천이 들어오자 온화했던 공기가 단숨에 식어버린 듯했
다. 타사을은 조심스럽게 웃음기를 거두고, 이소가 멋쩍은 얼
굴로 말을 걸었다.

"흠, 흠! 말은 잘 매었나?"

"그렇소."

모용천은 딱 잘라 말하고 집주인이 차려놓은 밥을 먹기 시
작했다. 찬 없는 잡곡을 목구멍으로 밀어 넣으며 모용천은 무
한에서의 일을 떠올렸다.

"남만에 가지 않겠다고?"

이소와 신유결을 물리고, 우진은 모용천과 마주 앉았다. 모
용천은 고개를 저으며 말했다.

"제가 가야 할 이유가 없지 않습니까? 저는 우 장문인의 제
자도 아니고, 무림맹의 인사도 아니지요."

모용천은 빠르게 말하고 품 안에 손을 넣었다.

쾅!

탁자를 부수기라도 하려는 듯 강하게 내려친 손바닥 아래에
는 다섯 권의 비급이 있었다. 바로 도야객에게 도둑맞은 비급
들이었다.

"도둑은 잡지 못하고 장물은 되찾았다……?"

무림의 대선배를 대하는 태도가 아니었지만 우진은 가히 문
제 삼지 않는 것 같았다. 대신 웃는 듯 마는 듯 중얼거리는 얼
굴이 야릇하니 그 속을 알 수 없었다.

"소림과 무당, 화산과 백학파, 동성방까지 모두 다섯 권입니다. 종남파의 비급까지 훔쳤겠지만 그것까지는 회수하지 못했습니다."

우진은 듣는 둥 마는 둥 다섯 권의 비급을 한 권 한 권 확인하며 말했다.

"그렇게 일일이 설명하는 성격은 아닐 텐데?"

무심한 말이 오히려 비수처럼 꽂힌다. 모용천은 눈살을 찌푸리며 반문했다.

"예?"

수염 덮인 입가가 살며시 올라간다. 무엇을 짐작하는지 우진은 미소 지으며 대답했다.

"아무것도 아닐세."

그러나 얼굴이나 말이나 의미심장하지 않은 구석이 없다. 모용천은 자신이 무슨 잘못이나 꼬투리 잡힐 말을 했는지 돌아봤지만 딱히 짚이는 게 없었다. 있다면 도야객을 놓쳤다면서 다섯 권의 비급을 가져왔다는 것 정도랄까.

'하긴… 그게 그 정도로 끝날 일은 아니지.'

모용천은 속으로 중얼거리며 준비한 말을 꺼냈다.

"그리고 각 문파를 돌며 비급을 훔치는 것은 마왕과는 별 무관한 것으로 보입니다. 쫓아다니는 동안 기 선배와 연락을 취하거나 관계가 있다는 낌새는 볼 수 없었습니다. 그리고 결코 누군가의 밑에 들어갈 사람이 아닐 것 같더군요."

"그래?"

휘이이이잉—

창밖으로 매서운 바람 소리가 들려왔다. 소리는 마음을 차갑게 만들어 따뜻한 방 안의 공기가 무색했다.

"그걸 어떻게 확신하지?"

추궁하는 우진의 눈빛이 한층 날카로워졌다. 날 선 시선이 훑고 지나간 자리가 따갑다. 모용천은 애써 태연히 대답했다.

"몇 번이나 손속을 겨루어보았습니다. 그 장법에는 거짓이 없고 기상은 대나무처럼 꼿꼿하였으니 사파의 무리와 손을 잡을 사람이 아니란 말입니다. 무인에게 이보다 더 확실한 말이 어디 있겠습니까?"

"오늘따라 말이 많군."

"우 장문인과는 손을 섞을 수 없으니 말이지요."

모용천은 허리를 펴고 우진의 눈빛을 받아넘겼다.

아주 잠시 모용천의 눈을 뚫어져라 바라보던 우진은 곧 눈길을 거두고 고개를 끄덕였다.

"자네가 그렇다니 그런 거겠지. 하지만 내가 말한 것은 도야객을 잡아오라는 거였지, 비급을 되찾아오라는 건 아니었는데?"

"도야객, 이 선배는 천하에 따를 자가 없는 경공 고수입니다. 처음부터 제가 잡을 수 있는 상대가 아님은 우 장문인께서 더 잘 알고 계실 텐데요?"

"설마. 나는 자네가 충분히 잡을 수 있다고 생각했네만."

“제 능력으로는 이것밖에 할 수 없었습니다. 이 이상을 바라셨다면 그건 우 장문인께서 잘못 판단하신 거겠죠.”

모용천은 단호히 말하고 자리에서 일어났다.

“어쨌든 도둑맞은 물건들을 찾아왔으니 이걸로 된 거겠지요. 이 선배도 아마 더 이상 무림 방파의 비고를 터는 일은 하지 않을 겁니다. 저도 더 이상 우 장문인의 일을 하지 않을 거구요.”

우진은 허리를 뒤로 젖히고 턱을 들며 말했다.

“내 부탁이 그리 마음에 들지 않았던가?”

“타인의 의지대로 움직이는 게 싫을 뿐입니다.”

“…….”

자신을 대하여 한 치도 물러서지 않고 설전을 벌이는 젊은 이가 있으리라고 상상이나 했을까? 우진의 입이 쉽사리 열리지 않았다.

“우 장문인도 누구의 도움을 받아 여기까지 오신 건 아니겠지요. 무엇을 하든 저도 스스로 해보려니 너무 서운해하지는 마십시오.”

모용천은 우진의 말을 기다리지 않고 자리에서 일어나 고개를 꾸벅 숙였다. 그 나름 대선배에 대한 예의를 차린 것이다.

하지만 우진은 인사를 받지 않고, 대신 품 안에서 한 통의 서찰을 꺼내 내밀었다.

“이게 뭡니까?”

모용천은 섣불리 받지 않았다. 우진은 아주 재밌는 구경거리를 대하듯 흥미진진한 표정으로 말했다.

"받아보게. 자네에게 온 것이니."

나에게 온 거라니? 모용천은 영문도 모르고 서찰을 받아 들었다. 서찰은 먹으로 빼곡히 메워진 장문의 편지였는데, 그 필체나 문체가 모용천의 눈에 몹시 익어 작성자의 목소리가 그대로 귓가에 들릴 정도였다.

'…무림맹의 동량으로 갖은 행사에 나서 공을 세우면 그것이 곧 세가와 소주의 복이지 않습니까? 다행히 맹주께서 소주를 좋게 봐주시었으니 이보다 더 고마운 일이 어디 있겠습니까. 그러니 소주께서는 맹주의 명을 잘 받들어 모시고 행여나 허튼 마음은 잡숫지 마시고……'

유 총관의 글씨를 보니 그립고 반가운 마음이 일었지만 이내 분노가 뒤따랐다. 모용천은 입술을 질끈 깨물고 말했다.

"유 총관은 언제 끌어들인 겁니까?"

분노로 물든 모용천의 얼굴을 보며 우진은 빙그레 웃었다.

"지난 영웅대회에서 자네가 보여준 무위가 아니었다면 정파무림이 크게 흔들렸을 걸세. 그러니 그 공이 이만저만한 것이 아닌데, 자네 가문에는 큰 경사가 아닌가? 한시라도 빨리 집안 어른께 알려야 예라 할 수 있겠지."

모용천이 도야객을 잡으러 떠나 있는 동안 우진은 모용세가에 대해 많은 것을 조사했던 것이다. 모용천은 그런 사정을 짐작하고 주먹을 쥐며 말했다.

"이렇게까지 할 필요가 있었습니까?"

“장수를 잡으려거든 말을 먼저 잡아야지.”

다시 생각해도 화가 나는 일이다. 유 총관을 등에 업은 우진에게도 화가 나지만, 그 말을 고스란히 들어야 하는 자신에게 더 화가 났다.

권왕의 앞에서 호기롭게 ‘타인의 의지대로 움직이고 싶지 않을 뿐’ 이라고 말했지만, 기실 모용천은 자신의 의지대로 행한 일이 없었던 것이다. 아니, 자신이 하고 싶은 일이 무엇인지도 아직 모르고 있었으니 스스로 부끄럽고 화가 나는 게 당연했다.

게다가 오랜만에 본 유 총관의 글은, 마치 그가 곁에 있는 듯 그립고 반갑기 그지없었다. 태어난 이래 하루도 떨어진 적이 없는 노소였다. 한때는 항상 자신을 옭아매는 유 총관의 존재가 지겨울 때도 있었으나 그것이 얼마나 큰 사랑이었는지! 강호에 나와 새삼 알게 된 노복의 마음이었으니, 그 뜻을 따를 수밖에 없는 자신이 모용천은 원망스럽기만 했다.

“저기…….”

그렇게 모용천이 마음을 다스리지 못하고 꾸역꾸역 뱃속을 채우고 있는데, 종리상웅이 다가와 말을 걸었다.

“뭐요?”

모용천이 퉁명스레 대답했다. 한참 머릿속이 복잡한 와중에 말을 걸어왔으니 당연한 반응이었다.

“아, 저기 그게… 미안하다는 말을 하고 싶어서 그러오.”

"미안하다니? 나도 모르는 새 내게 미안할 일이라도 저질렀 단 말이오?"

본래 남만으로 가는 인원은 이소와 신유결, 모용천까지 세 사람으로 정해져 있었다. 종리상웅의 합류는 예기치 못했던 일로 모용천을 비롯한 세 사람은 떠나는 당일에서야 알았는 데, 누구나 예상할 수 있듯 이는 종리세가의 가주 종리창의 입 김이 불었기 때문이다.

이 사절단은 말하자면 권왕을 중심으로 세워진 무림맹의 첫 번째 외부 행사라고 할 수 있었다. 더구나 그 임무가 수왕의 요청이라니 이를 잘 수행한다면 그로 인해 얻을 수 있는 것들 이 적지 않을 것이다.

그러니 제 아들을 기어코 끼워 넣고 만 종리창의 마음을 이 해하지 못할 바 아니었다. 게다가 이소나 모용천이나 종리상 웅이 짐만 되지 않으면 상관할 바 아니었는데, 신통하게도 명 문세가의 도련님치고는 말썽없이 곧잘 따라오는 게 기특할 정 도였다.

하여 모용천이 의아해하며 물어보니, 종리상웅은 배시시 웃 으며 이렇게 대답하는 것이다.

"내 아버님이 모용 형에게 무례를 저지르지 않았소."

"……"

"내가 대신 사과하겠소. 성에 차지는 않겠지만 받아주시구 려. 이게 다 못난 내 탓이니 원망하려면 나를 원망하시오."

종리상웅에 대한 세간의 평가는 가히 좋지 않아, 무공 익히기를 게을리하고 여색만 탐해 가주의 속을 썩인다는 게 대부분이었다. 그러나 모용천에게 사과하는 종리상웅의 눈빛만큼은 성실하여 이자의 성품이 제 아비와는 사뭇 다른 점이 있다는 생각이 들었다.

"종리 형에게 받아야 할 것이 아니오."

그러나 모용천은 딱 잘라 거절했다. 종리창의 말 한마디 한마디가 가슴속에 깊이 박혀 빠지지 않는 것이다.

그 단호함에 종리상웅이 씁쓸히 웃으며 말했다.

"그리 나오시니 내 더 말을 못 붙이겠군. 그럼 대신 고맙다는 인사는 받아주시오."

"고맙다니 무엇을 말이오?"

"동생에게 말을 들었소. 그 애와 함께 나를 찾아주었다니 금수가 아닌 이상에야 감사하다는 말을 드려야지요."

종리상웅의 말은 영릉에서의 일을 말함이다. 모용천은 한동안 잊고 있었던 종리부용을 떠올리고 쓴웃음을 지었다.

"하지만 결국 종리 형을 구하진 못하지 않았소? 고맙다는 말을 듣기에는 한 일이 없으니 부끄럽소."

모용천은 종리상웅을 찾기 위해 지친 몸으로 영릉을 헤집고 다니던 밤을 떠올렸다. 하지만 결국 구하지 못했으니 공치사할 것도 아니고, 종리상웅에게 고맙다는 말을 들을 일은 더더욱 아니었다.

"그게 무에 중요하겠소, 나를 위해 모용 형이 애써주었다는 게 중요하지. 하핫!"

종리상웅은 멋쩍게 웃으며 머리를 긁적였다. 이처럼 종리상
웅이 그 일을 들어 감사를 표하니 모용천도 뜻밖이었다. 지독
히도 자기중심적이며 감사할 줄 모르던 종리부용과 얼굴만 닮
았을 뿐 속은 전혀 다른 것이다.

'한 부모에게서 난 남매가 이리도 다르다니!'

"하하……!"

종리상웅을 따라 가볍게 웃어주던 모용천의 눈빛이 순간 바
뀌었다. 동시에 신유결과 이소, 타사을도 고개를 들어 한 점을
응시했다.

"왜, 왜들 이럽니까?"

다소 느슨해져 있던 공기가 팽팽히 당겨지자, 종리상웅이
홀로 영문을 몰라 물었다.

"쉿!"

이소가 종리상웅의 입을 다물렸다. 평소에 보지 못했던 이
소의 서릿발 같은 기세에 종리상웅이 감히 숨소리도 내지 못
했다. 열 개의 눈이 말없이 한곳, 문을 향하고 있었다.

"……."

"……."

덜컹!

문이 열리고 한 사내가 집 안으로 들어왔다. 오십대의 평범
한 촌부. 바로 모용천 등에게 집을 내어준 집주인이었다.

"왜, 왜들 그러십니까?"

집주인 사내는 자신에게 쏟아지는 시선에 당황해했다. 주인의 얼굴을 확인한 종리상웅이 웃으며 다가갔다.

"난 또 뭐라고! 많이 놀라셨구려. 하하핫!"

종리상웅은 넉살 좋게 웃으며 집주인 사내에게 말했다. 집주인 사내는 아직도 긴장이 풀리지 않았는지 쭈뼛거리며 말을 더듬었다.

"아니, 저, 나으리들 드시라고 쉰네가 찬, 찬거리를 좀……."

사내는 그리 말하며 손에 들고 있던 그릇을 내밀었다. 촌부의 마음씀씀이가 고마웠는지 없는 찬이 아쉬웠는지 종리상웅은 덥석 그릇을 받아 들었다.

"이런이런, 거기 먹을 것도 모자랄 텐데 이렇게 고마울 데가 있나."

그때, 이소가 소리쳤다.

"떨어져!"

이소의 외침과 동시에 종리상웅을 제외한 네 사람의 신형이 흐려졌다.

"어, 어?"

놀라는 종리상웅의 눈에 그릇을 건네준 손이 번쩍였다. 동시에 모용천이 종리상웅을 밀쳐 내고 그 자리에 나타났다.

카앙!

금속성의 비명이 귓가를 때리고 허공에 불꽃이 튀었다.

"무, 무슨 짓입니까!"

　바닥을 몇 바퀴 구르고 일어난 종리상웅이 소리쳤다. 그의
눈에 바닥에 엎드린 집주인 사내와 그 위에 올라탄 신유결이
들어왔다.

　"저자는 집주인이 아니오."

　모용천이 말했다.

　"뭐, 뭐요?"

　종리상웅의 질문에 대답이라도 하듯 신유결이 손을 뻗었다.
으드득! 기분 나쁜 소리와 함께 사내의 얼굴 거죽이 벗겨지고
그 아래 거짓말처럼 다른 얼굴이 드러났다.

　"이게 대체 무슨……!"

　"얼굴은 진짜군."

　놀란 종리상웅의 말을 끊고 이소가 중얼거렸다. 그의 손에
는 신유결이 던져준 사내의 얼굴 거죽이 들려 있었다.

　"지, 진짜라니요?"

　종리상웅이 놀라 말을 더듬거렸다. 모용천이 싸늘하게 말했
다.

　"집주인은 이미 죽었다는 뜻이오."

　"……."

　종리상웅이 더 이상 말을 잇지 못하고, 신유결이 사내에게
서 떨어졌다. 그러나 사내는 바닥에 엎드린 채 미동조차 하지
않았다.

　"죽었소."

　혀를 깨물었는지 약을 먹었는지 사내는 드러난 본얼굴을 들

지 않았다.

"······."

아주 잠깐 다섯 명은 말없이 사내의 시체를 내려다봤다.

대체 누가 왜?

타사을을 제외한 네 사람의 머릿속에 이런 일을 벌일, 혹은 자신을 노릴 가능성이 있는 자들의 목록이 두루마리를 푼 것처럼 써 내려져 갔다. 네 사람 모두 무림인이라 한둘의 원한을 짊어지지 않은 자가 없었다.

그러나 누구도 이 변경까지 쫓아와 칼날을 들이댈 자가 누구인지 짐작할 수 없었다. 단 한 사람을 제외하고.

'설마······?'

스스로 품은 의혹에 눈빛이 흔들리고, 그를 놓치지 않은 이소와 신유결의 시선이 모용천에게 꽂혔다.

무엇이든 말해보라는 무언의 압박.

눈살을 찌푸리며 모용천이 막 입을 열려는데, 타사을이 먼저 소리쳤다.

"위에 불 있습니다! 불이 있습니다!"

약속이라도 한 듯 다들 위를 올려다봤다. 타사을이 소리치기가 무섭게 지붕 한 귀퉁이에 불이 오르며 무너지기 시작했다.

"부, 불이다!"

"종리 형!"

놀라며 뛰쳐나가려는 종리상웅의 팔을 모용천이 잡았다. 종리상웅은 거칠게 팔을 흔들었다.

"뭐 하는 거요! 불이 났는데 어서 빠져나가지 않고!"

그러나 모용천의 손은 돌처럼 단단해 좀처럼 뿌리쳐지지 않았다.

쿠웅!

지붕의 일부가 불에 타 바닥에 떨어졌다. 열기가 후끈 모용천 등의 얼굴을 데웠다.

"이대로 불에 타 죽을 셈이오!"

종리상웅이 하얗게 질린 얼굴로 소리쳤다. 그러자 이소와 신유결이 눈빛을 교환하더니 하나의 벽을 향해 주먹을 날렸다.

콰앙!

이소의 주먹은 개방의 절기 파옥권(破玉拳)이며 신유결의 주먹은 당대제일의 신창권이니 허술한 벽이 남아날 리 없었다.

쿠쿠쿵!

벽을 무너뜨리고 밖으로 나오자, 지붕이 모두 무너져 내리며 불길이 치솟아올랐다.

"……!"

빠져나온 모용천 등을 기다리고 있던 것은 불길을 중심으로 빙 둘러싼 포위망이었다. 포위망을 구성한 자들이 쓰고 있는 검은 복면은 붉은 불길을 받아 일렁이고 있었다.

"웬 놈들이냐!"

이소가 한 발 앞으로 나서며 일갈했다. 그러자 복면인들 가운데 복면을 쓰지 않은 두 사람이 모습을 드러냈다.

'징글징글한 놈들 같으니!'

아니나 다를까, 복면인들 틈에서 나온 두 사람은 바로 황무기와 섭영귀였다. 황무기도 황무기지만 얼굴에 알록달록 기괴한 문양을 그려놓은 섭영귀를 알아보고 이소가 물었다.

"그대는 혹시 섭 선배가 아니시오?"

"키킥, 네가 그 개방의 후개(後丐)라는 젊은 거지 놈이로군."

이소를 알아본 섭영귀도 감히 경시하지 못하고 응대했다. 그러자 이소가 코웃음 치며 말했다.

"흥, 후개는 무슨 후개! 장로 신분으로도 할 일이 산더미라 귀찮아 죽겠구먼 누가 방주를 한다고 그러시오? 그나저나 강호에 위명이 자자한 섭 선배가 이런 변경까지 와 무고한 사람을 죽이고 변을 일으키다니, 대체 무슨 연유로 이러시는 게요?"

"말 한번 잘했다! 네놈이나 다른 놈들은 내 알 바 아니다! 거기 한 놈만 내놓아라!"

섭영귀는 일갈하고 오른팔을 들었다. 그 끝에는 맹금의 발과 흡사한 모양의 날카로운 쇠갈고리가 달려 있어 따닥따닥 소리를 내며 벌렸다 오므리기를 반복하고 있었다.

자연히 사람들의 시선이 갈고리가 가리키는 방향으로 돌아갔다. 모용천은 대뜸 앞으로 나서며 외쳤다.

"정말 끈질기군, 끈질겨! 그렇게 나를 잡아 죽여야 속이 시원하겠소?"

그러자 섭영귀의 흉측한 얼굴이 더욱 일그러졌다. 갖가지 화려한 색의 조합 위에 불길이 비춘 그 모습은 흡사 지옥의 마귀와 같아 보는 이들로 하여금 절로 두려움이 일게 만드는 것이었다.

"이… 이 찢어 죽여도 시원찮을 놈! 이제야 잡을 수 있겠구나! 키킥! 키키키킥!"

"외전각주는 경솔한 언행을 삼가시오!"

섭영귀를 제지하고 나선 황무기가 이소를 향해 포권의 예를 취하며 말했다.

"본인은 세마성의 제일공자 황무기라 하오."

황무기가 제 신분을 밝히고 나서자 이소의 낯빛이 어두워졌다. 섭영귀마저 마왕의 수하로 들어갔다는 사실이 놀라웠고, 그런 자들에게 포위당했다는 사실이 또 두려웠던 것이다.

황무기가 재차 말했다.

"우리의 목적은 오로지 저자이니 순순히 내놓으시면 이 장로와 다른 이들은 고이 보내주겠소. 어떻소?"

황무기의 어조가 은근하여 누구라도 넘어오지 않고는 못 배길 성싶었다. 모용천이 말했다.

"저자들은 나를 쫓아온 것이니 다른 분들은 상관없소. 내가 처리할 테니……."

그러나 이소는 모용천의 말을 듣지 않고 다시 그 앞으로 나섰다. 그리고는 하늘을 향해 길게 웃는 게 아닌가?

"크하하하하핫! 이보오, 공자! 입은 비뚤어졌어도 말은 똑바로 하라고, 공자가 해놓은 짓을 보시오! 죄없는 자를 죽이고 시신을 능멸한 것도 모자라 그 집을 불태워 놓고 뭐가 어째? 야, 이 개 호로 잡놈의 새끼야! 네가 사람 탈을 벗겼으니 지금 느이 놈 상판이 네 것인지 뭘 보고 믿겠냐? 닥치고 썩 물러가라!"

"뭐, 뭐라고?"

"아니지! 네가 지금 뒤집어쓰고 있는 사람 탈은 벗어놓고 가야지! 다른 데 가서도 사람 행세를 하면 곤란할 게 아니냐! 크흐흐흐흐훗!"

이소는 한껏 웃으며 손가락을 튕겼다.

피융—

한창 콧구멍을 쑤시던 손가락을 튕겼으니 날아오는 게 무엇이겠는가? 멀끔한 귀공자인 황무기는 기겁을 하며 몸을 피했다. 그 모습을 보고 기분이 좋아졌는지 이소가 더욱 크게 웃었다.

"크하하하하핫! 저놈 피하는 꼴 좀 보소! 에끼, 이놈아! 이 비루한 거지가 버리는 코딱지도 무서워하는 놈이 누굴 잡으려 드는 게냐!"

화가 머리끝까지 오른 황무기가 발끈하며 소리쳤다.

"죽여라! 다 잡아 죽여!"

캉! 카캉!

밤하늘을 향해 혀를 날름거리는 불꽃을 배경으로 변경의 작은 마을에서 때 아닌 칼부림이 시작됐다.

"커헉!"

종리상웅의 검이 번뜩이더니 한 복면인이 비명을 지르며 자리에서 쓰러졌다. 그 틈을 비집고 두 개의 칼날이 서로 다른 방향에서 들어왔다.

"하압!"

종리상웅이 몸을 돌리며 제 검을 따라 돌리니, 두 방향에서 쇄도한 칼날이 요란한 소리를 내며 튕겨 나갔다. 종리상웅의 무재가 아둔하다지만 명색이 오대세가의 후예! 종리세가의 비전(秘傳)인 번림칠검(繁林七劍)이 미숙하나마 빛을 발하고 있었다.

퍼퍼퍽!

짐작한 바였지만 타사을의 실력도 만만치 않았다. 검고 탄탄한 근육이 한껏 웅크리다 펼쳐지자 타사을의 몸이 허공으로 뛰고, 손과 발이 셀 수도 없이 달려든 복면인의 가슴을 강타했다. 중원 무공과는 근본부터 다른 종잡을 수 없는 움직임이었지만 그 속에 담긴 무리만큼은 좌도(左道)라 치부할 수 없을 만큼 순수했다.

이소와 신유결은 이들과 비교할 수준이 아니었으니, 웬만큼 수의 차이가 나지 않는다면 걱정할 일이 없다. 그런 판단이 서자 모용천은 서슴없이 달려나갔다.

"아악!"

모용천의 검이 불빛을 받아 번쩍일 때마다 앞을 가로막은 복면인들의 시체가 쌓여갔다.

둘, 셋, 넷.

네 명의 복면인을 쓰러뜨리자 비로소 두 사람, 황무기와 섭영귀가 모용천의 검이 닿는 곳에 들어왔다.

"오냐, 내 이날을 기다렸다!"

황무기와 섭영귀는 이미 한 차례씩 모용천에게 굴욕을 맞본 바 있었다. 오매불망 그 굴욕을 설욕할 날만 기다렸으니, 추호도 가벼이 여기는 마음이 없었다.

구우웅―

검은 기운이 두꺼운 옷처럼 황무기의 사지에 덧대어졌다. 흉흉하기 짝이 없는 전대미문의 마공, 마천상야공의 사단계가 펼쳐진 것이다.

터엉!

놀랍게도 마천상야공의 검은 기운은 실체를 가진 듯 모용천의 검과 부딪쳤다. 황지엽의 안개 같은 기운은 흐트러뜨릴 뿐만 아니라 잘라낼 수도 있었는데, 황무기의 갑옷처럼 덧대어진 기운은 흠집도 나지 않고 검을 튕겨낸 것이다.

"이노옴!"

놀랄 틈도 주지 않고 섭영귀의 왼손이 모용천의 옆구리를 잡아챘다.

치지지직!

모용천의 신형이 순간 옆으로 옮겨가고, 섭영귀의 검은 손이 한 치 차이를 두고 허공을 훑었다.

"……!"

스쳤을 뿐인데 윗옷 옆구리가 길게 찢겨 나갔다. 그에 그치지 않고 찢겨 나간 끝부분이 검게 문드러지며 가루가 되어 흩어지는 게 아닌가? 이야말로 섭영귀가 자랑하는 오음멸독수의 진면모였다.

새삼 그 위력을 접한 모용천이 놀라는 순간, 자신의 몸 뒤로 숨겨놓았던 섭영귀의 오른팔에서 갈고리가 날아오는 게 아닌가?

"흐읍!"

자기도 모르게 숨을 들이쉬며 모용천이 검을 휘둘렀다.

카앙!

날아오던 갈고리가 검에 맞아 튕겨 나갔다. 그러나 물러나는 모용천의 눈에 멀리 날아가던 갈고리가 섭영귀의 손으로 돌아가는 광경이 들어왔다. 섭영귀는 잃어버린 오른손 대신 갈고리를 달아 보이지 않는 실 따위로 연결해 놓은 것이다.

'별 짓을 다 했군!'

그러나 불평할 틈이 없었다. 마천상야공으로 뒤덮인 손바닥과 독으로 물든 손가락이 들이닥치는 것이다. 동시에 가려진 섭영귀의 등 뒤에서 쏘아진 갈고리가 허공을 크게 돌아 모용천의 뒷덜미를 노리니, 한 번에 세 방향으로부터 공격을 받은 꼴이었다.

카앙!

귀를 긁는 쇳소리와 함께 갈고리가 날아왔던 궤도 그대로 돌아갔다. 갈고리를 튕겨낸 모용천의 검은 어느새 돌아와 섭영귀의 손가락을 가로막았다.

"크읏!"

섭영귀의 오음멸독수가 무림을 뒤흔들었던 까닭은, 그것이 단순한 독공에 머무르지 않고 천하에 드문 금나수법과 하나 되었기 때문이다. 때문에 맨손이라 경시하여 무기로 쉽게 물리치려 했다가 단숨에 제압당하는 자들이 부지기수였다.

그러나 모용천의 검은 섭영귀가 이제껏 상대해 온 자들과 전혀 다른 경지에 올라 있었다. 더구나 섭영귀는 그 검에 오른손을 잃었으니, 감히 대항할 생각도 못하고 서둘러 왼손을 회수했다.

'옳거니!'

그러나 이것만으로도 섭영귀는 할 일을 다한 셈이었다. 모용천의 신경을 흐트러뜨리는 데 성공했으니 말이다.

구우우우우웅—

섭영귀가 왼손을 회수하는 그 순간, 불길한 소리와 함께 황무기의 쌍장이 모용천의 왼편으로 밀려들어 왔다. 두 손바닥 위로 마천상야공의 검은 기운이 휘몰아치고 있었다.

'처음부터 이럴 작정이었나!'

아차 하는 마음이 들었지만 이미 섭영귀를 향해 검을 뻗은 뒤다. 아무리 빨리 회수한다 하여도 찰나라 할지언정 시간은 존재하니, 모용천은 그대로 좌장을 내밀었다.

콰콰콰콰쾅!

굉음이 울려 퍼지고, 두 사람을 중심으로 검은 기운이 용솟음쳤다.

"모용 형!"

세 사람의 복면인의 공세를 막아내고 있던 종리상웅이 소리쳤다. 종리상웅뿐 아니라 그와 대치하고 있던 세 복면인도, 그 외에 모든 자들이 일시에 손을 멈추고 모용천과 황무기의 격돌을 바라봤다.

우우우우웅—

얼마나 시간이 흘렀을까? 아주 짧은 동안이었겠지만 보는 이들에게는 영원과도 같은 시간이 흐르고, 용솟음치는 검은 회오리 아래로부터 차츰 푸른 기운이 올라오는 것이었다.

휘이이이잉—

푸른 기운이 소용돌이치며 지나간 자리에는 아무것도 남아 있지 않았다. 검은 기운을 잠식해 들기라도 하듯 푸른 기운이 맴돌 때마다 회오리는 조금씩 사라지고, 밑으로 네 개의 발이 보이기 시작했다.

얼마 지나지 않아 푸른 기운이 꼭대기에 이르고 회오리는 자취도 없이 사라졌다. 대신 그 자리에 남아 있는 것은 두 사람.

쌍장을 내밀고 있는 황무기와 좌장 하나만으로 그에 맞선 모용천이 서 있었다.

"……!"

누구도 입을 열지 않고 두 사람을 지켜보고 있었다.

이윽고.

울컥, 황무기가 상체를 들썩이며 입으로 피를 토해냈다.

"공자!"

회오리에 휘말려 솟아올랐다 가라앉고 있던 흙먼지가 섭영귀의 고함 소리에 다시 피어올랐다. 그 소리에 떠밀린 건지 황무기가 털썩 무릎을 꿇었다.

"멈춰!"

달려들던 섭영귀가 걸음을 멈췄다. 가만히 서 있던 모용천이 검극을 황무기의 목에 가져가며 외친 것이다.

"네놈들 공자인지 뭔지, 목숨이 아깝거든 제자리에서 움직이지 마! 전부 무기를 버려!"

"뭣들 하느냐! 어서 버려! 무기를 버리란 말이다!"

멍하니 있던 복면인들은 섭영귀의 명을 듣고서야 무기를 버리기 시작했다. 모용천은 조금이라도 수상한 낌새가 있다면 당장 황무기의 목을 그어버릴 눈빛으로 섭영귀를 노려보고 있었다.

"너도 버려!"

복면인들에게 호통 치는 섭영귀에게 모용천이 버럭 소리 질렀다. 섭영귀는 곤란한 눈으로 모용천을 바라보다 오른팔에서 갈고리를 떼어냈다.

“자, 됐냐? 그만 공자님을 풀어다오!”

“아니, 아직이다! 이 장로, 무기를 모두 모으시오!”

고래고래 소리를 지르고 있지만 모용천도 내상을 입은 상태였다. 왼손 하나로 황무기의 쌍장을 막았으니 온전할 리 만무한 것이다. 하나 다행인 점은 불길이 아직 꺼지지 않아 창백히 핏기 가신 얼굴이 드러나지 않는다는 것이다.

그렇게 모용천을 제외한 네 사람이 복면인들의 무기를 회수하고 있는 중 타사을이 소리쳤다.

“무기 버리지 않습니다! 이 사람입니다!”

모용천들이 눈길을 주니 과연 한 복면인이 홀로 검을 쥐고 있었다. 모용천은 섭영귀를 다그쳤다.

“뭐 하고 있지? 어서 버리라고 명령해!”

황무기의 목에 가는 혈선이 그어졌다. 그를 본 섭영귀의 낯이 흙빛으로 물들었다.

“뭐 하느냐! 어서 무기를 버리라니까!”

섭영귀가 고래고래 소리쳤다. 이 복면인들은 오랜 세뇌 작업을 통해 만들어진 무사들이다. 반 가사 상태를 유지한 채 주인 된 자의 말에 절대 복종하도록 훈련받은 자들인데, 말하자면 이미 무기를 버렸어야 했다는 얘기다.

“…….”

그러나 복면인은 섭영귀의 말을 들은 체 만 체 손에 쥔 검을 놓지 않고 있었다.

“검을 버리라고 말해. 어서!”

섭영귀를 다시 한 번 다그치고 돌린 시선에 복면인이 들어
왔다.

"……."

같은 옷, 같은 복면을 쓰고 모두 비슷한 체구의 사내들 틈에
서 느껴지지 않던 위화감이 갑자기 몇 배로 증가했다. 모용천
이 다급히 외쳤다.

"물러서시오! 당장!"

야성의 감이 발달해서였을까, 모용천이 외치기 전에 타사을
의 몸이 뒤로 튕겨져 나갔다. 평소 같으면 경공도 아닌 몸놀림
에 박수치며 좋아할 이소였지만, 그 역시 무언가를 느꼈는지
말없이 복면인을 노려볼 뿐이었다.

타닥. 타닥.

불길은 집 한 채를 집어삼키고도 모자라다고 성화를 부리고
있었다.

그뿐인 고요한 밤.

이제는 모용천이나 타사을뿐 아니라 모든 이가 복면인에게
서 눈을 떼지 못하고 있었다. 복면인에게서 풍겨 나오는 위화
감을 모두 눈치챈 것일까?

"호홋, 호호홋! 호호호호."

복면인은 기분 나쁜 웃음을 흘렸다.

복면인이 웃다니? 지속적인 세뇌 작업을 통해 희로애락의
감정을 봉인당한 복면인이 웃는다는 것은 있을 수 없는 일이
다. 섭영귀가 놀라 외쳤다.

“네, 네놈은 누구냐!”

복면인은 대답 대신 복면을 벗었다.

“……!”

“……!”

복면에 가려져 있던 얼굴이 드러나자 그를 아는 이는 아는 이대로, 모르는 이는 모르는 이대로 놀라움을 금치 못했다. 그를 모르는 이는 복면 밑에 숨겨져 있던 얼굴이 여인을 방불케 할 만큼 아름다웠기 때문에 놀랐고, 그를 아는 이는 복면인이 요검 은삼교였기 때문에 놀란 것이다.

“요검, 당신이 여기엔 어떻게……!”

놀라 소리치는 섭영귀를 무시하고, 은삼교는 벗은 복면을 불길 속에 던지며 노래를 시작했다.

이지러진 달 내려앉은 못가에
수양버들 가지 따라 앉았네
아무리 다가가도 만질 수 없어
버들님 애끓는 마음은 어디로 갔나
보름이라 차오른 얼굴
그 마음 가져다 채웠구나

피비린내 자욱한 전장에 어울리지 않는 노래요, 노래에 어울리는 고운 음색이었다.

‘직접 보니 정말 요망한 놈이로구나!’

일순 노랫소리에 흘려 정신을 잃었던 이소가 화들짝 놀라 고개를 저었다. 다른 사람도 별반 다를 게 없어, 종리상웅은 노래가 끝나고도 헤어 나오지 못해 정신이 없었다.

"종리 형! 정신 차리시오!"

"어, 어어?"

종리상웅은 결국 모용천의 일갈을 듣고서야 정신을 차릴 수 있었다.

상황이 이렇게 되자 모용천은 더욱 황무기를 겨눈 검에 정신을 집중할 수밖에 없었다. 모용천을 제외한 네 사람이 한꺼번에 달려들어도 요검의 한 수를 당하지 못할 것이다. 모용천조차 황무기의 전력을 다한 쌍장을 한 손으로 받아내 큰 손해를 입은 상태였다. 지금 섭영귀와 은삼교가 힘을 합쳐 덤벼들면 당해낼 자신이 없었다.

"요검, 당신도 검을 버리시오! 어서! 그렇지 않으면 이자의 목숨은 없소!"

"그, 그래! 어서 검을 버리시오!"

모용천과 섭영귀의 말을 들은 요검은 고개를 갸웃거리며 물었다.

"거 이상하네. 내가 왜 검을 버려야 하오?"

"왜냐니! 저놈의 검이 일공자의 목에 닿아 있는 게 보이지 않소? 눈깔이 삐었소?"

섭영귀의 다급한 설명에도 불구하고 요검은 기울어진 머리를 바로세우지 않았다.

"그러니까 내가 왜 일공자를 살리려고 내 검을 버려야 하난 말이오. 내가 이날을 얼마나 기다려 왔거늘⋯ 그렇게는 못하지. 암, 못하고말고!"

요검은 기울어진 머리 그대로 한발 한발 다가왔다. 옆으로 누운 얼굴 위에 긴 머리칼이 내려오고, 또 그 위로 한풀 기세 꺾인 불길이 타오르고 있었다.

그 모습이 몹시 기괴하고도 사람을 끄는 면이 있어 신유결도 은삼교에게서 눈을 떼지 못하고 있었다.

한편 섭영귀는 답답해 미칠 지경이었다. 본래 사람들이 은삼교를 칭할 때에는 별호인 요검 앞에 광정(狂情)이라는 두 글자를 붙이곤 했다. 그만큼 미친놈이라는 건 질리도록 잘 알고 있었지만, 제 수인 될 자의 목숨이 날렸는데도 이럴 줄이야!

"이봐, 요검! 그만두시오! 일공자는 장차 주군의 뒤를 이어 중원무림을 지배할 분이시오! 지금은 아닐지 몰라도 곧 당신의 주인이 될 분이란 말이오!"

"흐음⋯⋯."

섭영귀의 말이 끝나자, 은삼교가 걸음을 멈췄다. 뜻이 통한 것일까? 지금 상황을 이해시킨 것일까? 섭영귀가 희망을 품기도 전에 은삼교의 고개가 반대편으로 돌아갔다.

"섭영귀는 대체 무슨 소리를 하는 건지 모르겠군. 내 주인은 오로지 마왕 한 분뿐인데, 설마 자네가 역심(逆心)을 품고 있다는 말이오?"

“뭐, 뭐라고?”

“말이 그렇지 않소. 주군에게는 아들이 셋이나 더 있고, 또 지금부터라도 충분히 아들을 더 생산할 수 있잖소. 저자는 주군께서 반드시 잡아오라 명한 자인데, 공자는 넷이고 저자는 하나니 누구를 잡아야 할지 명확한 게 아니오?”

말을 마친 은삼교의 한쪽 입술이 비릿하게 올라가 있었다. 누구의 눈에도 명백한 비웃음이었다.

“이, 이런… 네놈이 미친 게 아니었구나!”

섭영귀는 자신이 조롱당했다는 사실을 깨닫고 분통을 터뜨렸다. 은삼교는 섭영귀가 생각한 것처럼 아주 정신이 나가 있는 것도 아니고, 현 상황이 어떤 것인지 이해하지 못하는 것도 아니었다.

아니, 오히려 너무나 잘 이해하고 있었기에 이토록 노골적으로 황무기를 죽여도 상관없다는 투로 나오는 것이다.

‘아니, 저자는 진실로 미쳐 있는 거야.’

모용천은 속으로 섭영귀의 말을 부정했다. 사실 은삼교의 말과 행동은 보는 사람으로 하여금 무엇이 정상이고 무엇이 미친 것인지 혼란스럽게 하는 면이 있었다.

“끄윽, 요검… 감히, 감히 네놈이…… 끄윽!”

은삼교의 광기 어린 미소를 보던 모용천의 귀에 모깃소리만 한 중얼거림이 들려왔다. 눈을 돌려 보니 언제부터 깨어났는지 황무기가 중얼거리고 있었다.

황무기의 입가에는 먼저 토해 굳어가는 핏자국과 새로이 흘러내린 선혈이 겹쳐 있었다. 언제 깨어났는지 몰라도 은삼교의 말을 다 들은 게 틀림없었다.

이렇게 되자 난감해진 것은 모용천이었다. 황무기를 인질로 칼부림을 멈추려 한 것이 오히려 집안싸움의 한가운데 말려든 꼴이 된 것이다.

스윽.

은삼교의 발이 다시 움직였다. 모용천이 다급히 외쳤다.

"다가오지 마! 어서 무기를 버리고 물러서지 않으면 베어버리겠다!"

"야 이 미친 새끼야! 멈춰! 공자가 죽으면 너도 무사하지 못할 줄 알아! 내가 두 눈 똑똑히 뜨고 있는 한 네놈도 똑같이 만들어줄 거야!"

얼마나 다급했던지 섭영귀도 욕을 해대며 거들었다. 그러나 은삼교는 섭영귀를 향해 다시 웃으며,

"그럼 섭영귀 그대도 이 자리에서 죽어야겠구려."

하는 것이 아닌가?

은삼교는 멍하니 입을 벌리고 선 섭영귀에게 다시 말했다.

"내 복면을 쓰고 며칠을 보았소. 두 손이 멀쩡한 섭영귀라면 몰라도 한 손뿐인 섭영귀는 죽일 수 있겠다 싶었지. 아무짝에도 쓸모없는 갈고리는 대체 왜 가지고 다니는지 원! 일공자도 죽고 자네도 죽고, 여기 있는 모두 죽으면 그대의 마음도 조금은 편하겠지?"

은삼교의 눈은 미친 사람답지 않게 정확했다. 오른손을 잃

은 섭영귀가 무슨 수로 은삼교를 당해낸단 말인가?

섭영귀 또한 일대 무학 종사로서 충분한 시간이 주어졌다면 한 손으로도 충분히 본래의 무위를 되찾았을 터이다. 하나 모용천에게 오른손을 잃은 지 이제 넉 달이 지났을 뿐이니 궁여지책으로 달고 다니는 갈고리는 하수들에게야 쓸모 있지, 은삼교라는 절정고수를 맞이해서는 없느니만 못한 물건이다.

"네놈… 네놈은 대체 언제부터 숨어들었던 거냐?"

그려놓은 문양이 잔뜩 일그러지며 섭영귀가 힘겹게 물었다.

"저자를 잡아야겠는데 찾기는 귀찮고, 그렇다고 향불이나 개아범은 다들 따로 노는데 어디 한쪽에 붙기도 좀 그렇지 않소? 뭐, 겸사겸사. 글쎄… 그게 언제였는지는 기억이 잘 나지 않는구려."

스윽.

은삼교가 또 한 발을 내디뎠다. 소용없을 줄 알면서도 모용천은 다시 소리쳤다.

"마지막이다! 거기서 한 발만 더 내디디면 이자의 목숨은 없어!"

그러나 모용천의 말이 끝나기도 전에 은삼교는 다른 발을 내디뎠다.

"……"

어느새 은삼교는 모용천의 간격 안에 들어와 있었다. 이는 모용천 역시 은삼교의 간격 안에 들어왔다는 뜻이다.

"젠장!"

모용천은 결국 황무기를 베지 못하고 섭영귀에게 차 날렸다. 발길질 한 번에 황무기의 건장한 몸이 거짓말처럼 붕 날아갔다.

"공자!"

황무기의 몸을 받아 든 섭영귀는 안도의 한숨을 내쉬었다. 모용천의 퇴법이 절묘해 황무기에게 조금의 충격도 가하지 않은 것이다.

쉬익! 쉭!

황무기를 날리자마자 은삼교의 검극이 찔러 들어왔다.

카캉! 캉!

모용천은 재빨리 검을 들어 막고 몇 걸음 물러섰다. 달려드는 적을 상대로 물러설 모용천이 아니었지만 지금은 어쩔 수 없었다.

'크윽! 생각보다 훨씬 지독하군!'

끌어올린 진기가 도중에 멈췄다. 마천상야공이 침투해 기혈이 뒤틀린 탓이었다.

더디게 물러나는 모용천을 은삼교의 그림자가 덮쳤다.

카카캉! 카캉! 카카캉!

은삼교의 손에 들린 한 자루 검이 순식간에 수십 자루로 늘어나 모용천의 요처를 찌르고 들어왔다. 모용천은 억지로 진기를 끌어올려 수십여 차례의 공세를 막아냈다.

그러나 틈이 있었는지, 오른쪽 어깻죽지와 왼쪽 허벅지가 찢겨 나갔다.

'크윽!'

모용천은 화끈한 통증에 절로 나오려는 신음 소리를 집어삼켰다.

은삼교의 검로는 찌르기와 베기가 적절히 혼합된 중원의 것과 달리 극단적인 찌르기 중심이었다. 이는 서역의 검법과 흡사한 면이 많았는데, 모용천으로서는 생소할뿐더러 적잖은 내상도 입었으니 상대하기 여간 까다로운 게 아니었다.

치이익!

또 한 번 왼쪽 옆구리가 길게 찢어졌다.

'아윽! 젠장, 이거 위험한 거 아냐?'

은삼교 하나를 상대하기도 버거운데 섭영귀가 가세한다면 모용천도 버텨낼 재간이 없다. 현 상황에서 취할 수 있는 방도는 하나.

'섭영귀가 가세하기 전에 요검을 끝장낸다!'

일단 마음을 굳히자 모용천의 검이 한층 빨라졌다.

캉! 카캉! 카앙!

하나, 둘.

다시 하나, 둘.

모용천과 은삼교 사이, 셀 수 없이 많은 불꽃이 허공에 피어오르고 또 사라졌다. 그러자 정작 불꽃을 피워낸 쇠붙이들은 보이지 않았으니, 아마도 이 두 사람은 중원제일의 쾌검수를 다투리라.

　완전히 수세에 몰렸던 모용천이 이십여 합이 지나자 차츰 공세에 나서더니 오십 합째에 완전한 역전을 이루었다.

　'막기 어려우면 안 막으면 그만이지!'

　뒤틀린 기혈이 속을 뒤흔들었지만 모용천은 이를 악물고 자신의 검로를 이어갔다. 은삼교는 간간이 틈을 노려 공세를 펼쳤지만 연이어 실패하고, 그럴 때마다 뒤이은 모용천의 검이 더욱 매서워져만 갔다.

　그렇게 두 검객이 맞부딪치고 정확히 백 합째. 드디어 두 자루 검이 제 모습을 드러냈다.

　카아아아아앙!

　모습을 드러낸 모용천의 검은 은삼교의 목 세 치 위에 머물러 있었다. 그리고 정확히 세 치 너비를 가진 은삼교의 검이 모용천의 검밑에서 제 모양으로 돌아와 있었다.

　"……!"

　"……!"

　내리누르는 자는 내상을 입었고, 버티는 자는 타고난 힘이 약했다. 서로의 힘이 절묘하게 맞아떨어져, 두 자루 검은 은삼교의 목 위에 얹혀 조용히 제 몸을 떨 뿐이었다.

　"무르군, 물러도 너무 물러!"

　힘의 균형이 조금이라도 깨지는 날에는 목이 떨어져 나갈 상황에서 은삼교가 태연히 입을 열었다.

　"…뭐?"

놀라는 모용천의 눈에 은삼교의 흰 목이 들어왔다. 그 밑으로 흐르는 한줄기 선혈.

"일공자를 왜 베지 않았지?"

주루룩—

다시 한줄기 붉은 선이 목 아래로 내려간다.

"그는 이미 나에게 제압당해 아무 힘도 쓸 수 없었어."

"그래, 그러니까 물러 터졌다고 하는 거다. 네가 죽인 다른 이들처럼 일공자도 너를 죽일 생각으로 달려들었지? 그자들과 일공자의 차이가 대체 뭐지? 네 공격을 받아내면 살고 아니면 죽는 건가?"

울대를 따라 목이 움직일 때마다 붉은 선이 새로이 흘러내린다. 어느새 은삼교의 목에는 가는 핏길이 얼키설키 그어져 살 아래 핏줄이 그대로 올라온 것만 같았다.

강호에 나와 많은 죽음을 빚고 또 접한 모용천이었지만 이런 광경은 본 일이 없었다. 자신의 검과 피로 엮어낸 그물을 목 위에 얹고도 은삼교는 말을 멈추지 않았다. 그러는 사이에도 굳어버린 핏길 위를 새로운 핏길이 연신 흘러 덮고 있었다.

"당신… 정말 미쳤군."

은삼교를 내려다보며 모용천이 말했다.

"킥."

가벼운 웃음이 그의 목 위에 또 한 줄의 핏길을 그렸다.

"내가 미친 건가, 아니면 나를 제외한 세상이 미친 건가? 그 답은 누가 알고 있지? 너는 알고 있나?"

“……..”

“죽지 않았다고 죽일 수 없었던 너는 그럼 제정신인가? 저 복면인들이 칼을 들었다고, 약간의 무공을 익혔다고 해서 너에게 커다란 위협이 될 수 있나? 너라는 존재 앞에서 그들과 일공자는 무슨 차이가 있지?”

“그자는 인질로 쓸 수 있었어. 당신만 나타나지 않았다면!”

“미친 건 내가 아니라 너였군. 모든 생명에 어김없어야 할 죽음을 멋대로 부리려 하다니 말이야.”

“…미쳤어. 당신은 정말 미쳤어.”

모용천의 말을 들은 은삼교는 웃으면서 얼굴을 앞으로 내밀었다.

스슥.

가는 상처들로 온통 헌 목을 검신이 파고들었다. 스스로의 칼에 목을 내맡기며 은삼교는 모용천의 귓가에 속삭였다.

“잘 생각해 보라고, 미친 건 나인지 이 세상인지.”

퍼억!

점점 가까워지던 은삼교의 얼굴이 일시에 멀어졌다. 모용천이 그의 배를 걷어찬 것이다.

멀찌감치 날아간 은삼교는 바닥에 떨어지자마자 튕기듯 몸을 일으켰다. 흰 얼굴 밑 목은 온통 붉었으며 그 아래 앞섶도 온통 검붉게 물들어 있었다.

끝까지 놓지 않은 검을 바닥에 두드리며 은삼교는 크게 웃었다. 눈처럼 흰 얼굴과 피 범벅이 된 목 아래가 수그러진 불길을 받아 은은히 타오르고 있었다.

"멍청한 놈! 생각하고 말 게 뭐가 있어! 당연히 내가 미쳤지! 내가 미쳤어! 미친 건 나라고! 크하하하하하하핫!"

모용천을 향해 한바탕 웃음을 터뜨린 은삼교는 몸을 돌렸다. 만신창이가 되어 걷는 것이 고작인 듯 보였지만 누구도 은삼교를 막아서지 못하고 어둠 속으로 사라지기만을 간절히 빌 뿐이었다.

은삼교의 뒷모습이 완연히 사라지자 비로소 모용천은 자리에 주저앉았다.

"모용 형!"

"이봐, 괜찮은 건가?"

쓰러지듯 주저앉는 모습이 심상치 않았는지 종리상웅과 이소가 놀라 소리쳤다. 모용천은 씁쓸한 표정으로 고개를 저었다.

가볍지 않은 내상을 입었지만 어쨌든 살아남았다. 호의를 베풀어주고 죽음을 돌려받은 집주인, 방화와 살인으로 점철된 밤, 두려움에 떨고 있을 주민들.

이 모든 걱정거리는 살아남는 자의 몫이로구나.

강호에 나와 가장 죽음과 가까이 했던 밤.

모용천은 문득 그런 생각을 했다.

"공자, 조금만 참으시오."

얼마나 깊은 내상을 입었는지 황무기는 한시도 쉬지 않고 몸을 비틀어댔다. 그를 짊어진 섭영귀는 입으로 계속 말을 걸며 걸음을 재촉하고 있었다.

섭영귀가 가세할지도 모른다던 모용천의 걱정은 결국 기우에 그치고 말았다. 섭영귀는 은삼교를 버리고, 아니, 은삼교에게서 도망치는 길을 택한 것이다.

'이 미친 새끼! 그새 삼공자에게 들러붙은 건가?'

황무기는 마왕의 적자로, 엄연히 그 혈육 중 가장 첫 번째 자리에 앉아 있다. 그 말은 장차 마왕의 뒤를 이어 제마성을 이끌어 나갈, 더 나아가 마왕이 통치할 무림의 차대 주인으로 가장 유력하다는 뜻이다.

은삼교가 아무리 미쳤다고 하나 이러한 사실을 모를 리 없다. 그러니 섭영귀는 아직 불거지지 않은, 그러나 모두가 염두에 두고 있을 후계 다툼에 은삼교가 뛰어들었다는 생각을 지울 수 없었다.

"헉, 허억……."

황무기의 몸부림이 잦아들더니 호흡도 따라 가늘어졌다. 더 지체했다간 위험할지도 모른다는 생각이 섭영귀를 재촉했다.

"모두 흩어져 민가를 찾아라! 어서! 한시가 급하다!"

섭영귀의 뒤를 따르던 복면인들은 명령이 떨어지자마자 일제히 흩어지기 시작했다. 제자리에 멈춰 선 섭영귀는 존재하지 않는 오른손을 보며 이를 악물었다. 잃어버린 오른손의 복수보다 더 급한 일이 생긴 것이다.

"으으… 으으윽……."

귓가에 들리는 황무기의 신음 소리는 그런 섭영귀를 더욱더 다그쳤다.

"어서 빨리 찾아라! 어서 찾으란 말이다!"

보이지 않는 어둠 속으로 섭영귀의 고함 소리가 퍼져 나갔다.

第七章
숲의 나라

"과연 삼공자의 말이 틀림없는 것 같습니다."

가볍게 떨리는 음성.

그것이 천리안 진첩결의 목소리라면 참으로 놀라운 일이다. 그러나 지금 이 방에 모인 자들 중 누구도 놀라는 자가 없었다. 그들에게는 적어도 타인을 걱정할 여유가 없었으니까.

"……."

방 안을 가득 메운 긴장의 진원지.

청수한 인상의 백의인, 마왕 황종류는 말없이 진첩결의 보고를 기다리고 있었다. 그의 표정에는 일말의 분노도 찾아볼 수 없었으나 방 안의 사람들은 모두 마른침을 삼키며 긴장의 끈을 단단히 잡고 있어야 했다.

“무진총주의 전문에 따르면 일공자의 상태가 지난번 삼공자 때와 흡사하다고 합니다. 이는 모용천이라는 자의 무공이 어째서인지 모르나 주군의 마천상야공과 상극(相剋)을 이루는 성질을 가진 게 아닌가…….”

진첩결은 잠시 숨을 고르고 황종류의 얼굴을 살폈다. 황종류는 가만히 이어지는 말을 기다리고 있었다.

“…라는 삼공자의 의견을 뒷받침하는 증거라 할 수 있습니다.”

“…….”

황종류는 여전히 말이 없었다.

천 리 밖을 내다보는 진첩결도 그가 지금 어떤 생각을 하고 있는지 가늠할 길이 없어 답답하기만 했다. 이제껏 황종류가 기울인 공을 생각하면, 드디어 제마성이 천하를 향해 일어나려는 때에 끼어든 불청객이 얼마나 증오스러울지 상상하기란 어려운 일이 아닐 터. 더욱이 그자의 무공이 황종류를 마왕으로 만들어준 마천상야공과 상극의 관계를 가지고 있다면 불구대천의 원수라 해도 모자랄 것이다.

그럼에도 불구하고 황종류는 얼어붙은 호수처럼 고요히, 그러나 그 아래에 어떤 물결이 치는지 알 수 없는 얼굴을 유지하고 있었다. 그리고 마왕의 그 차디찬 분노가 모두의 가슴 위로 서늘히 내려앉았다.

“단순한 내상과 혼동할 수도 있지 않겠소?”

서리 내린 마음을 가진 자들의 침묵 속에서 누군가 입을 열었다. 진첩결이 돌아보니 눈썹 짙은 중년인이 두 눈을 빛내고 있었다.

"비백면주(秘白面主)가 품은 의문은 당연하오. 하나 삼공자가 그와 장력을 겨룬 뒤 입은 내상은 보름이면 능히 치유할 수 있었소. 하나 삼공자는 한 달을 넘게 고생하고 나서 겨우 자리에서 일어날 수 있었으며 그 과정에서 단순한 내상과는 다른 면을 내가 직접 확인한 것이오."

비백면주라 불린 중년인의 안광이 번쩍 진첩결의 눈을 파고들었다. 진첩결은 담담히 그 시선을 받아들였다.

"……."

잠깐의 시간이 흐르고 중년인이 입을 열었다.

"결례를 범했소. 궁금한 것을 참지 못하는 성미라……."

"참고 넘어가는 법을 배우기에는 늦은 나이겠지."

중년인의 맞은편에 앉아 있던 방 안에 모인 이들 중 유일한 여인이 빈정거렸다. 중년인은 빛나는 눈을 돌려 여인에게 말했다.

"비흑면주(秘黑面主)는 말하고 싶은 것을 참지 못하는 성미로군. 우리가 이처럼 통하니 좀 더 친교를 쌓아야지 않겠소?"

백면이라 불린 중년인과 마찬가지로 여인의 얼굴도 검지 않았다. 대신 칠흑 같은 머리를 묶지 않고 길게 내렸으니, 그녀에게서 흐르는 귀기(鬼氣)에 색이 있다면 누구나 입을 모아 검다고 할 것이 틀림없었다.

중년인의 말에 여인은 코웃음 치며 대답했다.

"너나 나나 그놈의 주둥이가 말썽인데, 친교를 쌓아봤자 짧은 명을 재촉하기밖에 더하겠냐? 허튼 생각일랑 일찌감치 집어치워라."

"허튼 생각이라도 품지 않는다면 짧은 명이 아쉽지 않소? 명줄이 긴 자들은 시간이 귀한 줄 모르니 찰나의 소중함을 아는 이들끼리 회포나 풀자는 게지."

중년인은 나이에 걸맞지 않게 능글거리는 얼굴이나 말솜씨가 일품이었다. 여인이 눈살을 찌푸리며 반박하려는데 진첩결이 끼어들었다.

"두 분은 멈추시오! 감히 뉘 안전이라고 망발이오!"

진첩결의 으름장이 호되었는지, 아니면 마왕이 두려웠는지 중년인과 여인은 입을 다물었다.

그사이에 누군가 입을 열었다. 황지엽이었다.

"아무래도 비백면주께서는 석연찮아하시는 것 같군요. 당사자인 제가 말하면 믿으시겠습니까? 하긴 그자와 맞닥뜨렸을 때 느낀 위화감은 타인이 쉽게 느끼지 못할지도 모르지요. 그건 오직 마천상야공을 익힌 자만이 알 수 있을 테니 말입니다."

"크흠! 흠! 삼공자를 믿지 못해서 그런 건 아니오."

황지엽이 부드럽게 말하고 나서자 중년인도 헛기침을 하며 한 발 물러날 수밖에 없었다.

다시 진첩결이 말했다.

"물론 단순히 마천상야공에 상극일지도 모른다는 생각에

이런 자리가 마련된 건 아니오. 그를 차치하고서라도 모용천이라는 자는 충분히 경계의 대상이라 할 수 있소이다.”

두 남녀의 설전으로 다소 어수선해진 분위기가 일시에 가라앉았다. 진첩결의 말에는 말 이상의 힘이 있었다.

“모용천은 모용세가의 인물로 이제 약관의 젊은이오. 그런 자 하나가 바로 제마성의 창건을 알리는 행사를 망쳐 놓았소.”

“……”

“그는 외전각주의 한 팔을 자르고 팽가의 자제를 탈취했소. 그리고 비무 대회에서 삼공자를 패퇴시키고 본 성의 이름에 먹칠을 했소.”

몇몇 자들이 자세를 고쳐 앉았다. 진첩결의 입에서 나오는 내용이 하나같이 범상치 않은 것이다.

“그 뒤 주군의 명을 받들어 그를 잡으려던 세 각주가 잇달아 실패했다는 소식을 전해왔소. 일공자는 그를 잡으려다 오히려 당해 지금 무진총에서 몸을 추스르고 있소.”

“세 각주가 당했다니, 그게 정말이오?”

믿지 못하겠다는 듯 붉은 옷을 입은 사내가 물어왔다. 진첩결은 고개를 끄덕이며 대답했다.

“그들이 자존심을 앞세운 탓이 크오. 주군의 뜻대로 세 각주가 합심하였다면 그자는 이미 제마성에 있어야 할 터이나……”

사내는 진첩결의 말이 끝나기를 기다리지 않았다.

“부성주께서는 그게 말이 된다고 생각하시오? 외오각주 중

네 사람이 약관의 애송이에게 당했다는 게?"

"말이 되고 말고가 아니라 엄연한 사실이오, 비적면주(秘赤面主)."

비적면주라 불린 사내의 얼굴이 일그러졌다. 진첩결의 말을 도무지 믿을 수가 없는 탓이다. 그 옆에 앉아 있는 여인, 비흑면주가 끼어들었다.

"그자가 대체 어떤 무공을 지녔기에 외오각주 네 사람을 패퇴시켰단 말인가요? 대체 어떤 기인이 그런 자를 길러낸 거죠?"

비흑면주의 의문은 여럿의 공감을 얻었는지, 십여 개의 눈동자가 진첩결을 향했다. 진첩결은 고개를 저으며 말했다.

"알 수 없소."

"알 수 없다니요?"

"말 그대로 알 수 없다는 말이오. 조사한 바에 따르면 그자는 과거 오대세가의 일원이었던 모용세가의 후예로, 가전 무공 외에는 타인에게 사사한 바가 없다고 하오."

"모용세가?"

한동안 잊혀진 이름이 진첩결의 입에서 나오자 청의사내가 그를 되풀이했다. 입 밖으로 내뱉지 않았을 뿐, 다른 이들도 마찬가지로 모용세가를 곱씹고 있었다.

"모용세가라……. 강호에서 자취를 감추었다고 생각했는데. 그래, 명맥은 이어가고 있었군. 하지만 그렇다면 더더욱 받아들일 수 없소! 무가의 몰락은 곧 그 무학의 쇠퇴를 뜻함인데, 그런 곳에서 어찌 그런 자가 나올 수 있단 말이오?"

먼저 의문을 표했던 사내, 비적면주가 다시 들고일어났다. 그것이 당연하다. 진첩결은 속으로 동의를 표하며 대답했다.

"본인도 비적면주와 같은 생각을 했소. 여러분도 모두 같은 생각일 것이오. 하지만 그전에 우리가 먼저 염두에 두어야 할 것이 있소."

진첩결은 좌중을 둘러보며 한숨을 쉬었다. 한 사람에게는 불경스러운 말이 될 것이나, 천리안이라는 별호가 어울리는 혜안과 직관이 끊임없이 그를 재촉하고 있었다.

"그 믿을 수 없는 자들이 이미 열 명이나 존재한다는 것. 당금무림이 바로 그러한 시대라는 것을 말이오."

쿠쿵.

보이지 않는 망치가 사람들의 가슴을 때리고, 역시 들릴 리 없는 소리를 귓가에 남겼다.

진첩결이 말한 열 명.

그것이 가리키는 바가 너무나 명확했기 때문이다. 진첩결은 지금 이름이 채 입에도 익지 않은 애송이가 그들의 주인과 같다고 말한 것이다.

"지금, 지금 그게 무슨 뜻인지 알고 말씀하신 게요?"

청의사내가 더듬거리며 물어왔다.

그러나 대답은 전혀 다른 곳에서 돌아왔다.

"스무 살의 나라도 불가능한 일이지."

진첩결을 향해 있던 눈동자가 일제히 방향을 돌렸다.

마왕의 열리지 않던 입이 열린 것이다.

"외오각주들을 당해낸다니 과거의 나는 할 수 없는 일일세."

"……"

황종류의 목소리에는 별다른 감정이 엿보이지 않았으나, 그 말의 내용만으로 좌중의 어깨를 짓눌렀다. 진첩결이 곧이어 말했다.

"지금 그자는 권왕의 아래 정파 무림맹의 비호를 받고 있소. 우리가 그를 어찌 평가하든 간에 직접 대하여 본 권왕의 인정을 받았다는 건 명백한 사실이오."

"과연 모용천이라는 자가 부성주의 말대로라면 권왕으로선 절대 놓칠 수 없었겠군."

중년인, 비백면주가 중얼거렸다.

"그렇소. 저들이 정파 무림맹이라고는 하나 기실 전력은 정파무림의 절반도 되지 않소이다. 그런 상황에서 모용천이라는 자의 존재는 저들에게 커다란 이점이 될 수 있소."

진첩결의 목소리는 다소 가라앉아 있었다.

마왕의 두 아들과 주요 고수들이 정파의 한 젊은이를 당해내지 못했다는 사실은 그것만으로 충분히 충격적이다. 그러나 더 나아가, 정략적(政略的)으로 활용할 방안이 그야말로 무궁무진한 것이다.

무림맹에도 모사가 있다면 모용천을 지금보다 열 배, 스무 배로 활용할 수 있을 터이나 다행히도 아직까지는 그럴 기미가 보이지 않았다. 종리세가와 달리 제갈세가는 무림맹에 가세하였음에도 여전히 다른 오대세가의 눈치를 보며 미적지근한 태도를 고수하였던 것이다. 만일 광명통 제갈창운이 무림맹의 모사로 나섰다면 지금보다 골치 아픈 일들이 늘어났을 테니 그나마 진첩결에게는 다행이었다.

그렇지 않아도 현 무림은 모용천이라는 이름 석 자로 인해 들끓고 있었다. 섭영귀의 한 팔을 자르고, 비무대회에서 마왕의 아들을 꺾고 정파무림의 체면을 살렸다는 모용천의 무용은 새로운 이름을 구하는 자들의 좋은 먹잇감일 수밖에 없다. 그나마 항불 등의 실패가 알려지지 않은 게 다행이랄까.

"어쨌든 표면적으로나 잠재적으로나 모용천이라는 자는 본 성의 가상 큰 위협이 틀림없소."

진첩결이 단정 짓자 모두의 얼굴에 이채가 서렸다.

지금 이곳에 모인 자들은 모두 제마성이 자랑하는 고수였다. 복귀하지 않은 항불 등을 제외하면 제마성이 가진 모든 전력이라 해도 과언이 아니었다.

"그러나 당장 급한 일은 따로 있지 않소?"

쭉 말이 없던 자, 외오각주 중 홀로 돌아온 허규가 입을 열었다. 진첩결은 허규에게 고개를 끄덕이며 동의를 표했다.

"외중각주의 말이 맞소. 본 성이 풀어야 할 문제가 한둘이 아니오. 그러나 단언하건대, 모용천이라는 문제는 지금이 아니면 풀기 어려울 것이오."

"그럼 부성주는 어쩌겠다는 거요?"

허규의 질문에 대답하는 대신 진첩결은 몸을 돌렸다.

천하에 유일한 그의 주인.

진첩결은 황종류를 향해 무릎을 꿇고 말했다.

"모용천이라는 미꾸라지가 더 크기 전에 척살대(刺殺隊)를 보낼 것을 청하옵니다. 그리고 척살대를 구성함에 있어 외오각주 및 비사면주(秘四面主)들의 협조를 명하여 주시옵소서."

방에는 황종류와 진첩결을 제외하고 모두 일곱 명이 자리해 있었다. 그중에서도 황유극과 황지엽, 허규를 제외한 네 명의 남녀가 바로 비사면주였다.

외오각이 제마성의 본 전력이라면 내사면은 보다 비밀스러운 임무를 수행하는 집단이라고 할 것이다. 흑, 백, 청, 적 네 개의 얼굴로 명명된 집단의 각 수장들은 물론 외오각주에 떨어지지 않는 절정고수들이었다.

이들이 모두 한자리에 모이는 것은 이례적인 일이었는데, 그 이유가 다른 것도 아니고 모용천이라는 애송이 하나를 잡기 위해서라니 놀라거나 불쾌해하지 않는 이가 없었다.

"그 말인즉슨… 지금 우리더러 그 모용천인가 뭔가 하는 애송이를 죽여달라는 말이오?"

짙은 눈썹에 유달리 눈이 형형한 중년인, 비백면주 황상(黃常)이 말했다.

"우리를 모아놓고 장황하게 일장 연설을 한 게 그런 꿍꿍이였다니, 세상에! 부성주! 지나쳐도 너무 지나치오!"

"암, 이건 도리가 아니지. 아니고말고."

"그자가 아무리 대단한 고수라도 설마 외오각주가 합심하여 처리하지 못할까요? 우리가 가세한다면 그들의 체면이 어떻게 될지도 생각하셨어야지요."

황상을 시작으로 비사면주들은 진첩결에게 저마다 한마디씩 던지기 시작했다.

진첩결은 대답하지 않았다. 이렇게까지 말해도 모른다면 저들을 이해시킬 수 있는 방도가 어디에도 없는 것이다.

다만 마왕의 명을 기다릴 뿐.

진첩결에게서 반응이 없자 황상 등은 시선을 돌렸다. 좋든 싫든 마왕의 말에 따라야 하는 자들이다. 진첩결에게 격렬히 반대 의사를 표명했던 그들도 황종류에게는 아무 말 못하고 숨죽여 꾹 다문 입을 바라보고만 있었다.

느긋이 황종류의 입이 열렸다.

"…면주들의 말이 일리가 있군."

진첩결의 기대를 저버리고 황종류는 비사면주들의 손을 들어준 것이다.

"하오나……!"

진첩결이 고개 숙여 재청했다. 그러나 황종류는 한번 내뱉은 말을 번복하는 법이 없었다.

"나가 있는 각주들을 좀 더 믿어보겠네. 다들 합당한 능력을 갖춘 자들이 아닌가? 혼자서 안 되는 줄 알았다면, 다음 수를 생각할 줄은 알겠지. 그게 아니라면 애초에 내 한 다리가 될 자격이 없는 것이고."

“예.”

진첩결은 감히 부언하지 못하고 힘없이 대답했다.

진첩결에게서 시선을 돌려 자리에서 일어난 황종류가 좌중을 둘러봤다. 방 안의 이들은 일제히 일어나 무릎을 꿇고 머리를 조아렸다.

“비백면주.”

“예!”

호명당한 황상이 고개를 들며 대답했다.

“화산(火山)의 일은 어디까지 진행되었는가?”

기다렸다는 듯 황상은 질문이 떨어지기가 무섭게 대답했다.

“순조롭게 진행되고 있습니다.”

황종류가 말했다.

“최대한 빨리 일을 마무리 지어야 할 것이야. 저 남만의 짐승 놈이 내 눈을 속이고 우가에게 꼬리치는 것 같으니.”

“존명!”

고개 숙여 외치는 황상을 보며 황종류는 이어 말했다.

“지금은 다른 데에 신경 쓸 여유가 없다. 우가의 무림맹도 바쁘게 움직이고 있을 터! 한 치라도 뒤처지거나 하는 일은 없어야 한다. 반도의 무리를 소탕하고 무림 일통의 깃발을 세우려면 한시도 헛되이 쓸 수 없음을 모두 명심하라.”

“존명!”

황종류의 말이 끝나자 모두 입을 모아 외쳤다.

마왕의 이름 아래 모인 자들.

저마다 다른 동기, 다른 과정을 거쳤더라도 지금은 하나의 하늘을 이고 있는 처지이다. 적어도 그 하늘 앞에서만큼은 사소한 분란도 일으키지 말아야 했다.

그러나 이들이 모두 희대의 마두일진대, 황종류의 눈 밖에서까지 얌전할 리 만무하다. 황종류가 방을 나서자 비사면주들은 앞 다투어 진첩결을 비난하기 시작했다.

"부성주, 언제 그렇게 간이 콩알만 해졌소? 각주들이 넷이나 나가 있는데 어련히 알아서 처리할까 봐!"

"천리안에 백태라도 끼었는가? 바쁜 사람들 불러놓고 한다는 얘기가 겨우 그거라니. 끌끌!"

쏟아지는 비난에도 진첩결은 굳게 다문 입을 열지 않았다.

누가 옳았는지는 시간만이 밝힐 일이었으니…….

*   *   *

시간이 그렇다.

구분이란 사람의 편의를 위함이니, 칼같이 나누어 생각할 수는 없는 노릇이다. 언제부터 언제까지 아침이고 낮이며, 밤이고 새벽인지 그 경계를 아는 자가 누구란 말인가? 애초에 시간이란 나누어지지 않는 것이다.

나눌 수 없는 것.

땅이 또한 그렇다.

고래로부터 수없이 많은 왕조가 저마다 일어나 땅 위에 선

279

을 긋고 제 것으로 삼았으나 그것이 어디 마땅한 일일까? 종이 위에 먹으로 선을 긋고 나라의 경계로 삼았으나 그것은 어디까지나 종이 위의 일. 먹 선 위 땅을 일구어 살던 이들에게 나라란 뜬구름 잡는 소리에 불과한 것이다.

마찬가지로 지금 모용천은 자신이 언제부터 남만 땅 위를 걷고 있었는지 헤아릴 수 없었다. 어디까지 중원이었고 어디부터 남만이었는지 알 길 또한 없었다.

다만 문득 깨닫고 보니 내리쬐는 해가 따가웠고, 공기가 습해 있었다. 깨알보다 작은 벌레들이 주위를 날아다니고 중원의 것보다 몇 배나 큰 나뭇잎이 눈부셨다.

하늘과 땅.

사람을 둘러싼 만물이 선명하니 바로 여름이었다.

세월이 아니라 땅이 계절을 데려온 것이다.

"내 집입니다. 내 집입니다!"

상하(常夏)의 땅으로 들어오고도 며칠이 지나자 비로소 타사을이 신을 벗었다. 해맑게 웃으며 펄쩍펄쩍 뛰는 타사을을 보며 이소가 말했다.

"대체 어디가 집이라는 거야? 집이라고는 코빼기도 안 보이누만."

그 말을 들은 타사을이 공중에서 몸을 돌려 대답했다.

"우리는 다 집입니다. 중원인들처럼 따로 집 없습니다."

"뭐? 그건 내가 할 말인데? 자네들은 죄다 거지란 말이야?"

이소가 피식거리며 말하자 타사을은 뛰기를 멈추고 얼굴을 찡그렸다.

"거지 장로님은 그렇게 말하지 마십시오. 우리는 큰 사람 작은 사람 모두 일합니다. 빈둥대고 밥 먹는 사람은 없습니다."

"흐응……."

항상 웃던 타사을이 정색을 하고 나서니 이소도 입을 다물 수밖에 없었다. 오랑캐라고 비하당하는 자들의 자존심은 오히려 중원인들보다 높은 것이다.

어쨌든 잔뜩 신이 난 타사을은 울창한 숲을 헤치며 걸어가고, 모용천 등도 그 뒤를 따라갔다. 길 아닌 길을 가는 발걸음이 능숙하고 오히려 신을 신은 것보다 빠르니 과연 제 집이구나 고개를 끄덕이지 않는 자가 없었다. 물론 그 뒤를 따라가기란 꽤나 고역이었다.

웬만한 탑보다 큰 나무들이 저 위에서 가지를 치고 있어 숲 안은 밤낮없이 깜깜하기만 했다. 게다가 숲은 어찌나 큰지, 가고 가도 끝이 날 기미조차 보이지 않았다.

"이봐, 우리 지금 제대로 가고 있는 것 맞나?"

"나만 따라오면 됩니다."

그 길이 어찌나 막막한지 이소는 한 시진에도 몇 번씩 확인했다. 그 횟수가 어찌나 잦은지 잠자코 뒤따르던 모용천이 다 짜증날 정도였는데, 오히려 타사을은 얼굴색 하나 변하지 않고 날름날름 대답하는 것이었다.

매번 똑같은 대답에 질려 이소가 입을 다물 무렵에서야 일행은 숲을 벗어났다. 날 수로 며칠이 지났는지 쉬이 가늠하기 어려웠는데, 어쨌든 숲을 빠져나와도 여전히 사방이 어두웠다.

"이야, 달 너 정말 오랜만이다!"

그러나 고개를 들어 보니 엄연히 하늘이 보이고 홀쭉한 달이 보이니 숲을 빠져나온 게 틀림없었다. 이소가 달을 보며 한마디 던지자 종리상웅이 모용천에게 다가와 말했다.

"하늘이 이렇게 반가울 수도 있구려."

모용천은 고개를 끄덕였다.

"으음, 정말 그렇구려. 몸은 좀 괜찮소?"

남만의 물이 설어서인지 종리상웅은 며칠 전부터 얼굴색이 좋지 않았다.

"알고 있었소?"

모용천이 알은체를 하자 종리상웅이 놀라 두 눈을 동그랗게 떴다. 모용천은 살짝 웃으며 대답했다.

"다른 분들도 알고 계셨을 거요."

본래 수왕을 만나기 위한 파견단 중에 종리상웅의 자리는 없었다. 그가 끼어든 것은 아버지 종리창의 입김이었는데, 사실 이는 종리상웅 본인의 의사와는 거리가 멀었던 것이다.

다른 세 사람은 썩 상관하지 않는 눈치였지만 이런 경우 최소한의 양식을 갖추고 있다면 당사자가 가장 불편한 법. 다행히 종리상웅은 아버지와 달리 염치를 아는 자였고, 이 중 가장 무공이 떨어지는 자신이 행여나 짐이 될까 여행길 내내 노심

초사한다는 건 타사을도 아는 사실이었다.

그러니 몸이 좋지 않은 와중에도 종리상웅은 내색하지 않고 일행의 속도에 맞춰 숲을 빠져나왔다. 물론 종리상웅의 상태가 평소와 다르다는 것쯤 눈치 못 챌 모용천 등이 아니었지만, 그 마음이 기특하여 부러 외면했던 것이다.

그런 속사정까지 짐작이 간 종리상웅은 다른 말을 하지 않고 그저 고개를 끄덕이며,

"많이 나아졌소."

하고 답할 뿐이었다.

간신히 숲을 빠져나온 일행 앞에는 큰 강이 기다리고 있었다. 어둠 속에서 굽이쳐 흐르는 강을 따라 하류로 내려가다 보니 멀리 불빛이 아른거렸다.

"오래 기다렸을 겁니다."

타사을이 말하지 않아도 모용천 등은 저곳이 목적지임을 직감할 수 있었다. 자연히 빨라진 타사을의 걸음에 보조를 맞추어 모용천 등은 곧 작은 부락에 도착했다.

사람들은 방문객이 언제 도착할 것인지 미리 알았는지, 당연한 얼굴로 모용천 등을 맞이했다. 타사을은 귀에 걸린 입으로 연신 웃으며 동포들과 재회의 정을 나누었다.

"기다리고 있답니다."

"이, 이봐!"

고향에 돌아온 게 그렇게 기뻤는지, 타사을은 집 한 채를 가리키고 제 친구들과 어디론가 사라졌다. 졸지에 버려진 네 사

람은 무작정 타사을이 가리킨 집 안으로 들어갔다.

나뭇가지와 이파리를 엉성히 엮어 만든 집 안에는 두 사람이 모용천 등을 기다리고 있었다. 부자(父子)로 보이는 장년인과 청년은 이목구비뿐 아니라 탄탄한 몸까지 꼭 닮아 있었다.

"어서들 오시오. 먼 길 오느라 고생했소."

장년인의 입에서 나온 말은 타사을의 것과 비교할 수 없을 만치 유창했다. 무엇보다 그 말에는 중원에서도 접하기 힘든 위엄이 담겨 있었다.

바로 남만인으로 당대 최고수의 반열에 오른 자.

수왕 안남효였다.

"이렇게 만나 뵙게 되어 영광입니다. 무림맹의 이소라고 합니다."

이소가 포권의 예를 취하며 인사했다. 안남효는 빙그레 웃으며 말했다.

"이 장로는 너무 격식을 차리지 마시오. 이 땅은 중원이 아니니 중원의 법도도 따지지 않소이다."

안남효의 얼굴은 구릿빛이었고 두 눈은 호랑이처럼 번뜩였다. 수왕이라는 이름 그대로 맹수와 얼굴을 맞댄 기분이었는데, 그럼에도 불구하고 안남효의 말은 차분한 가운데 사람을 편안케 하는 힘이 있었다.

"하핫! 그럼 염치 불구하고 편히 있겠습니다."

안남효의 말이 떨어지기가 무섭게 이소는 파안대소하며 바닥에 주저앉았다. 이어 신유결과 종리상웅, 모용천이 각자 소개를 하자 안남효도 옆에 서 있던 청년을 소개했다.

"이 아이는 내 아들이오. 머잖아 내 이름을 받겠지만 아직 부족한 점이 많소이다."

"이름을 받다니요?"

종리상웅의 물음에 안남효는 빙긋 웃으며 대답했다.

"안남효라는 이름은 과거 내가 중원무림을 돌아다니면서 얻은 거고, 원래는 아나흘이라고 하오. 내 입으로 말하기는 부끄럽지만 가장 용맹한 전사만이 받을 수 있는 이름이라오."

말을 마친 안남효는 청년을 재촉했다.

"중원에서 오신 귀한 손들이다. 인사드려라."

"……."

그러나 청년은 말없이 불만 가득한 얼굴로 모용천 능을 쏘아보기만 했다. 먹이를 보는 맹수 같은 눈빛에 종리상웅은 오금이 저려올 정도였다.

"……!"

필설로 옮기기 힘든 그네들의 말로 안남효가 다시 한 번 다그쳤다. 그러자 청년은 대답하지 않고 집을 나가 버리는 것이었다.

"쯔쯧, 저런 버르장머리하고는!"

안남효는 다시 중원말로 돌아와 혀를 차며 말했다.

"면목이 없소. 저놈이 좀 제멋대로여야 말이지."

"부모 마음을 따라주는 자식이 어디 있답니까? 중원이나 여기나 사람 사는 게 다 똑같은가 봅니다. 하하핫!'

이소는 넉살 좋게 민망해하는 안남효를 위로했다. 평생 거지로 살아 자식도 없는 이소가 할 말은 아니었지만.

"어쨌든."

한바탕 웃고 난 이소는 자세를 고쳐 앉았다.

"저희에게 쉴 틈도 주지 않고 부르신 것은 그만큼 사안이 급하기 때문이겠지요? 어서 말씀해 주십시오."

"그래야겠지."

안남효는 이소의 말에 맞장구치며 이야기를 시작했다.

아주 오래전부터 숲의 깊은 곳에는 한 쌍의 교룡이 살고 있었다. 이들은 수없이 많은 강의 지류를 타고 옮겨 다니기를 즐겨 했는데, 멀리 떨어져 왕래가 없는 부락민들 사이에서도 교룡에 대한 목격담은 공통의 화젯거리였다.

"수왕께서도 보신 적이 있습니까?"

"아니, 나는 본 적이 없소. 대신 내 아버지가 보았지."

고개를 저으며 안남효는 이야기를 이어갔다.

"이 땅의 주민들에게 저 교룡은 뭐랄까… 그대들이 숭배하는 성인(聖人)이랄까? 내 아버지의 아버지, 또 그 아버지의 아버지 때에도 저들은 존재했소. 어쩌면 저들이야말로 이 땅의 주인일지도 모르오. 여기는 당신네들처럼 왕이 없는 곳이니까."

"그런 영물을 왜 잡으려는 겁니까?"

이소의 물음을 기다렸다는 듯 안남효는 고개를 끄덕였다.

"우리가 저들을 왕처럼, 신처럼 떠받드는 건 단순히 그들이 오래 산 영물이기 때문만은 아니오. 아주 먼 옛날에 무수히 많은 사람이 잡아먹혔다는 기억이 있기 때문이지.”

“사람을 먹는다고요?”

“물론 아주 오래전에 그랬다는 거요. 사람들이 자진해서 제물을 바치면서부터는 마을을 습격하거나 하는 일이 없으니까.”

안남효의 어조는 평이했지만 그 내용은 실로 충격적이었다. 신으로 떠받드는 영물이 실은 사람을 먹는 괴물이었고, 또 사람들은 자진해 인신 공양을 한다니 놀라지 않는 이가 없었다.

안남효의 말이 계속됐다.

“이들이 영물이라는 게 그래서요. 아수 오래전에는 이들이 한 번 나타나면 마을 하나가 사라지곤 했다고 하오. 그런데 한 마을에서 한두 사람을 뽑아 제물로 바치니 그 뜻을 짐작하고 사라졌다고 하오.”

“아무리 그렇다고 해도…….”

놀란 종리상웅은 입을 다물지 못했다. 교룡이라고 해봐야 하늘을 나는 용이겠는가? 기껏해야 커다란 뱀 정도일 거라 생각했던 종리상웅에겐 커다란 충격이었던 게다.

“제물을 바친 마을은 평화를 되찾았소. 적어도 아이가 어른으로 자랄 만큼은.”

이어진 안남효의 말이 무슨 뜻인지 몰라 이소와 종리상웅이 얼굴을 맞대었다. 대신 입을 연 것은 신유결이었다.

"그들이 정기적으로 마을에 출몰한다는 뜻입니까?"

"제물을 받고 사라진 교룡들은 다른 마을에 나타났소. 언제, 어디서부터 시작되었는지 모르지만 마을들은 차례로 제물을 바쳤고, 한 쌍의 교룡은… 그래, 마치 당신네 황제가 하는 것처럼 제 영토를 둘러보는 식으로 이 땅을 순회하기 시작했소. 지난 몇백 년 동안 말이오. 어느새 사람들은 그걸 당연하게 여기게 되었지. 어이없는 일이지만."

여기까지 말하고 안남효는 쓰게 웃었다.

"말하기 부끄럽지만 나 역시 그걸 당연하다 생각해 왔소. 우리네 조상이 선택한 삶의 방식이니까 말이오."

"그런데 그 삶의 방식을 왜 굳이 바꾸려 하는 겁니까?"

힐난하듯 입을 연 것은 모용천이었다. 안남효는 모용천에게로 시선을 돌렸다.

"한둘의 제물로 만족하지 않았기 때문이오."

"만족하지 않았다면……?"

"두 개의 마을이 초토화됐소. 간신히 도망친 자들의 말에 의하면 그들이 나타나 닥치는 대로 사람들을 잡아먹었다는군."

"……!"

"타사을을 보내 그대들이 오기까지 또 하나의 마을이 사라졌소. 아니지. 마을 사람들이 모두 사라졌다고 해야 옳겠지. 더 큰 피해가 생기기 전에 그들을 처리해야 하오."

"그런데 우리가 그 교룡을 잡을 수 있다면 왜 그가 직접 나서지 않는 거죠? 왜 굳이 멀리 있는 우리를 불렀을까요?"

접견이 끝나고 나서야 모용천 등은 비로소 쉴 수 있었다. 수왕이 마련해 놓은 거처에서 식사를 하며 종리상웅이 내뱉은 질문은 기실 모두가 품은 의문이었다.

"아나흘도 숲의 주민입니다."

모용천 등의 편의를 봐주기 위해 함께 있던 타사을이 대답했다. 그의 말에 따르면 안남효는 나서고 싶어도 나설 수 없는, 외지인들은 이해할 수 없는 금제(禁制)를 지켜야 할 입장이라는 것이다.

"단순히 그 때문은 아닐 테지. 그렇잖소?"

반론을 제기하며 이소는 신유결에게 물었다. 한참 동안 말이 없던 신유결이 입을 열었다.

"이건 일종의 시험이오."

"시험?"

"이렇게 먼 땅에 있지만 엄연히 십왕의 한 사람. 직접 나서는 일은 없더라도 무시 못할 영향력을 가지고 있음은 분명하오. 그 역시 자신의 위치를 잘 알고 있으니 먼저 선수를 친 것이오."

"선수를 치다니요?"

종리상웅이 재차 묻자 이소가 머리를 절레절레 흔들며 말했다.

"자넨 천하가 어떻게 돌아가는지 생각해 본 적도 없나 보군.

자, 지금 마왕이 제마성을 세웠고 권왕은 무림맹주를 자처했지. 이래도 짐작 가는 바가 없나?"

당금무림은 전례가 없는, 어느 시대에서였든 천하제일이 되었을 고수가 열 사람이나 공존하는 구도를 취하고 있었다. 그러나 힘과 야망을 가진 사내들이 서로에게 족쇄가 되어 움직일 줄 모르고 있다니 이러한 구도가 얼마나 갈 것인가?

바야흐로 시대는 요동쳐, 십왕의 무림은 각각 무림맹과 제마성이라는 이대세력으로 개편되려 하고 있었다. 그러니 마왕과 권왕 외 다른 십왕들의 거취는 초미의 관심사가 될 수밖에 없었다. 설령 그들 자신이 원치 않더라도 언젠가 둘 중 하나를 선택해야만 하는 때가 올 것은 불을 보듯 뻔한 일.

"권왕과 마왕, 무림맹과 제마성을 두고 저울질을 한다는 겁니까?"

신유결은 종리상웅을 향해 대답했다.

"수왕의 경우에는 맹주께로 어느 정도 마음을 굳힌 것 같소. 그렇지 않았다면 우리에게만 따로 연락을 하지 않았겠지."

"어쨌든 이 일을 제대로 처리하지 못하면 이들은 제마성에 붙을지도 모른단 말이군. 이봐, 자네 생각은 어때?"

이소는 나름 결론을 내리고 타사을에게 물었다. 타사을은 등을 긁으며 대답했다.

"아나흘은 마왕을 싫어합니다. 어떻든 간에 숲의 주민이 제마성에 붙을 일은 없을 겁니다."

타사을은 과하다 싶을 정도로 쾌활한 성품으로 평소에도 웃지 않는 때가 없었다. 그러나 지금 마왕을 말하는 그의 얼굴에는 보기 힘든 분노가 서려 있었다.

"마왕과 무슨 일이라도 있었나?"

"아닙니다."

그 모습이 의아해 이소가 물었으나 타사을은 짧게 대답하고 자리에 누웠다. 뭐라고 물어도 절대 대답하지 않겠다는 의지를 등으로 표명하며 타사을은 눈을 감았다.

"무슨 일이 있긴 있었구면."

이소는 투덜거리며 동의를 얻기 위해 좌중을 둘러봤다. 신유결과 종리상웅은 어색한 웃음으로 이소에게 동의를 표했으나 모용천은 벽에 등을 기대어 눈을 감을 뿐이었다.

'교룡이라……'

거대한 숲의 나라. 이곳의 왕이라는 설명만으로는 도무지 감이 오질 않았다. 머릿속이 온통 교룡에 대한 생각으로 가득해 잠을 청해도 소용이 없는 것이다.

'사람의 힘으로 도저히 어찌할 수 없다면 일부러 우리를 부르지도 않았을 테지. 수왕이 직접 나서지 않는 것은 어째서일까?'

모용천의 머릿속은 상상할 수도 없는 교룡보다 직접 마주한 안남효로 가득 차버렸다.

허술한 옷 아래 비치는 육체는 결코 인위적인 수련으로 얻을 수 있는 성질의 것이 아니었다. 비록 유창한 중원말과 차분한 어조로 일관하였으나 그 본질은 인간의 잣대로 규정할 수

없는 야성(野性)임을 이소를 비롯한 다른 이들은 전혀 눈치채
지 못한 듯했다.

'나 혼자 그러고 있었던 건가.'

한 집에서 안남효와 마주 앉아 있었던 시간은 모용천에게는
그야말로 고역이었다. 굶주린 호랑이와 한 우리 안에 갇혀 있
다면 어느 누가 태연할 수 있겠는가? 짧은 시간 동안 모용천은
몇 번씩이나 검을 뽑고 싶은 충동을 억눌러야 했다. 그러나 다
른 자들은 그럴 기미조차 보이지 않았으니, 이는 호랑이가 굶
주림을 드러내지 않았음에 불과하다.

어쨌든 모용천에게는 보지 못한 교룡보다 저 안남효 쪽이
몇 배는 더 위험해 보였던 것이다.

'……!'

생각이 그에 미치자, 가슴 깊숙한 곳에서부터 익숙한 불길
이 피어올랐다.

권왕과 절창에게서 느꼈던 바로 그 열기.

호승심이라는 이름의 불길이 온몸으로 번져 가는 것을 느끼
며 모용천은 몸을 뒤척였다. 억지로라도 잠을 청하지 않으면
안 된다. 그들이 걸어온 길은 길었고, 가야 할 길은 멀었다.

수왕의 마을로부터 다음 교룡의 출현지로 예상되는 마을까
지는 사흘이 떨어져 있었다. 그중 이틀은 작은 배를 타고 강을
따라 내려가야 했고, 하루는 숲 속을 걸어야 했다.

수왕을 만나고도 또 먼 길을 가야 하다니! 이소는 연신 투덜

거렸고 타사을은 그를 달래기에 바빴다. 배에서 내려 하루를 걷고도 여전히 앞이 보이지 않는 숲 속이라 이소의 짜증도 극에 달했다.

"이봐, 아직도 멀었어? 대체 이런 데에 사람이 살기나 하는 거야?"

"다 왔습니다. 그리고 우리는 다 숲에서 삽니다."

거리와 주거에 관한 타사을의 개념은 중원인의 것과 전혀 달랐다. 일행은 그 차이를 질릴 만큼 잘 알고 있었지만, 그럼에도 불구하고 이소는 끊임없이 묻고 또 묻곤 했다.

"저 소리, 정말 지겹지 않소? 이 장로는 왜 했던 말을 하고 또 하는지 모르겠단 말이오."

송리상웅이 소곤소곤 모용천의 귓가에 대고 불만을 토로했다. 모용천은 남 몰래 하는 험담을 좋아하지 않았지만 종리상웅의 행동이 나쁘게 여겨지진 않았다.

"그래도 막상 이 장로가 조용하다면 몹시 허전할 것이오."

종리상웅의 험담이 싫지 않은 까닭은, 그것이 기실 따뜻한 마음에서 비롯되었기 때문일 것이다. 모용천은 빙긋 웃으며 고개를 끄덕였다.

"그런데 말이오, 오는 내내 궁금했는데……."

"말해보시오."

말 많은 이소의 험담을 시작으로 종리상웅의 입이 열렸다. 모용천도 심심했던 터라 앞선 일행과 조금 떨어져 걸으며 기꺼이 종리상웅의 말에 귀를 기울였다.

“왜 이야기들에 보면 거 있잖소. 오래 묵은 영수(靈獸)의 배에 있다는 내단(內丹) 말이오.”

“아하, 나도 들어는 봤소.”

내단이라면 전설 속 신비로운 동물들의 체내에 있다는 작은 구슬 모양의 물건이다. 무림 고수의 내공이 단전에 쌓이듯, 말 못하는 금수라도 오래 묵으면 나름의 지혜와 영력을 갖추게 되어 그 기운이 작은 구슬 모양으로 한데 뭉친다고 한다.

그 효능은 웬만한 영약을 능가해 보통 사람에게는 불로장생의 보약이요, 무림인에게는 몇 갑자의 내공을 증가시켜 준다니 말 그대로 전설 속에서나 있을 법한 이야기였다.

“우리가 지금 처단하려는 교룡이라는 놈이 몇백 년 넘게 살았다는데, 그런 놈이라면 내단이라는 게 있을 수도 있지 않겠소?”

“그럴 수도 있겠구려.”

“모용 형은 그걸 먹으면 정말 몇 갑자의 내공을 얻을 수 있을까 궁금하지 않소?”

종리상웅이 진지하게 물어오자, 모용천은 가볍게 웃으며 대답했다.

“글쎄, 생각해 본 적이 없소.”

무공에 있어 한 번도 부족함을 느끼지 못한 모용천이었다. 금수의 내단을 이용해 제 무공을 키워보겠단 생각을 해봤을 리 만무했다.

“하긴, 모용 형이라면 내단 따위가 필요없겠구려.”

종리상웅은 모용천의 속내를 읽고 한숨을 쉬었다.

"종리 형은 그런 생각을 해본 적이 있소?"

모용천이 묻자 기다렸다는 듯 종리상웅이 대답했다.

"있고말고! 내가 고강한 무공을 지녔다면 감히 어느 누가 날 업신여길 수 있겠소?"

"아니, 누가 종리 형을 업신여긴단 말이오? 오대세가의 후예로 강호에 유망한 후기지수인 종리 형을?"

모용천이 묻자 종리상웅은 얼굴을 찌푸렸다.

"지금 날 놀리는 거요, 아니면 정말 몰라서 그러는 거요?"

"내가 뭘 안다고 종리 형을 놀리겠소?"

"내가 무공 수련은 뒷전이고 놀기만 좋아한다는 건 유명한데, 모용 형도 알 거 아니오? 관음지에게 납치당했을 때에도 장로들 몰래 빠져나가 기루에서 놀다가 당했던 걸 말이오."

자신의 말대로 종리상웅이 다른 세가의 후계자들에 비해 무공 수련을 게을리하고 여색을 탐한다는 것은 널리 알려진 사실이었다. 그것은 모용천도 익히 알고 있었지만, 그렇다고 세간이 종리상웅을 업신여기기까지야 할 거라고는 생각하지 못했던 것이다.

그러나 알려진 것처럼 종리상웅이 여색을 탐하여 무공 수련을 게을리했던 건 아니다. 오히려 이는 앞뒤가 바뀐 것으로, 종리상웅의 무재가 남들보다 확연히 떨어져 도무지 진전이 없었음을 앞세워야 옳을 것이다.

무공 수련이 뜻대로 되지 않는 답답함을 해소하기 위해 기

루를 찾고, 기루를 찾다 보니 무공 수련에 소홀해지는 악순환
은 끊을 수 없는 고리였다.

"어쨌든, 교룡에게 내단이 있을지 궁금해 미치겠소. 그걸 먹
으면 정말 막대한 내공을 얻을 수 있을 것 같소?"

"그건 잘 모르겠지만 교룡에게 내단이 있다면, 그건 수많은
사람을 먹어 생긴 걸 거요. 나라면 꺼림칙해서 도저히 복용하
지 못할 거외다."

모용천의 말이 그럴듯해 종리상웅도 고개를 끄덕였다. 손쉽
게 얻을 수 있는 내공에 정신이 팔려 그것이 어디로부터 왔는
지 내다보지 못한 것이다.

"모용 형 말이 맞소. 하지만 이대로라면 난 아버님의 기대를
저버릴 수밖에 없으니 어쩌면 좋단 말이오? 모용 형, 형은 어
떻게 그렇게 강해졌소? 내게도 비결을 좀 나누어주구려."

종리상웅의 어리석은 물음을 모용천은 비웃을 수 없었다.
우스갯소리 같은 말속에 뼈가 있었던 것이다. 종리창의 억지
로 먼 길을 떠나야 했지만 종리상웅은 여전히 아버지를 경애
하고 있었다. 그만큼 종리상웅의 말에는 절박함이 묻어 나왔
던 것이다.

'곤란하군.'

종리상웅의 말이 진담임을 알자 곤혹스러운 건 모용천이었
다. 자신의 무공에 대해 누군가에게 설명해야 할 때, 그것만큼
당황스러운 일이 또 있을까?

당연히 그러했기에.

막힘이 없었기에 벽에 부딪친 이들에게 줄 조언 따위, 모용천에게는 애초부터 없었던 것이다. '너의 눈은 어떻게 사물을 보는가?' 라는 질문에 대체 뭐라고 대답해야 한단 말인가.

"글쎄, 그건······?"

뭐라고 대답해야 할지, 일단 운을 떼놓고 얼버무리던 모용천의 말이 자연스레 끊어졌다. 천지를 뒤흔드는 굉음이 모용천의 목소리를 집어삼킨 것이다.

꾸에에에에에에엑—

"······!"

그 소리는 땅을 찢는 것 같기도 했고, 하늘을 잡아당긴 것 같기도 했다. 굶주린 야수의 포효 같기도 했으며, 무너지는 탑이 내는 공인(工人)의 회한 같기도 했다.

후두두둑—

굵은 나무들이 일제히 몸을 흔들고, 푸른 잎들이 땅으로 떨어졌다. 굉음은 바람처럼 공기를 타고 모용천 등을 지나쳐 갔다.

"이, 이건······!"

놀란 이소가 타사을을 바라봤다. 타사을은 굉음에 잡아먹힌 것처럼 선 채로 굳어 있었다.

"종리 형!"

종리상웅 역시 제자리에서 눈을 크게 뜨고도 움직이질 못하고 있었다. 말만 했다 뿐, 이소 역시 마찬가지로 몸이 제 말을 듣지 않고 있었다.

“……!”

이것은 어떠한 물리적 제약도 아니었다. 폭풍처럼 이들을 스쳐 지나간 굉음은 저 깊숙한 곳에 묻혀 있던 아주 원초적인 공포를 끄집어낸 것이다. 내 안에 있었기에 오히려 정체를 알 수 없는 공포는 근육을 딱딱하게 만들고 의식과 몸을 분리시킨다.

이는 인지를 초월한 곳에 있어 누구도 극복할 수 없을 것처럼 느껴졌다.

단 한 사람을 제외하고는.

“타사을! 타사을!”

모두가 굳어버린 가운데 모용천만이 자유롭게, 그러나 다급히 타사을의 몸을 강하게 흔들었다.

“어, 어어?”

거칠게 흔들린 몸이 의식을 되찾았는지 타사을의 동공이 제자리로 돌아왔다. 그를 확인한 모용천이 소리쳐 물었다.

“어디야! 어디냐고!”

“예, 예?”

“마을이 머지않았다고 했잖아! 빨리, 어디냐고! 말해! 어서!”

그제야 말을 이해한 타사을이 손가락으로 방향을 가리켰다. 모용천은 지체없이 타사을이 가리킨 방향으로 몸을 날렸다. 그와 동시에, 다시 한 번 굉음이 나무들을 눕히며 모용천에게로 들이닥쳤다.

꾸에에에에에에엑—

"……!"

모용천 역시 온몸이 찌릿찌릿해 왔다. 그러나 사지에는 어느 때보다 활기가 넘쳐흐르고 있다.

저 수왕이 떠넘길 정도의 맹수, 아니, 맹룡! 그 포효만으로도 얼마나 위험한 상대인지 가늠할 수 있었다. 그러나 그 위험이 구체화되면 될수록 그 속으로 뛰어들고 싶은 마음이 더욱 간절하다. 권왕과 절창에게서는 정체를 알 수 없어 수왕에게서는 자신의 위치를 자각해 끝내 억눌러야 했던 마음이다. 그러나 지금만큼은 그럴 필요가 없다.

가슴속 타오르는 불길에 바람을 불어 온몸으로 번져 나가도록 하라!

촤라라라락—

날아드는 잎사귀들을 뚫고 모용천의 몸은 하나의 점이 되어 쏘아져 나갔다.

第八章
이질감

꾸에에에에에에엑—

다시 한 번 저 굉음이 들이닥쳤다.

'이건……!'

더욱 거세진 파동 위에 하나가 더 실려 있다.

결코 익숙해질 수 없는, 그러나 검을 쥔 이상 떨쳐 낼 수 없는 그것. 붉은 빛이 보이는 착각을 불러일으킬 만큼 짙은 피비린내.

모용천은 내력을 돋우어 속도를 올렸다. 절로 올라간 경사의 끝에서 신형을 멈추자 저 아래 마을이 한눈에 들어왔다.

삼십여 호나 될까? 작은 집들 사이에 멈춰 선 사람들이 먼저 눈에 띄었다. 남자도 있고 여자도 있다. 어른도 아이도. 너나

할 거 없이 제자리에 못 박혀 한 발짝도 움직이지 못하고 있었
다.

이소나 신유결 정도의 고수도 움직이지 못하게 만든 포효
다. 물론 저들도 이소와 마찬가지로 정신은 멀쩡하겠지. 대신
움직이려 해도 움직여지지 않는 몸이 얼마나 원망스러울까!

순간 사람들 중 일부가 검게 물들었다. 그리고 그들 위로 깔
린 그림자의 주인이 자연스럽게 모용천의 눈 안으로 들어왔
다.

"……!"

뭐라고 말해야 할까? 수왕을 통해 교룡이라고 들었던 '저
것' 은 어떻게 보아도 용으로 보이지 않는 물건이었다.

회색빛 살갗 표면은 바위처럼 우둘투둘한 돌기가 가득 솟아
있다. 긴 몸통에 달린 네 개의 발과 앞뒤로 주둥아리와 몸통의
두 배는 될 꼬리를 달고 있는 '저것' 은 마치…….

"…악어?"

교룡은 그림을 통해서만 본 악어를 떠올릴 수밖에 없는 모
습을 하고 있었다. 다른 점이 있다면 크기가 비정상적으로 크
고 다리가 길어 배를 땅에 쓸지 않고 다닌다는 정도였다.

모용천이 시선을 옮긴 순간, 그 긴 다리가 한 번 접히더니
순식간에 튕겨져 나갔다. 눈대중으로도 주둥아리에서 꼬리 끝
까지 여섯 장(약 18m)은 족히 넘는 악어가 굵고 긴 다리로 마치
도마뱀처럼 경쾌하게 움직인 것이다.

그러나 곧이어 벌어진 광경은 악어를 닮은 교룡의 움직임만

큼 경쾌한 것이 못 됐다.

콰직!

한 장에 달하는 거대한 턱이 벌어지더니 겁에 질려 움직이지 못하고 있는 모녀를 씹어버린 것이다. 과일이 터지듯 하나로 겹쳐진 두 모녀의 몸에서 피가 튀어나왔다.

교룡은 가볍게 목을 돌리더니 모녀의 사체를 자신의 뒤로 날려 버렸다. 그리고 거대한 눈을 굴리며 다음 표적을 찾아나서는 것이었다.

그 눈을 보자 모용천은 전신에 소름이 돋았다.

저것은 먹이를 찾는 눈이 아니다.

저것은 말 못하는 금수의 눈이 아니다.

저것은 자연의 섭리에 반하여 생명을 해하는 유일한 동물, 인간의 눈이다.

"멈춰랏!"

전혀 다른 종에게서 동족의 눈을 발견한다는 것이 얼마나 소름 끼치는 일인지! 모용천은 자신도 모르게 고함을 지르며 뛰어내렸다.

누런 파충류의 눈이 소리가 들려온 방향을 향했다. 무의식 중에 내뱉은 것인데 설마 사람의 말을 알아들은 건 아닐까? 머릿속으로 오만가지 생각이 교차하며 모용천은 검을 뽑았다.

카앙!

허공에서 뛰어내리는 힘으로 내려친 검이 날카로운 소리를 냈다. 동시에 모용천의 몸이 뒤로 튕겨 나갔다.

"…흐읍!"

멀찍이 떨어진 곳에서 신형을 바로잡은 모용천의 얼굴이 어두웠다.

있는 힘을 다한 일격이었는데 흠집 하나 내지 못했다. 교룡의 몸 위에 돋아난 돌기들이 쇠처럼 단단해 마치 갑옷을 두른 것이나 다름없었던 것이다.

'온몸이 거북이 등껍질이나 마찬가지로구나. 허업!'

손으로 전해온 감촉을 되새기던 모용천이 대경하여 급히 진기를 끌어올렸다. 거대한 입을 벌리며 교룡이 돌진해 온 것이다.

타탁!

교룡의 위 아랫니가 허공을 가르며 서로 부딪쳤다. 그 사이에 있던 모용천의 신형은 어느새 옆으로 이동해 있었다.

휘익!

그러나 피했다고 생각한 순간, 거대한 힘이 멀리서부터 크게 휘어져 들어왔다. 길이 석 장의 통나무나 매한가지인 교룡의 꼬리가 채찍처럼 모용천을 노리고 날아오는 것이다.

휘이익!

지면으로부터 겨우 석 자 높이를 교룡의 꼬리가 훑고 지나갔다. 뒤이어 강렬한 풍압이 지면과 평행으로 누운 모용천의 머리털을 잡아챘다.

텅!

스쳐 지나간 꼬리는 바로 땅을 치더니 순식간에 하늘 높이

숫았다가 모용천을 향해 내려쳐졌다. 저 굵은 꼬리를 자유자재로 조종하다니, 제 몸의 일부인 걸 생각하면 당연하다지만 그 힘의 절대량은 경이롭기만 했다.

그보다.

석 장 높이에서 내리꽂히는 꼬리는 사람의 힘으로 받아낼 물건이 아니다. 모용천은 누운 자세 그대로 몸을 굴렸다.

콰아아앙!

하늘 높이 울려 퍼지는 굉음 아래, 뿌리째 뽑힌 풀들이 흙을 뿌리며 어지러이 날았다. 흙투성이로 일어난 모용천은 자신이 있던 자리를 보고 경악을 금치 못했다.

무릎까지 들어갈 만한 거대한 구멍이 방금 그 한 번의 꼬리질로 생겨난 것이다. 더욱이 교룡의 주위로 서너 채의 집이 무너져 있고, 그보다 먼 곳에 마을 주민 십여 명이 나뒹굴고 있었다. 피하지도 못하는 상태에서 교룡의 꼬리에 나가떨어진 것이다.

"……."

모용천은 머리에 묻은 흙을 털며 주변을 둘러봤다. 나뒹굴고 있는 자들 중 숨이라도 쉬는 이가 보이지 않았다. 하긴 저 꼬리에 맞는 순간 오장이 터져 즉사하지 않는 게 이상한 일이다.

모용천은 마음을 굳게 먹고 자세를 바로잡았다.

"……."

크게 뜬 두 눈으로 교룡과 시선을 맞추고, 검을 들어 겨누었

다. 모용천과 마주 본 교룡은 놀랍게도 의아하다는 듯 고개를
갸웃거렸다. 몇백 년을 넘는 세월, 그 오랜 시간에 걸쳐 스스로
몸을 바쳐 온 먹잇감에게서 발견한 적의가 놀랍다는 듯이.

기분 탓일까, 놈의 한쪽 입꼬리가 미세하게 올라가 있다. 놈
은 웃을 줄도 아는 것일까?

'그건 그렇고, 검이 통하지 않는데 어떻게 상대해야 할
까……'

저 겉으로 보이는 돌기들은 경도가 쇠에 버금간다. 쇠를 무
자르듯 하는 보검이 있다면 모르겠으나 안타깝게도 모용천의
검은 평범한 청강검이고, 그나마도 이가 빠질 듯 말 듯 아슬아
슬한 상태였다.

'이거야 원, 함부로 내려치지도 못하겠군. 어쩌면 좋지?'

머릿속으로 온갖 수를 짜면서도 모용천은 교룡의 두 눈에서
시선을 떼지 않고 있었다.

한참 동안 모용천을 노려보던 교룡이 갑자기 고개를 쳐들었
다.

후우우우웁―

용소(龍沼)로 빨려 들어가는 폭포수처럼 순간 주변의 공기
가 한곳으로 몰려들었다. 공기는 물처럼 보이지 않았지만 그
를 담는 주머니는 똑똑히 보였다.

"이건 또 뭐냐? 개구리냐?"

모용천은 자기도 모르게 중얼거렸다. 하늘을 향해 고개를
쳐든 교룡의 턱 아래가 커다랗게 부풀어 오른 것이다. 어찌나

크게 부풀어 올랐는지 거죽 아래가 반투명하게 비칠 정도였
다. 이 모습은 영락없는 개구리였다.

　‘이런 꼴을 보고도 신이네 왕이네 받들어 모셨단 말이야?’

　턱밑에 가득 바람 주머니를 부풀린 모습이 개구리처럼 우스
꽝스러워도 정도가 있다. 여섯 장 크기라면 개구리도 충분히
무서울 것이다.

　그리고 모용천은 교룡이 무엇을 하려는지 알 것 같았다. 끝
까지 부풀어 오른 바람 주머니가 움직였을 때, 모용천은 두 손
으로 귀를 막았다.

　거대한 입이 반원을 그리며 열리고, 터질 듯 부풀어 오른 살
거죽이 급격히 줄어들었다.

　꾸에에에에에에엑!

　앞선 것들과는 비교도 할 수 없는 포효가 온몸을 쩌렁쩌렁
울렸다. 수백 개의 뼈마디가 하나되어 공명하는 소리는 이미
귀를 막았다고 손상을 덜 수 있는 정도가 아니었다.

　‘크윽……!’

　어쨌든 버티는 수밖에 없다. 모용천은 이 소리의 격류가 지
나가기를 기다리며 있는 힘껏 내력을 운용해 버텨냈다.

　“…….”

　온몸을 뒤흔들던 격통이 잦아들고, 모용천은 눈을 떴다. 눈
앞에는 본래 모습으로 돌아온 교룡이 가만히 모용천을 바라보
고 있었다.

　‘어쨌든… 크윽!’

디잉—

　두 손을 귀에서 떼자 은은한 종소리가 들려왔다. 아니, 이것이 정녕 들리는 것일까? 작은 의혹은 발견하자마자 몇 배로 커진다. 모용천은 익숙한 동작으로 검을 빼 들었다.

—

　당연히 들려야 할 발검 소리는 들리지 않았다. 아니, 이 귓가에 들러붙은 종소리에 먹힌 것일까?

　'어쨌든 청력에 손상을 입은 건 분명하군. 젠장!'

　돌아보지 않았지만 다른 마을 주민들이 어떤 상태일지 보지 않아도 알 수 있었다. 모용천이 이 정도라면 마을 주민들은 모두 귀에서 피를 흘리며 죽었을 것이다.

　사람들을 구하기 위한 교룡 퇴치였다. 기꺼이 받아들인 임무는 아니지만, 막상 뛰어들었을 때에는 구해야 한다는 생각쯤 없는 게 아니었다.

　하지만 어떻게 손쓸 겨를도 없이 마을 주민들이 몰살당한 것이다. 이래서야 먼 길을 온 보람이 없잖은가!

　"너 이놈! 어디 누가 죽나 해보자!"

　분노로 가득한 고함 소리도 모용천 자신에게는 들리지 않았다. 그런데 한 발을 내딛는 순간, 교룡의 얼굴이 묘하게 변하면서 눈빛이 달라지는 것이었다.

　몇백, 아니, 몇천 년일지도 모를 긴 세월을 살아온 영물. 그럼으로 인해 사람과 비슷한 눈빛을 가지게 되었다면, 그 눈으로 발하여지는 감정 또한 사람과 비슷하다고 생각할 수 있지 않을까?

그러나 모용천은 이미 눈앞의 교룡을 한 사람의 무학 고수로 여기고 있었다. 그리고 자신이 움직인 순간 교룡의 눈에 비친 감정을 읽을 수 있었다. 그것은…….

'…이해할 수 없는 상황에 대한 두려움!'

모용천의 직감은 적중했다.

먹잇감으로만 여겨왔던 인간이 두려움없이 자신을 향해 이빨을 드러내는 것은 이 교룡으로서도 여러 차례 겪어온 일이다. 그러나 자신의 공격을 피하고, 포효를 견뎌내고 움직이는 먹이는 일찍이 겪어보지 못한 일이다.

일상이 뒤틀리고 당연하다 여겼던 것들의 이면을 보았을 때, 공포는 그 지점으로부터 피어난다.

수양이 깊은 인간이라면 이를 다스릴 수 있다.

신수(神獸) 역시 가능할 것이다.

그러나 이 교룡은 인간들에게 멋대로 추앙받았을 뿐, 실제 전설상의 용이 아니었다. 오랜 수명으로 인해 빼어난 지혜를 갖추었으나 그에 걸맞은 덕은 갖추지 못하였고, 날 것 그대로의 감정을 다스리는 방법 또한 익힐 수 없었다.

그를 간파한 모용천에게 교룡은 더 이상 미지의 상대가 아니었다. 날카로운 이빨과 턱, 긴 꼬리는 여전히 강력했으나 더 이상 두렵지 않았다. 제 감정도 다스리지 못하면서 제 몸을 어찌 가누겠는가?

"간다!"

입으로 내뱉은 말은 귀로 돌아오지 않았다. 여전히 세계는 침묵했고, 들리는 것은 은은한 종소리뿐이었다. 그러나 모용천은 개의치 않고 교룡에게로 달려들었다.

빠르게 다가오는 모용천에게서 교룡은 시선을 거두었다.

뒤늦게 도착한 이소들의 눈에 들어온 것은 악어와 도마뱀을 섞어놓은 것처럼 생긴 무엇과 그것을 중심으로 원 형태를 그리며 나가떨어진 마을 주민들의 시체였다. 그것들은 무너진 집들의 잔해와 원래부터 하나였던 것처럼 어울렸다.

"세상에……."

집보다 더 큰, 실로 용이라는 이름을 붙여도 이상할 게 없는 괴물의 사체는 하늘을 향해 배를 드러낸 채 사지를 축 늘어뜨리고 있었다. 턱밑, 목이라고 부를 수 있는 부분과의 접점은 길게 갈라져 있었고 우측 끝에는 검신을 반쯤 드러낸 검이 꽂혀 있었다.

정말 혼자 힘으로 이 괴물을 처치했단 말인가? 종리상웅은 눈으로 보고도 믿지 못할 광경에 딱 벌어진 입을 다물지 못했다.

"이봐! 괜찮나!"

제 검을 회수하지도 못하고 간신히 사체에 기대 서 있는 자. 이 가운데 유일하게 숨을 쉬고 있던 모용천을 발견한 이소가 소리치며 달려왔다.

"…왔소?"

“어라?”

무엇이 이상한지 달려오던 이소가 멈춰 섰다. 모용천의 반응이 반 박자, 아니, 반의반 박자 정도 미세하게 느림을 눈치챈 것이다.

이소는 뒷짐을 지고 모용천을 기웃거리며 말했다.

“어디, 많이 다친 것 같진 않은데, 기분 탓인가?”

모용천은 제 귀를 가리키며 말했다.

“지금 아무 소리도 들리지 않소.”

“뭐라고?”

“귀가 멀었소. 회복될는지, 아니면 영영 이대로일지는 모르겠지만 말이오.”

모용천은 그렇게 말하고 자리에서 일어났다. 귀가 멀었다는 소리에 정신이 번쩍 든 종리상웅이 달려와 말했다.

“모용 형, 귀가 멀었다니 그게 무슨 말이오? 귀가 멀었다니?”

모용천은 쓰게 웃으며 말했다.

“그렇게 빨리 말하면 알아듣기 힘들구려. 입모양을 보는 중이라……. 그래도 무슨 말을 했는지는 알겠소.”

모용천은 안타까워하는 종리상웅을 달래며 교룡의 포효에 귀가 멀었다는 이야기를 했다.

“그건 그렇고, 정말 대단하군.”

교룡의 사체를 한 바퀴 둘러보고 온 신유결이 끼어들었다. 신유결은 사체 위로 뛰어올라 턱밑 갈라진 틈을 손가락으로 그리며 말했다.

"여기를 제외하고 다른 부위는 칼날이 먹히지도 않았겠군. 놈의 약점을 어떻게 알아냈소?"

"내 귀와 바꿨소."

약점을 어떻게 알아냈냐는 중요한 게 아니었다. 중요한 것은 알아낸 정보를 공유하는 일.

"잘 들으시오. 이놈은 오래 묵어 조금 큰 도마뱀일 뿐, 그 이상도 이하도 아니오. 괜히 용이라고 두려워할 필요가 없단 말이오."

"으음……."

"보셨다시피 약점은 이 한 군데, 턱밑의 부드러운 살. 웬만한 보검이 아니라면 다른 곳은 한 치도 들어가지 않을 것이오."

말을 마친 모용천은 신유결의 옆으로 올라서 교룡의 목에 박혀 있던 검을 뺐다.

푸욱—

"하지만 부드러운 살이라고 해도 실제로는 기름 먹인 대나무 갑옷보다 강하오. 이 검은 이제 못쓰게 됐소."

모용천이 뽑아 든 검은 여기저기 이가 빠져 있었다. 더 이상 제 구실을 하지 못할 게 틀림없었다.

"모용 형, 그렇다면 이걸 쓰시오."

종리상웅이 사체 위로 올라오더니 제 허리춤에서 검을 꺼냈다.

곧게 뻗은 검신에 누런 예기가 뚜렷하다. 두말할 것 없는 최고 보검 중 하나. 종리세가의 보물인 단목신검(端木神劍)이었다.

"이야, 이게 종리 가주가 꽁꽁 숨겨놓고 끄트머리도 안 보여 준다는 그 신검인가? 으음… 그래, 그럴 만해. 과연."

모용천은 고개를 저었다.

"잘은 모르지만 이 정도 검이라면 세가의 신물일 터. 외인이 쉽게 쓸 수는 없소."

그러나 종리상웅은 한사코 단목신검을 모용천에게 안겼다.

"누가 준다고 했소? 이런 괴물이 한 마리 더 있는데, 보검이 내 손에 있어봤자 무슨 소용이 있겠소? 나는 다른 검이 또 있으니 부디 이 단목신검을 써보시오."

종리상웅이 억지로 떠맡기듯 하니 모용천도 끝까지 거절할 수 없었다. 더욱이 검을 받아 든 순간, 단목신검의 예기는 말 그대로 손에 착 달라붙어 거부할 수 없는 힘을 발휘하고 있었다.

'좋은 무기를 쓴다는 게 이런 거였군.'

몰락한 세가에 이러한 신물이 남아 있을 리 없었다. 더군다나 모용천은 병장기의 유리함을 필요로 한 적도 없었는데, 오늘에서야 처음으로 그 힘을 실감한 것이다.

'이 검이었다면 좀 더 쉬웠겠지.'

모용천은 가볍게 단목신검을 휘둘렀다. 그러자 그토록 단단하던 교룡의 돌기가 거짓말처럼 잘려 나가는 것이었다. 허공을 벤 것처럼 모용천의 손에는 아무런 느낌도 남아 있지 않았다.

"……."

잘려 나간 돌기의 단면을 바라보던 모용천은 풀쩍 뛰어 교룡의 아랫배 위에 섰다. 사람이라면 단전이 있어야 할 위치.
모용천은 교룡의 아랫배에 단목신검을 찔러 넣었다.

수욱.

돌기를 자를 때와 마찬가지로 아무 저항도 없는 것처럼 단
목신검은 교룡의 살 속으로 쉽게 파고들었다.

“모용 형, 세가의 신검으로 무얼 하는 거요?”

종리상웅이 불만스레 말했다. 다음의 싸움을 위해 빌려준
단목신검을 가지고 사체를 푹푹 쑤셔보는 모습이 장난치는 것
처럼 보였던 탓이다.

그러나 모용천은 아랑곳하지 않고—보지 않으면 들을 수 없
었으니—교룡의 아랫배에 단목신검을 넣었다 빼기를 수차례
반복했다.

“……!”

어느 순간, 모용천은 단목신검을 다시 찌르는 대신 방금 빼
낸 구멍에 열 십(十) 자를 긋고 그 틈으로 손을 넣었다.

“자, 종리 형, 받으시오.”

교룡의 아랫배에서 빼낸 손에서 무언가가 종리상웅에게 날
아갔다. 허공에 붉은 피가 흩어지고 종리상웅의 손에 들어온
것은 주먹보다 조금 작은 영롱한 빛을 내는 구슬이었다.

“이, 이건……?”

당황해 하는 종리상웅에게 모용천이 웃으며 말했다.

“잘 모르겠지만 그게 종리 형이 말한 내단이란 게 아닌가 싶
소.”

“이 귀한 걸 왜 내게 주는 거요?”

“그게 정말 귀한 건지 아닌지도 모르지 않소. 게다가 종리 형이 말하지 않았으면 내단이라는 게 있다고 생각조차 못했을 것이며 단목신검을 주지 않았다면 찾아볼 엄두도 내지 못했을 테니 종리 형의 것이 되어야 하지 않겠소?”

“……”

내단의 영롱한 빛에서 눈을 떼지 못하는 종리상웅을 뒤로하고 모용천은 타사을을 찾았다.

“그보다, 지체할 틈이 없소. 타사을! 타사을은 어디 있소?”

“저기 있군.”

이소가 가리킨 방향으로 고개를 돌리니, 교룡의 사체에게 연신 절을 올리는 타사을이 보였다. 이소가 물었다.

“이봐, 뭐 하고 있는 거야?”

타사을은 절하는 동작 그대로 고개도 들지 않고 대답했다.

“신입니다. 내 신입니다.”

들리지 않으니 들을 수 없었다. 모용천은 이소에게 고개를 돌렸고, 이소는 모용천에게 타사을의 말을 보여주었다.

“자.기.네. 신.이.라.는.군.”

“신은 무슨!”

타사을이 한 말을 전해 본 모용천은 교룡의 사체에서 뛰어내렸다. 모용천은 타사을을 거칠게 일으켜 말했다.

“이봐, 똑똑히 들어. 이건 신이 아니야! 내가 아까 말했지만 그저 조금 크고 오래된 도마뱀일 뿐이라고!”

모용천과 마주한 타사을은 검은 살갗이 무색하게 창백한 얼굴로 중얼거렸다.

"그, 그래도 신입니다. 당신은 신을 죽였습니다. 우리는 저주받습니다……. 당신은, 당신은 신보다 무섭습니다……."

"정신 차려! 이 꼴이 안 보여? 이게 다 저 신이라는 놈이 한 짓이라고!"

모용천은 타사을을 윽박지르고 몸을 돌렸다. 모용천과 타사을의 눈에 마을 주민들의 시체가 가득했다.

"이거 봐, 이게 너의 신이라는 놈이 한 짓이라고. 한 마리 더 있다고 했지? 시간이 없어! 놈이 나타날 마을에 놈보다 빨리 도착하지 않으면 소용이 없단 말이야! 내 말, 무슨 말인지 알아들어?"

빠르게 쏘아붙이고 모용천은 대답을 기다렸다. 타사을이 제대로 알아들었는지, 자신이 제대로 말하기나 한 건지 자신이 없었다.

"…알았습니다."

타사을은 온몸을 축 늘어뜨리고 힘없이 대답했다.

한 쌍의 교룡은 사람들로부터 제물을 받게 된 이래, 몇백 년을 변함없이 같은 순서로 마을을 돌아다녔다. 이들이 넓은 남만 땅을 한 바퀴 돌고 다시 돌아올 때까지는 이십 년의 시간이 걸렸고, 숲의 주민들은 이십 년에 한 번 남녀 한 쌍을 바침으로써 평화로운 삶을 누릴 수 있었다.

그리고 제물을 바치는 행위는 이들 숲의 주민들 삶의 일부가 되어 이제는 의문을 품는 자들도 없는 실정이었다.

"어쨌든 빨리 말해. 놈이 오기 전에 사람들을 다른 마을로 보내라고."

다음 표적이 될 마을까지 닷새는 걸릴 거리를 이틀 만에 주파한 것도 모용천의 재촉이 있어서였다. 숲의 주민이자 수왕의 신뢰를 받는 연락책 타사을도 지치는 강행군 끝에 도착하자마자 모용천은 마을 장로를 다그치고 있었다.

다른 이들은 모두 쉬는 가운데 타사을만이 통역으로서 모용천의 말을 옮기고 있었다. 마을의 장로는 남만어로 타사을에게 무슨 말을 했는데, 물론 들리지도 않지만 그 표정만으로 어떤 대답인지 알 수 있었다.

"타사을, 다시 정확히 전달해."

모용천은 장로의 말을 옮겨듣지 않고 막무가내로 말했다.

"저것들은 이제 한둘의 제물로 만족하지 않습니다. 그리고 이제까지처럼 함께 다니지도 않고요. 분명 이전 마을에는 한 놈만 나타났었고, 마을 사람 전부를 죽이려 했단 말입니다."

타사을은 모용천의 말을 옮겼다. 그러나 장로는 뼈밖에 없는 손을 흔들며 명확히 거부 의사를 표했다.

"이 장로님은 살면서 그들이 약속을 어기는 것을 보지 못했답니다. 그들은 이 숲의 진정한 왕으로 인간보다 더 믿을 만한 존재랍니다."

팔십 넘은 장로의 뜻은 확고했다. 모용천은 급기야 직접 장로의 손을 붙잡고 말했다.

"어르신, 잘 들으세요. 이전 마을에서 그놈은 사람을 먹으려고 하지 않았어요. 죽이려고 했단 말입니다. 죽이려고요! 이게 무슨 뜻인지 아시겠어요?"

낯선 이의 손에 잡혀 알아듣지 못할 말로 자기네 신의 비방을 들으면서도 장로는 한 점 흔들림이 없었다. 방금 한 말을 옮기는 타사을에게 모용천은 다시 소리쳤다.

"타사을, 정확히 전해! 먹으려고 한 게 아니야! 그냥 죽이려했던 거라고 말이야! 그래, 마치 사람처럼 말이야!"

타사을의 말이 끝나자 장로가 크게 화내기 시작했다. 잡고 있던 모용천의 손을 뿌리치더니 지팡이를 들어 타사을을 내려치는 것이다.

"뭐, 뭐 하시는 겁니까!"

모용천이 놀라 둘 사이에 끼어들고, 다른 마을 사람들이 장로를 붙들었다. 간신히 풀려난 타사을은 이마에서 피를 흘리며 말했다.

"장로님은 외지인의 말을 믿지 못하시겠답니다. 신은 아버지의 아버지, 그 아버지 때부터 함께해 오셨으니 외지인이 함부로 비방할 수 없답니다."

모용천은 눈살을 찌푸리며 물었다.

"그럼 왜 널 때린 거지?"

"……."

타사을은 대답하지 않았다. 그러나 주변의 분위기가 사람들의 시선이 누군가 타사을 대신 대답했음을 알려주고 있었다.

“음?”

고개를 돌린 곳에는 언제 나타났는지 이십대의 청년이 팔짱을 끼고 서 있었다. 수왕의 아들이었다.

그의 두 팔은 터질 듯한 근육으로 뭉쳐 있었고 곧게 뻗은 두 다리는 뿌리내린 나무처럼 굳건했다.

“……!”

수왕의 아들은 자신의 살기를 아낌없이 뿜어내고 있었다. 수왕 안남효가 먹이를 두고도 참을 줄 아는 호랑이라면, 그 아들은 배가 불러도 투쟁의 본능이 사그라지지 않는 호랑이였다.

“숲의 주민은 어떠한 경우에도 손님에게 손을 대지 않아. 그것이 우리의 율법이며, 우리의 명예이니까.”

수왕의 아들이 나시 말했다. 그 입을 보고 모용천이 대답했다.

“그래서 타사을을 때렸나?”

“화복(禍福)에게는 공과(功過)가 없지. 칭찬은 복을 가져온 자의 몫이고, 죄는 화를 가져온 자의 몫이다. 너희 중원인들이 이해할 수 있을지 모르겠지만.”

“내가 이해하고 말고 할 문제는 아니지. 그건 당신들의 방식이니까. 하지만.”

모용천은 눈을 부릅뜨고 말했다.

“저 교룡이라는 놈은 신이 아니야. 지금까지처럼 한둘의 제물로 모두가 무사할 거란 보장은 없다고. 놈이 오기 전에 어서 마을 사람들을 대피시켜야 해.”

수왕의 아들은 팔짱을 낀 채 모용천에게 다가왔다.

"원래 귀머거리인가?"

"놈에게 당한 거다."

"흐응……."

수왕의 아들은 모용천의 눈을 바라보며 못마땅한 표정을 지었다. 모용천은 한자 한자 자신의 귀에 들리도록 힘주어 말했다.

"놈이 지르는 소리는 사람을 멈추게 할 뿐만 아니라 상하게 할 수도 있어. 내 귀도 그것에 당했지. 다른 건 몰라도 그 소리로부터 사람들을 구할 방도는 없단 말이다. 내 말 무슨 뜻인지 알겠나?"

"……."

모용천의 눈을 한참 들여다보던 수왕의 아들은 침을 한 번 뱉고 타사을에게 말했다. 그 입모양은 중원말이 아니었다.

수왕의 아들은 몸을 돌려 장로에게 무언가를 말하고, 모용천을 힐끗 보더니 어디론가 사라졌다.

"타사주가 사람들을 대피시킨답니다."

"타사주?"

"아나흘의 아들들은 모두 타사주입니다. 이 숲에서 아나흘의 말은 신과 같습니다."

이어서 타사을은 신은 말을 하지 않으니 실제적으로 이 넓은 땅 숲의 왕은 아나흘이라는 설명을 덧붙였다. 그 아들인 타사주의 말은 아나흘에 버금가는 힘을 가지고 있어, 마을의 장로도 어쩔 수 없이 따라야 할 것이라며 말이다.

"조건이 있습니다."

"조건?"

모용천의 어조가 날카로웠는지 타사을은 겁을 내며 말했다.

"다른 신은 타사주 본인이 죽입니다. 외지인에게 숲의 일을 더 맡길 수 없습니다."

교룡을 죽인 모습을 본 후로 타사을은 모용천을 귀신 보듯 하고 있었다. 그에게도 역시 교룡은 신과 같은 존재였으니, 신을 죽인 모용천이 어떤 식으로 비추어질지 상상하기란 쉬운 일이었다.

"할 수 있으면 하라고 그래."

모용천은 퉁명스레 대답하고 몸을 돌렸다.

교룡이 나타날 거라 예상되는 마을은 강을 끼고 세워진 마을이었다. 삼십여 호나 되는, 숲에서는 상당히 큰 규모다 보니 인구도 사백에 가까워 그들을 모두 대피시키기란 쉬운 일이 아니었다.

타사주는 인근 마을들의 협조를 얻기로 하고 주민들을 나누었다. 그렇게 주민들을 몇 패로 나누고 짐기를 챙기다 보니 준비에만 꼬박 하루가 걸렸다. 그 느긋함이 모용천의 애를 태웠지만 대피해 주는 것만으로도 고마워하라는 장로의 말에 순응할 수밖에 없었다.

곧 마을이 텅 비고, 모용천 일행과 타사주까지 여섯 명만이 남게 되었다. 여섯 사람은 교룡에게 제물을 바친다는 강가에 앉아 그를 기다리고 있었다.

"남은 녀석도 그놈과 한 쌍이라면 같은 곳에 약점을 가지고 있을 거요. 바로 여기, 턱 아래 목과 이어진 부분."

모용천은 자신의 목에 손가락을 그어가며 말했다. 다른 이들에게 자신의 경험을 일러주는 것이다. 사실 다른 이들이라고 해봤자 직접 보지 못한 타사주를 위한 것이었지만.

"여기를 제외한 다른 부위는 전부 단단한 돌기가 나 있소. 웬만한 검으로는 흠집도 내지 못할 정도로."

말을 중단하고 모용천은 품안에서 무언가를 꺼내 타사주에게 던졌다. 단목신검으로 베어온 교룡의 돌기였다.

"그런 게 온몸에 빽빽이 돋아 있다. 쇠붙이를 쓰지 않는 당신들은 어떻게 할 수조차 없이 말이지."

숲의 주민들은 대부분 나무와 흙에 의존해 일상생활에 쇠붙이를 쓰는 법이 없었다. 중원에서 흘러들어 온 물건을 쓰기도 했지만 이는 극히 일부의 일이었다.

"흥!"

모용천의 말을 들은 타사주는 비웃으며 주먹을 내밀었다. 타사주의 손아귀에서 돌기는 진흙처럼 뭉개졌다.

"아나흘의 힘 앞에서 이런 건 문제가 되지 않아."

그 광경을 본 이소들은 혀를 내두를 수밖에 없었다. 돌기의 경도를 익히 알고 있었으니, 그 단단한 물건을 진흙처럼 뭉개 버리는 타사주의 손힘이 놀라웠다.

이소들의 놀라는 표정에 타사주는 득의만만한 얼굴이 되었다. 그러나 모용천은 한 점 놀람 없이 냉랭한 얼굴로 말했다.

"네가 정녕 수왕의 후계자라면 그 정도는 놀라운 일도 아니야. 하지만 겨우 죽은 교룡의 돌기 하나 부수고 자랑스러워하다니 그건 놀랄 일이 맞겠지."

"뭐?"

타사주는 자리에서 벌떡 일어났다. 타사주의 검은 얼굴이 눈에 띄게 붉어졌고, 그보다 더한 살기가 모용천에게 쏘아졌다.

"히익!"

그 기세에 놀란 타사을이 뒤로 펄쩍 뛰었다. 다른 이들도 모두 자리에서 일어났다.

"진정하시오!"

신유결이 나서서 말릴 만큼 타사주의 살기는 강렬했다. 그러나 모용천은 아랑곳하지 않고 말했다.

"내가 말할 때 듣지 못했나? 놈의 몸에는 저런 돌기가 수없이 많이 돋아 있어. 네가 하나, 둘, 열 개가 아니라 백 개를 부순들 표도 나지 않을 거다. 그러는 동안 네 손은 뭐 무사할 것 같아?"

"……."

모용천의 어조는 차분했지만 그 안에는 서슬 퍼런 기세가 담겨 있었다. 타사주는 자신도 모르게 내디딘 발을 회수했다.

"물론 내가 수왕의 힘을 의심하는 건 아니다. 내가 교룡을 죽였으니 그 또한 할 수 있겠지. 하지만 그 역시 놈에게 약점이 있다면 그걸 노리지, 헛심을 쓰지는 않을 거야. 내 말이 틀렸나?"

모용천의 눈에 지지 않으려는 듯 타사주도 안광을 돋우어

한 치도 물러나지 않았다.

"……."

"……."

그때.

강물의 흐름이 바뀌고 검은 수면 위로 무언가 떠올랐다.

촤아아아악!

강물을 흩뿌리며 교룡이 모습을 드러냈다.

쾅! 쾅!

강물 속에서 모습을 드러낸 교룡은 두 앞발을 차례로 뭍에 내밀었다. 아직 몸통의 반과 꼬리는 물속에 잠긴 채 교룡은 거대한 주둥아리를 흔들며 무언가를 찾고 있었다.

재빠르게 집 뒤로 숨은 모용천은 그 모습을 보고 주먹을 불끈 쥐었다.

'역시 효과가 있었어!'

모용천은 교룡의 사체에서 일부를 가져왔다. 이들이 한 쌍이라면 분명 냄새를 맡을 것이라는 생각에서였다. 저 교룡이 무언가 찾는 게 있다면 그것은 마을 안쪽에 놓아둔 제 짝의 껍질일 것이다.

'어서 나와라. 어서!'

모용천의 속내를 들었는지 제 짝의 냄새를 맡았는지, 교룡은 곧 물에서 완전히 빠져나왔다.

쿵! 쿵! 쿵! 쿵!

한 발을 내디딜 때마다 땅이 울리고 집이 흔들렸다.

“……!”

이소나 신유결, 종리상웅은 사체를 보아 그 거대함을 짐작하고 있었다. 하지만 그것이 살아 움직이는 모습은 또 달라, 압도적인 질량에 놀랄 뿐이었다.

‘저런 놈이랑 어떻게 싸우라는 거야!’

그러나 모용천의 생각은 달랐다. 지금 나타난 교룡은 지난번과 비슷한 크기지만 움직임은 훨씬 굼뜬 것이다.

‘좋아!’

일부러 물 밖으로 나오길 기다렸던 모용천은 진기를 끌어올리며 교룡의 앞을 막아섰다.

꾸우우우우우―

인간 한 마리가 감히 앞을 막아선 게 불쾌하다는 뜻일까? 교룡은 모용천을 보며 이상한 소리를 냈다.

“……!”

걸음을 멈춘 교룡의 양옆으로 이소와 신유결, 종리상웅과 타사주가 나타났다. 인간과 교룡의 크기를 염두에 두면 말도 안 되는 말이지만, 어쨌든 구도상의 포위망이 완성된 것이다.

꾸에에에에에에엑!

인간들의 가소로운 행동에 화가 났는지 교룡이 노성을 질렀다. 마음 가장 깊은 곳에 있는 공포를 캐내는 울림이 모용천 등의 귀를 때렸다.

부웅!

동시에 교룡이 꼬리를 휘둘렀다. 소리로 사람들을 멈춰 세우고, 꼬리로 제 주위를 한 번에 쓸어버리겠다는 뜻이다.

"피해!"

모용천의 일갈과 함께 신유결과 이소가 몸을 띄웠다. 모용천의 경고에 따라 미리 귀를 막아놓았던 것이다.

"이런……!"

꼬리를 피해 뒤로 물러나는 종리상웅의 얼굴이 굳어졌다. 타사주가 피할 기미를 보이지 않는 것이었다.

'할 수 있을까?'

꼬리는 교룡의 왼편과 정면을 지나 종리상웅이 있던 오른편까지 반원을 그리며 날아오고 있었다. 피륙으로 된 사람이라면 저런 것을 맞고 무사할 리 없었다.

'해보자!'

종리상웅은 진기를 끌어올리며 발끝을 팅겨 물러나던 방향을 바꿨다. 경공을 발휘하는 중 이런 급격한 방향 변화는 시도조차 해본 일 없는데, 걱정하던 것보다 수월하게 성공한 것이다.

'됐다!'

무시무시한 속도로 날아오는 거대한 꼬리, 그 앞에 얼어붙은 타사주. 그 사이에 끼어든 종리상웅이 타사주를 잡고 수직으로 뛰어올랐다.

휘익!

뛰어오른 두 사람의 밑으로 교룡의 꼬리가 지나갔다. 허공에서 내려온 종리상웅은 발끝으로 땅을 찍고 한 번에 석 장을 뛰어 물러났다.

‘정말 대단해!’

타사주를 구하는 데 성공한 종리상웅은 속으로 쾌재를 부르짖었다.

평소라면 엄두도 못 낼 경공이요, 신법이었다. 그러나 끊임없이 흘러나오는 진기. 교룡의 내단이 이를 가능케 한 것이다.

교룡의 내단을 삼키고 얻은 막대한 내력, 그것을 절체절명의 순간에 확인하였으니 기쁨을 주체할 수 없었다. 종리상웅은 하늘을 보며 크게 웃었다.

“으하하하하핫!”

“허어!”

웃음소리의 웅혼한 내공에 이소가 탄성을 질렀다. 종리상웅이 내단을 삼키려 할 때에 그게 무슨 소용이 있겠냐며 탈이나 안 나면 다행이라고 면박을 줬던 일이 생각난 것이다.

쿠쿠쿠쿵!

꼬리는 결국 모두를 놓치고, 애꿎은 집 두 채를 허물었다.

꾸우우우우우―

잔해더미에서 꼬리를 들어 올린 교룡은 앞발로 땅을 내려쳤다.

쿵! 쿵!

화가 났다는 듯 땅이 울리는 소리가 감정을 실어 모용천 등의 몸까지 흔들었다.

‘역시 뭔가 문제가 있어.’

피했다고는 하나 그 거대한 힘을 직면한 충격에 벗어나지 못한 이소 등과 달리, 모용천은 냉정히 교룡을 바라봤다. 비슷한 크기, 비슷한 생김새지만 어딘가 분명 다른 구석이 있었다.

움직임이나 꼬리를 놀리는 솜씨가 일전에 상대했던 교룡에 비해 큰 차이를 보이는 것이었다. 훨씬 굼뜨다고 해야 할까? 모용천이 죽였던 놈이라면 종리상웅과 타사주는 멀리 나가떨어졌을 것이다.

꾸우우우우우─

땅 치기를 그만둔 교룡은 눈알을 굴리며 자신을 포위하고 있는 인간들을 둘러보았다. 천천히 차례로 인간들을 둘러본 교룡의 눈이 한곳에 멈췄다. 무엇을 느낀 걸까? 교룡의 누런 눈알이 모용천에게로 꽂혀들었다.

"…조심하시오."

그 시선을 받아넘기며 모용천이 말했다. 교룡의 눈 속에서 익숙한 낌새를 본 것이다.

휘익!

교룡이 하늘 높이 주둥아리를 치켜 올렸다. 동시에 턱밑의 살이 부풀어 오르고, 뒤에서부터 거센 바람이 몰아쳤다.

"어어?"

앞으로 날리는 머리를 만지며 종리상웅이 의문을 표했다. 없던 바람이 갑자기 불다니? 그러나 의문은 곧 사라졌다. 교룡이 드러낸 흰 살이 개구리처럼 부풀어 오르는 것이었다. 마을 주민들을 일거에 죽인, 말하자면 극대의 음공(音功)!

순간 교룡에게로 빨려드는 바람 가운데 한줄기가 방향을 바꾸었다. 아니, 바람은 지나간 자리에 불과했다.

쉬익!

바람에 앞서 검은 그림자가 스치고, 바람이 멈췄다. 교룡의 바람 주머니도 더 이상 부풀어 오르지 않았다.

"……?"

누구도 무슨 일이 일어난 건지 알 수 없었다. 다만 시간이 멈춘 듯 아무 말도 하지 못하고 교룡을 바라볼 뿐이었다.

잠시 후,

부풀어 오른 바람 주머니에 가로로 붉은 선이 그어졌다. 그것이 무엇을 의미하는지 이소는 단번에 알아차렸다. 그리고 이제 곧 어떤 일이 닥쳐올 것인지도.

"젠상……!"

그러나 대책을 강구할 만한 시간은 주어지지 않았다.

콰아아앙!

굉음과 함께 멈췄던 바람이 다시 불었다. 방향을 바꾸어 얼굴을 때리는 바람은 피를 머금고 있었다.

촤차착!

폭발하듯 불어오는 바람에는 무지막지한 양의 피가 실려 있었다. 걸쭉한 피는 피할 틈도 주지 않고 사람들을 덮쳤다.

"으윽! 이게 다 뭐야……!"

바람은 곧 그치고, 종리상웅은 한 바가지 뒤집어쓴 피를 털어내며 가늘게 눈을 떴다.

"……!"

놀란 종리상웅이 눈가를 비볐다. 다시 뜬 눈앞에 처음 자세 그대로 턱밑 커다란 구멍을 드러내며 선 교룡이 있었다.

그 모습을 보고서야 종리상웅은 무슨 일이 일어났는지 알 수 있었다. 바람 주머니를 부풀리는 것은 곧 제 약점을 드러내는 꼴이었고, 모용천은 그 순간을 놓치지 않은 것이다.

"…모용 형!"

떨리는 목소리로 종리상웅은 모용천을 불렀다.

꿈에 그리던 내력을 손에 넣었지만 모용천의 움직임을 볼 수조차 없었다. 이미 모용천의 무위는 자신의 시야 바깥에 있었던 것이다. 둘 사이에 어느 만큼의 차이가 있는지 그 거리는 차마 잴 수도 없으리라.

교룡의 내단을 얻지 못했다면 죽었다 깨어나도 몰랐을 차이. 그를 깨달을 수 있었던 까닭은 역설적이게도 종리상웅의 무위가 한 단계 올라섰기 때문이었으니, 막대한 내공을 얻어 터뜨렸던 광소(狂笑)도 무색하기만 했다.

쿠쿠쿵!

서 있던 교룡이 옆으로 쓰러지고, 그 뒤로 모용천이 모습을 드러냈다. 다른 이들과 달리 피를 뒤집어쓰지 않은 멀쩡한 모습으로 모용천은 교룡의 사체를 넘어 종리상웅의 앞에 섰다.

모용천은 웃으며 그런 종리상웅에게 단목신검을 내밀었다.

"보통 검이었다면 이렇게 쉽게 처리하진 못했을 것이오. 과연 종리세가의 신검이구려."

"모용 형, 당신은……."

종리상웅은 무슨 말을 해야 할지 알 수 없었다. 아니, 아무 것도 알 수 없었다. 자신의 무지(無知)를 깨달은 순간 세계는 변한다. 알게 된 순간 알았던 모든 것이 모르는 것으로 바뀌는 역설. 그 생소한 당혹감.

모용천 역시 마찬가지였다.

동년배의 친구로 여겨졌던 모용천은 이제 사라졌다. 그 압도적인 무위를 인지한 순간부터 모용천은 모용천이 아닌, 종리상웅이 모르는 어떤 미지의 존재가 된 것이다.

"자네란 사람, 정말······."

몰려든 이소와 신유결도 말을 잇지 못하고 그저 감탄할 수밖에 없었다. 교룡이 약점을 드러내었다 해도 뛰어들라고 하면 누구나 고개를 저었을 것이다.

꾸우우우우우―

그때, 죽은 줄 알았던 교룡이 소리를 내며 몸을 일으켰다.

"살아 있는 건가!"

꾸우우우우우―

교룡은 애처로운 소리를 내며 도망치듯 몸을 움직였다. 그러나 이미 덜렁거리는 목과 쏟아낸 피는 어찌할 수 없었으니 제 뜻과 달리 지면에서 배를 떼지 못하고 뱀처럼 기어가는 것이었다.

"저러고도 살아 있다니, 정말 대단하군······."

놀라 중얼거리는 신유결에게 이소가 말했다.

"아니, 저건 살아 있다기보다… 죽지 않으려는 것 같은데?"

"그게 무슨 차이가 있습니까?"

"어? 그게 말이지, 그게, 음……."

어차피 단목신검이 아니면 저 살갗을 뚫을 수도 없거니와 저 상태로 살 수 있다고는 생각할 수도 없었다. 어떻게 손으로 잡아끌 수도 없는 노릇이라 모용천 등은 강으로 돌아가는 교룡은 바라보고 있었다.

첨벙첨벙!

몸이 잠길 때까지 강으로 들어간 교룡은 비로소 숨이 끊어진 듯 배를 드러냈다. 이윽고 사체는 강물을 따라 조금씩 움직이기 시작했다.

"……."

이소는 뒤집어쓴 피를 털어내지도 않고 그 광경을 바라봤다. 이소뿐 아니라 신유결과 모용천도 오랜 세월 신으로 추앙받아 온 존재의 마지막에서 눈을 떼지 못하고 있었다. 타사주 역시 그를 바라보고, 타사을은 머리를 조아렸다.

그렇게 달빛 아래 흰 배를 드러내고 떠내려가는 교룡의 사체를 모두 바라보는 가운데,

한 사람이 움직이기 시작했다.

종리상웅이었다.

"이봐, 어딜 가는 거야!"

이소의 부름을 듣지 못한 척 종리상웅은 강물로 뛰어들었다. 그의 손에는 단목신검이 달빛을 받아 번쩍이고 있었다.

"아……!"

그 빛을 본 모용천이 탄성을 질렀다. 종리상웅이 무엇을 원하는지 깨달은 것이다.

재빨리 헤엄쳐 간 종리상웅은 교룡의 배 위에 올라섰다. 그리고 빠른 속도로 단목신검을 찔러 넣기 시작했다.

푹! 푹! 푹! 푹!

한 번 단목신검을 찌를 때마다 피가 튀고, 또 튀었다. 종리상웅은 무언가에 홀린 것처럼 교룡의 아랫배를 쑤시고 또 쑤셨다.

"저 녀석이……!"

아무리 죽었다지만, 그리고 죽였다지만 한때 신으로 모시던 교룡의 사체이다. 그를 유린하는 모습이 환한 달빛 아래 적나라해, 타사주가 살기를 내뿜었다.

이윽고 종리상웅은 움직임을 멈췄다. 그 모습을 본 이소가 중얼거렸다.

"…찾지 못한 건가?"

지쳤는지, 아니면 실망했는지 종리상웅은 고개를 숙였다. 모용천은 그대로 사체 위에 앉아 떠내려가는 종리상웅에게 소리쳤다.

"종리 형! 더 멀리 가기 전에 돌아오시오!"

고개 든 종리상웅의 얼굴에는 실망감이 역력했다. 아무리 헤집어봐도 내단은 없었던 것이다.

종리상웅은 멀어지는 모용천을 향해 손을 흔들었다.

"하나로 족하라는 것 같구려! 그만 가리다!"

촤아악!

그 순간, 강물 속에서 무언가 튀어나와 종리상웅을 덮쳤다.
그것은 작은 교룡이었다.

콰악!

수면 위 벌레를 낚아채는 물고기처럼.

튀어나온 교룡은 종리상웅을 낚아채고 반대편으로 뛰어들었다. 종리상웅은 비명도 남기지 못하고 강물 속으로 사라졌다.

“……!”

순식간에 벌어진 일이었다.

움직이거나 손쓸 틈도 없이 눈으로 보고도 믿을 수 없는 광경이었다. 누구도 입을 열거나 소리를 내지 못한 채, 떠내려가는 교룡의 사체를 바라보고 있었다.

그 위에 종리상웅은 처음부터 없었던 것처럼.

사체 위에는 한 자루 검만이 남아 있었다.

『천검무결』 2권 끝

共同傳人
공동전인

설경구 新무협 판타지 소설

마교를 재건하라.

혈마옥에 갇히며 마교 장로들의 공동전인이 된 시무진에게 주어진 과제.
역사상 가장 착한 마교의 교주.
하지만 역사상 가장 강한 마교의 교주가 되고 싶다.

고정관념을 버려요.

마교도라고 해서 꼭 나쁜 놈일 필요는 없잖아요.

지금까지와는 다른 마교.

이제 시무진이 만들어가는 새로운 마교가 모습을 드러낸다.

Book Publishing CHUNGEORAM

설봉 新무협 판타지 소설

환희밀공

무유칠덕(武有七德), 금폭(禁暴), 집병(戢兵), 보대(保大),
정공(定功), 안민(安民), 화중(和衆), 풍재(豊財), 자야(者也).
〈좌전(左傳), 선공 십이년(宣公 十二年)〉

무에는 일곱 가지 덕이 있다.
첫째, 난폭을 금지한다. 둘째, 무기를 거두어들인다. 셋째, 큰 나라를 보전한다.
넷째, 공적을 정한다. 다섯째, 백성을 편안하게 한다. 여섯째, 대중을 화합하게 한다.
일곱째, 물자를 풍부하게 한다.

섬서성(陝西省) 육반산(六盤山)에 신력(神力)을 바탕으로
패공(覇功)을 구사하는 가문(家門), 육반루가(六盤婁家).
세상에게 외면받고 멸시당하는 환희교(歡喜敎).
육반루가의 후손과 환희교 교주의 운명적인 만남.

"넌 환희교를 지키는 수문장(守門將)이 될 거야.
강하게, 아주 강하게 키워주마."
'아버지처럼 죽지 않을 거야. 아무도 날 죽일 수 없어.
세상에서 최고로 강한 사람이 될 거야.'

태룡전

김강현
新무협 판타지 소설

내가 이곳 미고현에 위치한 천망칠십오대에
온 지도 벌써 두 달이 넘었거든.
그런데 아직도 이해하지 못한 일이 하나 있어.
그게 뭐냐고? 우리 대주 말이야.
우리 대주님이 가장 좋아하는 게 뭔지 아나?
바로 침상에서 좌우로 데굴데굴 굴러다니는 거야.
그다음으로 좋아하는 게 그렇게 뒹굴다 잠드는 거고…….
나려타곤(懶驢打滾)!
더도 덜도 아닌 딱 우리 대주님을 지칭하는 말일세.

천망칠십오대 대주 단유강!!
격동의 무림은 그에게 휴식을 허락하지 않는다.
단유강, 그의 일보가. 천하를 떨쳐 울린다.!

마도대종사의 죽음.
마침내 끝이 난 이십 년간의 정마대전.
하지만 한 무림이 까맣게 모르는 것이 있었으니…

대종사가 마지막까지 숨겨두었던 마도백가(魔道百家)의 비밀 병기.
패잔병으로 북방을 떠돌던 어느 날 신비로운 사내 비파랑을 만나는데…

"항주의 금룡관(金龍館)에… 이걸 전해주십시오."
"눈치챘겠지만 난 마인이오."
"어쩐지 당신이라면… 약속을 지켜줄 것 같아서……."

한 번의 짧은 만남이 만든 운명 같은 행보,
그의 위대한 강호행이 시작된다.